慈悲与玫瑰

Mercy and Rose

熊培云 著

想念蕨菜伸出的小拳头。
田野里挤满了月光。
什么时候,一起去寒山,
那里的旗帜向着尘世的方向飘扬。

想念像天空一样,
存在却一无所有,
一个空画框,若此后岁月
空空荡荡可容万物。

这世上没有一条道路
通向我的内心。
我曾这样寂寞地漂流,在无数
污浊了的可能性之上。

——熊培云《在污浊了的可能性之上》

目 录

| 新版序言 |

无意义的生命与有意义的人生 / 001

| 自序 |

唯有你与自己共度一生 / 006

| 时间与命运 |

命运不可知 / 037

钻石与藤蔓 / 046

射杀希特勒 / 053

勇敢的良心 / 059

当痛苦不期而至 / 064

枪响了，你什么都不是 / 068

权力桃花源 / 070

庆祝无节日 / 073

在后主的城池 / 076

若无后世评说 / 081

死去的人依旧年轻 / 085

慈悲的界限 / 088

| 不完整的慈悲 |

杀死一个求救者 / 095

一位中国母亲的隐忍与救赎 / 118

符号杀戮符号 / 122

看老虎吃人，我为何失去了同情心？ / 126

原因的原因的原因不是原因 / 131

也叹中华文化之花果飘零 / 135

鲁迅的逻辑 / 139

我是我的道路、意义与生命 / 146

如何保持对历史的温情与敬意？ / 150

不完整的慈悲 / 153

被遗忘的人 / 166

| 大地上的玫瑰 |

自私的蜜蜂 / 173

疯狂的蚂蚁 / 178

巨龙与沙砾 / 181

在只有直线的世界里 / 185

人类理想总司令 / 188

可怜天下父母心狠手辣 / 191

恐惧症与媒介素养 / 194

他们来了，如蝗虫过境 / 197

孤独的私有制 / 199

萨德与马索克 / 201

弹钢琴的男孩 / 204

光荣时刻 / 207

我为什么远离了文学？ / 208

身体下坡，灵魂上坡 / 213

一个人的电影 / 218

我的命运是一座花园 / 221

| 明日的世界 |

琥珀社会，城堡落成 / 225

半数人暴政 / 230

悲观的理由 / 234

那些不能写给今天的，就写给未来 / 237

因为无法改变，索性一事无成 / 239

镜与刀 / 242

讲故事的人，今在何方？ / 246

教育的心灵 / 252

每天向每天告别 / 260

消散的精英 / 262

重要的不是治愈，而是带着病痛生活 / 265

活着的人看见活着 / 270

| 附录 |

茨威格的星空 / 274

断臂上的花朵 / 287

如果一个人走了很远的路，却没有走进自己的一生 / 297

| 代跋 |

消散的一切又在心头凝结 / 316

| 再版后记 |

当红玫瑰变成黑玫瑰 / 319

本故事插图由作者通过 AI 绘图软件简单绘制，由于时间仓促，从构思、写作到绘图前后用时约一整天。技术之诱惑可想而知。在 AI 彻底取代人类思维之前，人与 AI 会有一个蜜月期，毕竟 AI 还是一个言听计从的奴仆。至于将来如何，则不得而知了。此番创作，只当是为此蜜月期留下一个历史的印记。（作者注）

这是发生在火柴岛的故事。在很久很久以前，生产力低下，加之社会动荡，人们食不裹腹，每日不得不为面包而战。

所谓"日出而作，日落而息"，生活周而复始。每个人都像极了古希腊神话中不断推石头上山的西西弗斯。活着，最重要的是工作，努力工作。只要努力工作就会拥有美好生活。

伴随着生产力的提高，面包问题终于解决了，道德圈也扩大了，每个人的心里渴望拥有对他者和自己慈悲，不仅关心邻人，还关心动物。人类与玫瑰迎来了历史上的蜜月期。玫瑰变成了美好生活的象征，甚至变成一种信仰。

每个人都觉得自己是玫瑰的孩子，是为玫瑰而生，而自己所在的国家也必将是玫瑰的国度。

然而美好生活永无止境。为追求同时也为了守卫更好的生活，人人开始为了玫瑰而战。他们没有意识到当自由失去边界，怀着同样生活理想的人也可能互相伤害。而过度追求约等于杀害。

有一年春天，出游的人们在山上发现了许多白色和蓝色的玫瑰，并为此大惊失色。在观念上他们只能接受红色的玫瑰。那才是正确的玫瑰，吉祥的玫瑰。一时流言四起，据说颜色不一样的玫瑰会给自己的家庭和火柴岛带来厄运，红玫瑰的纯洁正在受到污染。岛上最会占卜的巫婆发出预言和警告，黑玫瑰是所有玫瑰中最凶残的玫瑰，它将是岛民共同的敌人。

然而象征美好生活的红玫瑰早已经变成了图腾与宗教，好战的男人跪倒在玫瑰的花影之下。他们甚至忘却了家里还有心爱的女人，相信为了某个观念去死甚至杀人是值得的。而女人也正在变成男人。此时歌曲《杀死一朵玫瑰》正在悄悄流行。

每个人都说自己的玫瑰是红玫瑰，别人的玫瑰不是白玫瑰就是蓝玫瑰，或者是其他什么不干净颜色的玫瑰。就这样玫瑰已经被分辨出成百上千种颜色，大家互不相容。很快还多了一种杂色的玫瑰，它一半红，一半黑。那是一种神奇的玫瑰，拥有它的人所能看到的永远是红色的一面，而其他人看到的那面永远是黑色的。有人说那黑色是人心底的颜色。

可怜的西西弗斯推动的不再是美好生活的玫瑰，而是唯一正确的观念。每个人都在为观念而战，为符号而战，为玫瑰的正统而战，也为保全自己想象中的幸福而战。人被彻底淹没在玫瑰之中。一个声音说，看哪，在西西弗斯那里玫瑰重新变成了巨大的石头。

火柴岛里最亲密的两个兄弟也反目成仇。他们曾经一起为生活打拼，并且经常在一起喝酒。因为观念不和，现在却从山坡上打到海边，从海边打到了天空，从天空又打到了大街上。只有他们自己能分辨出两朵红玫瑰在颜色上的不同。

与此同时，更多的人不愿参战，选择了息事宁人。为了避免冲突，大家心照不宣地把心中的玫瑰装在不透明的布袋子里，藉此可以平安地出入咖啡馆或酒吧。一度繁盛的玫瑰像濒危物种一样正在火柴岛上快速消失。

虽然很多人喜欢深藏不露，只在没有人的地方才尽情展示自己，但还是挡不住另一些人直接变成了玫瑰，并且像想象中的玫瑰一样思考，爱与憎恨。

一位博物学家和他的老师因为联合发表《大自然欢迎五颜六色的玫瑰》而遭到广泛的批评，最后他们躲进了深山再也不肯出来。

美好生活似乎变成了美好生活的诅咒。连年战争与饥荒让越来越多的人变得心灰意冷，为观念而战的结果是无数人流浪街头甚至无辜死去。后世的历史学家将这起人道主义悲剧称为"新玫瑰战争"或"玫瑰瘟疫"。也有人说这是一起"玫瑰压死人"的事件。

有一天早晨，火柴岛的人们不约而同地发现街上多了一些黑色的镶嵌了钟表的垃圾箱。游吟诗人说这是时间垃圾箱，专门回收"历史的垃圾时间"。在海边，接下来孩子们又发现了一些红色的时间垃圾箱。越来越多的人厌倦了这种混乱的日子，在路过时悄悄扔下了他们的不同颜色的玫瑰，甘心变成了"无玫瑰族"。

几年后，为玫瑰颜色不同而反目成仇的两兄弟在海滩上重逢。虽然他们已经认不出对方，却视对方为生活的战友和亲人。此时他们手里的红玫瑰都变成了黑玫瑰。火柴岛上，人们重新走到了一起，当饥肠敲响钟声，接下来又要为面包而奔波了。（完）

新版序言

无意义的生命与有意义的人生

《慈悲与玫瑰》出版已有几年了,如今世界已经变得面目全非。虽然侥幸逃出了疫情的洗劫,接下来几处局部战争没有任何停歇的迹象。当冤冤相报的齿轮开始转动,像从前一样,母亲生下孩子,孩子变成士兵,士兵源源不断地被送往前线。

而互联网上的留言区,有"俄罗斯必胜"的地方必有"乌克兰必胜";有"伟大的巴勒斯坦"的地方必有"伟大的以色列"。

历史再次进入垃圾时间。背后的真相是,没有哪个国家是强大或者伟大的,只要人们还在互相杀戮,这就是全人类的悲剧。而普通人能做的,只能做"垃圾时间里的海鸥",不时飞起、落下、停留,既为了活着,客观上也做了海港的清洁工。

很多年以前,偶然在叔本华的书里读到这样一则故事,说的是波斯国王薛西斯有一次看见他一望无涯的军队,不禁号啕大哭起来,因为他想到一百年之后,所有这些人没有一个还会活着。

由此叔本华生出的忧伤是,"看见书市上厚厚的图书目录,想到十年之后,所有这些书没有一本还会活着,谁又不想大哭一场呢？"

面对大面积的无可挽回，无论是国王还是哲学家，都变成了不切实际却又直指本质的诗人。如杨·阿伦茨感叹的，生活多美好，每天都美好，但有一根绳子套着你的脖子。

无论如何不舍，可以肯定的是，我们曾经看过或写过的书，以及见过的或已离散的人都会在未来某一刻从这世上永久消逝。

也因为这种不可抗拒的宿命，难免让人觉得生命是虚无的、没有意义的。当然如果客观点也可以说，这种无意义正是艺术与哲学的起源，而艺术与哲学的使命就在寻找意义。

许多人都注意到了，仅从生命本身而言它并没有多大意义。或许"天地不仁"正是基于这种客观存在的"生命无意义"。对于大自然来说，一个人的死去和一棵树的枯萎、一块巨石的破碎并无本质区别。无非是物质从 A 状态走向 B 状态、C 状态……如此循环往复而已。

为什么说我们必须全力以赴，同时又不抱持任何希望？因为每个人最终都会离开这个世界，所以一个人即便家财万贯、良田万顷抑或权倾天下，也没有什么值得骄傲的。人的生命又是何其短暂与倏忽。看到生命之去时同来时一样都是两手空空，所以佛经里说一切如梦幻泡影。

存在主义哲学也一遍遍地指出这个世界的荒诞，并得出了"存在先于本质"的宏伟结论。当我们来到世上，既没方向也没有使命，用萨特的话来说生命只是一团团偶然形成的"无用的热情"。除了可能的选择，我们甚至不拥有一粒沙子。宇宙又如何？就像我在一首诗里写到的，虽然宇宙浩瀚无垠，可是宇宙也不拥有自身。前面提到的国王薛西斯，如果他知道宇宙将来也会死于热寂，就会明白自己的那点忧伤算不了什么。

然而生命无意义并非人生无意义。母亲孕育了我们，所能给予我们的是肉体上的生命。具体有怎样的人生却得由我们自己不断地决定或者选择。我们穷尽自己所有的热情与痛苦，无非是将那个想象中的自己生下来。

简单说，母亲诞下我们的身体，我们诞下自己的一生。至于人生有没有意义，首先在于我们想要怎样一种生活。

在我的大学课堂上，几乎每年都会重复这样一个相同的话题——"说说有什么人之造物一旦消失整个人类文明就会土崩瓦解？"

当然"人"不在答案之列。十几年来我收到各种各样的回复，不过基本雷同。比如语言、文字、电、法律、制度、警察、手机、纸张等等，偶有离经叛道的甚至还会有避孕套……最后在我的引导下终于有同学接近我最想要的那个答案——意义。人类为万物命名的时候，就是从人的角度重新创造了万物。而所谓赋予意义，即为万物赋予差别与秩序。人类演化出的不同的文明，本质上说就是不同的意义系统。而且不同的意义系统之间有交叉和重叠。而现在如果意义突然消失了，那么所有人的身份就都消失了，连带秩序以及以意义为食的精神生活也消失了。国王、警察、红绿灯、高速公路、家人、情侣以及书籍等等将不再被辨识，社会生活只在一刹那间变得难以为继，人将重回"人对人是狼"的时代，一切仅靠本能维持。

说到底人类是一个精神物种。也是因为这种精神性，人既担心永生带来的平庸与乏味，又害怕死亡带来的终结。或许，人类最大的自由与第一个自由就是生命无意义，这样才有机会在人生中找寻意义的更大空间与可能。

有意思的是,即使是完全相同的两个行为,也可能因为不同的角度得到不同的解释。比如一个人喜欢过闲暇的日子,有的人会认为他不思进取;有的人则认为他不负韶光。以勤奋著称的哲学家罗素同时也是鼓吹"躺平学"的能手。他的一个著名观点是"拼命工作是奴隶的道德,然而现代世界不需要奴隶制"。

类似的各说各话印证了尼采所说的"没有真理,只有阐释"。很多年前开始我就认为人的一生往往不是为了追求真理,而是寻找意义。通俗一点说就是给各自的人生讨一个自己喜欢的(有意义的)说法。而身为宇宙进化出来的"有良心的物种",人类之于世界的最大价值不在于创造客观世界,而在于为这个世界提供看法。

众所周知在基督教的线性时间观出现之前,世界上其他地方的时间大多是和日夜、四季一样往复循环的。前者,从伊甸园到末日审判,这样的"时光单行路"难免让人觉得乏味与慌张,仿佛整个世界是一群羊被命运驱赶着在一个密封管道里穿行。至于后者,比如佛教里有六道轮回、古希腊神话中的历史循环、古印度哲学中的时空循环节奏以及玛雅文化中的时间周期等等似乎更有趣甚至更有希望一些,人生不是一锤子买卖,"大不了从头再来"。

尼采的问题是:如果有来生,你的生活还是如此,它是否值得再来一遍?想到曾经或正在遭遇的种种艰难苦厄,相信大多数人对各自的命运都会心生不满,并且抛出"下辈子再也不来了"的结论。而尼采在受尽磨难后给出的答案是"热爱命运"。

  作为一个积极的虚无主义者,我又是怎么想的呢?还记得此前生病的时候,母亲坐在身边劝导我以后一定要多注意身体,少费心劳神,像村子里的老人一样活到七老八十多好。很多年前我就非常佩服那些穿过人生风雨能够安享晚年的人。然而回想过往,我依旧觉得自己远行多思的人生是值得过的。如果需要回答尼采的"永恒轮回"假说,我确定自己可以毫不犹豫地接受不断重复过往的生活。况且几十年来至少在文字方面我曾经有过无瑕的痛苦与热爱。之所以说自己是积极的虚无主义者,也是因为我既看到了生命本身的无意义,同时在骨子里保持着对这个世界不可救药的热爱。

  在这短暂的一生中,每个人都会经历一些无以言说的苦痛,以及度过劫波以后的释然。这个清晨,当我终于坐在桌前准备完成这篇短文时,听着远处车流发出瀑布般的轰鸣,眼前忽然幻化出一个场面——我的命运正站在三环高架桥底下,如一个失魂落魄、无家可归的孩子。也许有一刻我曾因自己的某种遭遇疏远了它,而现在我理应慈悲为怀,带我的命运回家。寂静的春天,当我深陷地狱之中,我又一次真切地看到了自己的背影,看到了命运是我亲爱挚诚的伴侣。

2024 年 9 月 10 日

自 序

唯有你与自己共度一生

（一）美好动物

我上大学那年，弟弟只有六岁。第一次放寒假，我带回了一个单放机和几盒磁带。有一天早上，弟弟钻进了我的被窝。当时我正躺在床上听《梁祝》，于是取下耳机罩住他的耳朵。那是弟弟第一次听世界名曲，我至今未忘他满脸神奇的惊喜。虽然弟弟只会说"真好听啊！"，但我知道这幼小的生命在那一刻被美好的东西打动了。

《梁祝》为什么好听？六岁的弟弟答不上来，现在的我也一无所知。这世界上有些美妙是无法解释的，就像我无法解释为什么会怀念某个大雪纷飞的清晨或者黄昏。

人生如借，所幸还有音乐。音乐是我在人间经历的最奇妙的事情。虽然我没有真正创作或者拥有过任何一首歌曲，但那些美好的音符一直在精神上养育和丰富我。那些源自心灵深处的寂寞、牺牲与欢喜，直接通向的与其说是爱，不如说是人的神性。而这种神性，正是基于深藏人心中的美的激情。

而就在此刻，当我开始写作这篇文字，耳畔交替响起的是阿炳的《二泉映月》和柴可夫斯基的《如歌的行板》。几十年前，小泽征尔曾说过《二泉映月》这支曲子他必须跪着听。而《如歌的行板》也让托尔斯泰潸然泪下。有关这两部作品的经典诠释是它们演绎了人类苦难的灵魂。然而，即使是托尔斯泰这样的大人物，也列不出一个公式来向读者解释他为何会热爱这种悲怆之美。

人终究是一种美好动物，这是我唯一可以断定的。所以，人总是沉浸于搜集并赞美美色、美音、美景、美酒、美好的人格……而如果有志同道合者，他还要追求美丽新世界。

（二）玫瑰之名

中学时有幸读过几篇小说，时常对未来的写作担忧。为什么那些作家能够说出许多花草树木的名字，而我甚至连真正的玫瑰都不曾见到？虽然听人谈起过"红玫瑰"与"黑牡丹"，印象中那也都是留给女特务的代号。

许多人把玫瑰当作爱情的象征。当我开始在城里生活，耳濡目染，慢慢知道了玫瑰不同寻常。我学法语时听皮雅芙的《玫瑰人生》(*La Vie en Rose*)，其中有一句歌词——"Des ennuis des chagrins s'effacent. Heureux, heureux à en mourir"，翻译过来就是"烦恼忧伤全消逝，幸福幸福直到死"。

的确，玫瑰即使不叫玫瑰，也会芬芳如故。只要生活是美好的，未必一定要用玫瑰来描绘它。

相较于爱情，我更愿意将玫瑰虚指为一种优雅而美好的生活。玫瑰有自然之美，而人对于美好生活的激情也是自然而然的。我们莫名其妙地被接到这个世界上，也莫名其妙时而满心欢喜。正如安杰勒斯·西莱修斯所说，"玫瑰是没有理由的"。

（三）愤怒的草鞋

而作为美好生活的隐喻，玫瑰也是多灾多难。回顾历史，不仅施害者的铁蹄会践踏玫瑰，使之香消玉殒；同样可悲的是，受害者还要穿着自己不幸的草鞋，继续践踏心底最后的玫瑰。

举例说，当外敌入侵，如果还有人过着风花雪月的生活，那就是"商女不知亡国恨"。许多人相信，在国家遭难之时维持风雅的生活是不道德的。

想起有关梁实秋的一段公案。1938年，梁实秋为自己在重庆主持的《中央日报》副刊《平明》写了一篇《编者的话》，其中几句是这样的：

> 现在抗战高于一切，所以有人一下笔就忘不了抗战。我的意见稍为不同。于抗战有关的材料，我们最为欢迎，但是与抗战无关的材料，只要真实流畅，也是好的，不必勉强把抗战截搭上去。至于空洞的"抗战八股"，那是对谁都没有益处的。

很快，这一番肺腑之言招致了郭沫若等左翼文人的攻击，而"消极抗战"的罪名，梁实秋从此背负了几十年。直到上世纪 80 年代才有人在报刊上为他说了几句公道话。

其实，了解内情的人知道，梁实秋并非不主张抗日，而是站在中国人精神生活的立场想象另一种可能，即在追求政治的独立之外，还要不离不弃文学的审美价值。梁实秋没有否定枪炮在保家卫国时的立竿见影，但他同样试图保卫中国人生活中的玫瑰。这非但不是投降主义，反而是以一种和风细雨的日常抵抗来维护一个文明人的自尊。

（四）幸福未央

当巨大的苦难降临，全民皆兵所带来的抗暴美学难免令人感动。但若以此压倒一切，凡不全力抗暴者必被贬斥，则这也暗含着某种自暴自弃。

抗战时期，沦陷后的上海曾有所谓的"孤岛繁荣"，生活其中的人们常被革命者贬为"醉生梦死"。我虽然理解批评者的心情，但就此否定当年上海人的生活，亦未必公允。相较同归于尽的焦土抗战，上海的孤岛繁荣其实也为中国人留下几束沧桑玫瑰。或者说，刺刀之下，国土虽已沦陷，但向往美好生活的人心并没有被征服。

同样，偏安于两千公里之外的云南也在努力承继文明的血脉。作家鹿桥在《未央歌》里记录了他在西南联大的生活。那是中国在抗战时期最动人的篇章，也藏着我关于世间最美好大学的所有想象。这部小说给我印象最深的，除了童孝贤与蔺燕梅等少男少女之间的纯洁友情，还有南国飘摇的雨水：

看雨景要在白天。看她跨峰越岭而来，看她排山倒海而来，看她横扫着青松的斜叶而来，看她摇撼着油加利树高大的躯干而来。再看她无阻无拦，任心随兴飘然而去。听雨要在深夜。要听远处的雨声，近处的雨声。山里的泉鸣，屋前的水流。要分别落在卷心菜上的雨，滴在沙土上的雨，敲在纸窗上的雨，打在芭蕉上的雨。要用如纱的雨来滤清思考，要用急骤的雨催出深远瑰丽的思想之花，更要用连绵的雨来安抚颠踬的灵魂。

以及春色如洗，随处可见的玫瑰：

　　每年花开的时候，不论晨晚，雨晴，总有些痴心的人旁若无人地对了这美景呆呆地想他自己心上一些美丽而虚幻的情事。只要这些花儿不谢，他们的梦便有所寄托。这些花与这些梦一样是他们生活中不可少的一部分，是他们所爱护的。因此他们不用禁止，而人人自禁不去折花。

　　正是因为人世间还有这般锦绣温润的生活，人生才值得期盼，而和平也才有意义。
　　这世界最不易被征服的，是内心有美的追求的人。因为美不只是美本身，它还对应着丑与世间的是非。他们接受了战争的事实，但不会让战争卷走一切。即使是像圣埃克絮佩里这样与纳粹周旋在天上的英雄，他的心里还装着一朵带刺的玫瑰，以及对生活的情趣：

我仰天躺着,吮吸着我的水果,数着天上的流星。在这一分钟里,我觉得无比幸福。(《人类的大地》)

(五)圣人与猪猡

审美活动所呼应的是人内在的神性。当一个人身处困厄之中,源于内心的审美可以帮他超越现实中的苦难。

心理学家维克多·弗兰克尔在《活出生命的意义》里谈到自己在纳粹时代的生活。在失去自由后,他有三年时间被关在奥斯维辛、达豪等集中营里。在那里,弗兰克尔经历了所谓的"文化冬眠",犯人们热衷谈论的东西只有政治。那是一个好消息与坏消息满天飞的地方。然而最终摧毁犯人的可能是一些好消息。当好消息所预言的一切不能如期兑现,许多人反而更容易陷入绝望,就像电影《撒谎者雅各布》所揭示的一样。

而能够在集中营里侥幸活下来的,更多是那些能够在恶劣环境中找到精神生活的人。至于弗兰克尔自己,至少有两样东西支撑他活到了集中营解放。

其一是责任心。这是在弗兰克尔的书里反复出现的关键词。当一个人对所爱的人或者未竟的事业抱有一份责任心,他就不会轻易放弃自己的生命。弗兰克尔甚至建议美国在西海岸树立一个责任女神像(在《人类的大地》中,圣埃克絮佩里谈到人的真正幸福不是自由,而是承担责任。更重要的是,责任不仅为人赋予生的意义,也赋予死的意义)。

其二概括说就是审美的能力。比如,在一无所有的监牢里不断回忆爱人的容貌，领受所谓"天使存在于无比美丽的永恒思念之中"；尽可能去发现艺术与自然之美，而它们同样为人的存在提供某种永恒性：

> 在从奥斯维辛集中营到巴伐利亚集中营的路上，如果有人看见我们透过囚车铁窗远眺扎尔茨伯格山脉的山峰在落日中闪闪发光时的一张张面孔，他们决不会相信这是放弃了生活的希望和自由的人的面孔。

集中营固然是罪恶的渊薮，但并不意味着人必须完全放弃审美活动，使自己变成彻底的行尸走肉。在此意义上，集中营之恶有时候也如癌症，很多人是被吓死的。

即使是在每况愈下的日子里，个人的选择依旧重要。同样是在《活出生命的意义》一书中。弗兰克尔注意到集中营的坏人堆里也有好人：

> 人不是众多事物中的一种。事物相互决定对方，但人最终是自我决定的。他成为什么——在天赋与环境的限度内——是他自己决定的结果。比如在集中营，在活人实验室，我们亲眼看到有人像猪猡，有人像圣人。人的内心里，这两种可能都有。最终表现出哪一种，是决定的结果，而不是环境的产物。

简单说，每个人的内心都有一道善恶分水岭，最后做了什么，关键还是个体的选择，而不只是环境的逼迫。

（六）我的歌声里

在现实生活中，集中营只是逆境的隐喻。回想这些年的过往，靠着日积月累的努力，我过上了相对宽松的生活，这一点还算幸运。

这并不意味着我的生活中没有挫折。面包与马戏的问题解决了，而我还想要玫瑰和星辰。

有一天外出，骑马上长城，回家后写了篇《人民需要赵德汉》的文章。赵德汉是电视剧《人民的名义》里"国家某部委的项目处长"。我丝毫没有为他辩护的意思。按剧情这可是个贪官啊。有趣的是，赵处长贪了好几个亿却从不敢花，而是把它们藏在墙壁、双人床和冰箱里，仅供闲暇时闭门观赏。我揶揄说，考虑到近年来货币超发严重，此类贪官客观上算是起到了收紧银根、抑制房价和通货膨胀的作用了。

不知道出于什么原因，这篇文章在微信公众号上被删掉了。上网二十年，类似情况总会遇到一些。

忘了是在哪一天，我决定每被删除一篇文章，就在"思想国"微信公众号上唱一首歌。随后读者看到哪篇文章略有锋芒，便会留言说坐等明日听歌。有人可能会说，你是不是在以一种温和的方式反抗？我不确定。其实我对反抗没有那么大的热忱。就像阿尔伯特·加缪说的，活着是最好的反抗。借此机会，我更想捍卫的是生活的应有之义，并拓展我人生的丰富性。

人并不需要每时每刻都去讲道理。最好的道理是生活本身。

所以，与其忧愁，不如歌唱。套用诗人辛波斯卡的话说，我喜欢唱歌的荒谬，胜于不唱歌的荒谬。同样的荒谬是，在这个时代有些事情是每个人都看得见,说不出来,却又互相听得到的。

另一方面,人要保存希望,但又不要被希望所压倒。不能因为这个时代不如你想象的进步那么快,就觉得梦想已经落空,甚至开始怀疑人生没有意义。我们来到这个世界,并不全然是为所谓"时代进步"而来的。即使是一个上山打虎的人,也会欣赏沿途的风景。

有时候,为了谋求一点宽慰,我会把自己想象成一个时空穿梭者,从未来的世界来到此世的地球。如果将来糟糕透了,且当此地为一方乐土;而如果将来美妙无极,就算是在此时体验古人悲苦的生活。

(七)慈悲的本性

为什么要在一本书里集中谈论慈悲?这既是因为慈悲乃人之本性,也因为它是我的心结。

世人常说童年天真烂漫,但回想我这几十年的生活,真正做过的恶事都是在孩提时代。我曾经和一帮孩子比着弄死过几只螳螂和知了,现在想起来都觉得罪孽深重。

我对这个世界贡献甚微,但和很多人一样,我知道自己内心埋着几粒慈悲的种子,有的甚至还长成了嫩苗。我曾试图寻找其来源,发现它既非来自父母的熏陶,也不是来自学校的教育,而是在生命成长的过程中一点点呈现出来的。

世间有些事情,因为无法解释,人们便说是因缘造化。上大学时我读过几本有关佛学的书，感怀最深者莫过于地藏菩萨的"地狱不空，誓不成佛"。那时候真觉得人生有此宏愿足矣。所谓成长，就是不断遇见理想中的自己。这个自己不是在遥远的未来等你，而是深藏于你的心府，只等着时间与机缘的大风吹去上面的尘埃。

而我也并不认为慈悲是来自神的恩典，就像诗人米沃什所写：

> 假如没有上帝，
> 人也不是什么事都可以做。
> 他仍旧是他兄弟的照顾者，
> 他不能让他的兄弟忧愁，
> 以没有上帝的名义。

回望人类的过往，只要细想背后的残酷，就会透不过气来。我在书里对比了雨果和鲁迅，由此谈到"不完整的慈悲"。在我看来，真正伟大的革命不是一部分人过上好日子，而另一部分人必须去死。事实上，顺着这种逻辑没有谁能真正过上好日子。因为只要现实需要，任何人都有可能成为被消灭的对象。

（八）牺牲

同样是在上大学的时候，宿舍里有位博闻强记的同学，我们经常互问一些稀奇古怪的问题。如今，他在家里养了只一米多长的蜥蜴,还经常牵着它在小区里散步。可惜我们已很少见面。

而当年我们曾经认真讨论且印象最深的一个问题是:

如果让你牺牲,全人类就可以过上美好的生活,你愿不愿意去死?

记得当时我们都给出了肯定的回答——"我愿意!"

这是一个很具80年代理想主义风格的回答。如果人类真有一个"一加一等于二"的真理性解决方案,一个人的牺牲可以让其他所有人从此幸福无比,我相信很多人都会有类似的回答——前提是并不兑现,也不思考"为什么偏偏是我"。

时至今日,我依旧有着并不稀薄的家国情怀,并热切地爱着这个世界。但我必须承认,当我再次面对这个问题时,我的回答可能还是"愿意",但已不再响亮。这不是因为我较年轻时少了牺牲精神,或者信奉了杨朱,而是因为我畏惧这背后的逻辑——需要一个人去死才能换来的美好世界,一定不是美好世界。

而当年之我又为什么会不假思索地给出那个肯定的答案?在我那么年轻却轻言可以舍弃生命时,是不是因为我发现自己的一生是不值得过的,以至于急于将它抛弃?是不是弗洛伊德所谓的死本能在我的身上起了决定性作用,由此产生了牺牲的激情?或者只是因为空虚和无聊,愿意以自己的死为荒谬的人生找寻意义?又抑或逃避选择:无论是将自己交给死神还是生神,结果都是一样——我不选择了,神为我决定一切。

电影《辛德勒的名单》有一句话感人至深："凡救一人，即救全世界。"更深层次的问题是，这个被救者是不是也应该包括救人者自身？有没有一种完整的慈悲，既救起世界又救起自己？如果我们承认每一个个体才是自己利益的决定者和最忠实的捍卫者，那么最可行的济世方案是不是人人自救，即救全世界？

我想说的是，完整的慈悲既要慈悲地观照众生，也要慈悲地观照自己。唯有如此，才可能做到众生平等、无分别心。慈悲，在很大程度上是对人的合理欲望给予人的尊重。

（九）自私的德性

正如安·兰德在《自私的德性》一书中批评利他主义的变质，我并不反对利他主义及其所带来的奉献之美。我反对的是利他主义对个体权利的贱斥甚至毁灭。而这也是我批评钱理群先生的原因之一。我无法理解一个请求他写推荐信的学生如何变成了"精致的利己主义者"，而且可能变得"比一般的贪官污吏"还坏。那只是一个追求个人奋斗的年轻后生而已，担不起这些影响国家未来的污名。

本来，利他主义与利己主义应该成为人类追求美好生活的两翼，而不是互相否定。然而利他主义伦理学却将利己者塑造成恶棍。按兰德的说法，这一倾向主要基于两个非人的信条：一是任何关心自己的利益的行为都是罪恶，不管这些利益是什么；二是这个恶棍的行为事实上只对他自己有利，他们必须为了邻居的利益而放弃这种利益。

然而，信奉这样的伦理学，结果是坚持个人奋斗的人可能被并不存在的"集体利益"所碾轧。

> 观察当今所谓的道德判断有多么荒谬吧。一个创造财富的工业家和一个抢劫银行的恶棍被视为同样不道德，因为他们都是为了"自私"的利益而追求财富。有两个年轻人，一个为了养活父母而放弃自己的职业，并且再也没有超越杂货店店员的级别；另一个则在经受了极度痛苦的奋斗之后，实现了他的个人抱负。但人们却认为前者在道德上高于后者。一个独裁者被看作是道德君子，因为他犯下不可告人的暴行是为了造福于"人民"而不是为了他自己。

在该书导言中，兰德直言不讳地指出人有权利关心自己的利益，这是道德生存的本质，而"攻击'自私'就是攻击人的自尊，放弃'自私'也就是放弃自尊"。

这本写于上世纪60年代的书里有不少真知灼见。比如个人是法无禁止即自由，而政府是法无授权即禁止；政府并不生产道德，它唯一需要尊崇的道德是保护国民的权利，以避免遭受暴力及其他罪恶的侵害；而且，在现代社会政府一样有作恶的倾向，它劫掠一个国家的财富不会明目张胆，但会借助通货膨胀得以实现；等等。在此意义上，当个体受到各种改头换面的集体主义或国家主义侵害时，能唤醒他们不与世同沉的力量正是深藏内心的利己的激情。

与此同时，由于人有合群的激情，集体主义永远不会褪去迷人的色彩。阿伦特在《极权主义的起源》中注意到，一旦个人从原有的社会认同中被剥离，成为原子化的个体，巨大的孤独感会铺天盖地而来，此时如果有嗜权者乘虚而入，极权国家的形成就是顺理成章的结果。

我无意将自私放到一个绝对的高度，但极端年代之恶往往就是从逼迫人们放弃自私开始的。在此关键时期，一个人的自私与自救并无本质区别。

真正的利己是以不牺牲他人为界，否则他也将受到来自其他利己者的损害。兰德并非主张人人只顾自己享乐，而无视其他鲜活的生命。与此相反，她希望为所有鲜活的生命留存鲜活与勇敢。一个人为实现自己的利益而个人奋斗，不仅光彩而且还可以塑造他的灵魂。

如果关心自己的利益是罪恶，那么活着本身就是罪恶。

（十）进攻性的善

在现实生活中，经常看到的情景是，自己畏步不前者逼迫别人冲锋。他们不参与现实的反抗，却像督战队一样朝着无辜的人开枪。他们的理想状态是自己毫发无损，却能撒豆成兵。

人生活在欲望与恐惧之间，难免有自私的倾向。否认人的自私性，就是否认人本身。所以，我宁愿世人能正视自私，承认人的局限，并在此基础上变得谦卑，而不是自以为怀着公心，从此道德完美，却难掩逼人就范的嚣张——这恰恰是历史上那些道德乌托邦不断走向反面的原因。

如果理解"消极自由"的概念以及以赛亚·伯林对法国大革命的批评，就知道理性利己主义根本就不是问题。在伯林看来，法国大革命之所以最终导致血流成河，是集体自我导向的"积极自由"彻底压倒了个人的"消极自由"。当人民主权轻易地摧毁了个体主权，公意压倒私意，不仅个体最低限度的自由开始丧失，整个社会的自由也将全面溃败。

譬如讨价还价，一个人的自私可以通过另一个人的自私得到平衡。相较而言，集体以善之名发起的冲锋则更有可能轮番冲垮任何个体。

大家都要去造官府的反，你因为护着家里的十亩地不想去，这种不合群看似自私，但你有不造反和不同去杀人的权利。如果非要强迫你去，那就是意志的悲剧。而那些标榜无私者也未必无私。就算他们真的乐于冒险犯难，至少还有一种私心——那就是实现他们的理想。在一定时候这种对理想的狂热会压倒一切。

2016年，菲德尔·卡斯特罗离开了人世。有人称之为"革命浪漫主义的最后一次死亡"。"我终将离去，但理想不朽"广为传扬。然而，一个标榜理想主义的政治强人，独揽一国大权几十年，还有比这更现实主义的吗？

人为意义而生，有些人爱自己的理想甚于爱世间一切人。他们既可以为理想牺牲自己，同样可以为理想牺牲一切人。

我曾谈到一个社会可能出现的两个极端：在乌托邦时代是理想主义信过了头，为明天不要今天；在后乌托邦时代是现实主义信过了头，为今天不要明天。其实还有一种可能，今天明天都不要，只是以善之名义，完成死本能的驱使。而这方面，切·格瓦拉是最好不过的例子。

十多年前，我经常在巴黎的游行队伍里看到有格瓦拉头像的红色旗帜。在那里，格瓦拉代表着革命、自由和公正。然而当我真正开始阅读他的一些资料时，顿觉毛骨悚然。

古巴导弹危机期间，格瓦拉曾对伦敦《工人日报》（*Worker*）说："如果核导弹还在我们手里，我们可以摧毁美国的核心，包括纽约城。我们会走向胜利之路，就算那会使成千上万的人成为核牺牲品……我们必须让仇恨活在心里，并促使它爆发出来。"他不止一次怂恿赫鲁晓夫对美国进行核打击，古巴人为此死光也无所谓，并谴责赫鲁晓夫对他的"背叛"。

还有比这更浪漫而吊诡的事情吗？一个时刻想着输出革命解放全人类的人，也时刻想着为人类按下核按钮，并且一厢情愿地以为在核爆炸中死去的人都面带笑容。

同样反讽的是，就是这样一个狂热分子，《时代》杂志曾将他与特蕾莎修女相提并论，而萨特更称之为"我们时代的完人"。在我眼里，格瓦拉只是一个被死本能诅咒了的人。他表面上热爱人类，其实生无可恋。如果跟着这个狂热分子的意志走，恐怕人类早已在自己制造的几道闪电之中归于寂静。

（十一）无私心即无公德

在针对"进攻性道德"林林总总的批评中，有些人显得格外耀眼，除了我在书中提到的伯纳德·曼德维尔，17世纪的法国思想家拉罗什福科在他著名的《道德箴言录》里也直言不讳地指出"我们的德性经常只是隐蔽的恶",这与曼德维尔的"私恶即公益"遥相呼应。

在拉罗什福科看来,人类同时受着命运与激情的统治。而所谓的德性,常常只是由某些行为和各种利益的集合,同天赐的运气或者自我的精明巧妙构成。男人并不永远凭其勇敢成为勇士,女人亦不总是凭其贞洁而成为贞女。

拉罗什福科影响了很多人。同样,在18世纪的大卫·休谟那里,道德也不是理性的结果,而是源于"自私的激情"——"理性是并且应该是激情的奴隶"。言下之意,人类从来没有而且将来也不会真正被理性支配。休谟认为,理性的作用是纯工具的,它教我们获得自己想要的东西,而这些东西包括欲望、自我满足和虚荣心。

进一步说,人们能够不去作恶,而是因为不那样做最符合自己的利益。而且,也正是在此自私的基础上,形成了公共道德。在此意义上,当一个社会失去了个体的意志,只推崇流水线人格,也就失去了私我与私德,由此公德也不会形成。

尽管我认为无私心即无公德、无私心者无公德,不过我也并不想否定人所具有的内在的神性。它所通向的是人的心灵,而人的神性就在于心灵有可能完成对理性的超越。

(十二)双向成全

有朋友从图卢兹来,说到这代人的责任。我说,我没有什么大的抱负，只是想：父母在劳动，劳动是他们的本分。我是读书人，思考也是我的本分。如果我对社会不尽批评之责，就等于我在剥削父母，吸父母的血。

十多年前，我曾写过一些短章，这是其中一段话。前面说了，我并不鼓励牺牲。在一个正常的社会，有法官、议员、律师、政府官员、工程师、建筑师、人文知识分子、军人、警察、医生、产业工人、农民、卡车司机、船长、幼儿园园长、天气预报员……大家各尽其责最好不过。

这方面我非常赞同曼德维尔与斯密的说法。人们因机遇、资源与禀赋等不同而有了社会分工。在此条件下，大家虽然追逐私利，但也服务了他人，并在整体上增进了生产效率和社会公益。所谓公益，不过是私利的最大公约数而已。

美好社会有赖于合作，而且没有谁能离得开合作。精明的商人追求长久的合作，使买卖双方均可受益。真正的慈悲亦是对人对己的双向成全。既不无视他人的痛苦，也不逃避自己的人生责任。

当然，如果你有菩萨心肠，你也可以说成全他人就是成全自己。前提是你真的因此而感到快乐。我相信这世界上的确有一些愿意"拆下肋骨当火把"的人，但他只能这样要求自己，而不能强求别人。如何用好自己的肋骨，是每个人的分内之事。

（十三）花朵与命运

人如何在逆境中自处？这是一个古老的问题。

就在前不久，一位爱写诗的朋友在微信上向我感慨，这些年中国在经济上虽然不贫穷了，但是文化上还没有做到"百花齐放"。若是从前，我也许会说，你说得对，然而于事无补。而现在，我给这位朋友的回答是，还是先把你自己这朵花开了吧，不要为其他九十九朵花而忧虑。

诗人辛波斯卡说，一个人可以爬上山丘，屏住呼吸，却无法像玫瑰一样生出枝叶，长成树丛，因为"只有玫瑰才能盛开如玫瑰"。同样，每个人都只能按自己的方式绽放人生。

我这样劝诫，并非没有公心，不顾其他花朵的死活或无视环境的弊病，而是强调先做好自己能够控制的事情。其一，虽然大家同处一个时代，但是各有花期，或早或晚，着急无济于事。其二，人终有一死，逆境再漫长长不过你我一生，不要因为诅咒风雨而忘却兼程。

生而为人，我们只能在自己尚能控制的时空里生活，并由此改变个体乃至时代的命运。如明代思想家吕坤所言："亡我者，我也。人不自亡，谁能亡之？"

想起前不久中国农村的"三权分置"改革。简单说，现在农村的土地所有权没有归属于农民，但是农民有承包权，而如果农民不想种了，他可以将土地的经营权转包给其他人并由此获得租金。很多人觉得这场改革意义重大，然而在我眼里却波澜不惊，因为早在中央下达正式文件之前，这种三权分置的现象在我农村老家已经存在好多年了。农民进城打工，又不想让农田荒废，他们就把家里的地租给别人种。为此，当地形成了一些家庭农场，有的水泥晒谷场建得比足球场还大。

玫瑰引导人民。这些被贴上"落后""愚昧"等标签的农民，像当年小岗村按红手印搞家庭联产承包的十几位先驱一样，再次走在中国改革的前面。而顺应民意的改革，也不需要掌权者如何费力劳神，他们只需对老百姓的生活与政治意愿进行确认就可以了。

（十四）地狱里的西西弗斯

几年前的一天，我在旧金山遇到一对华裔夫妇。先生姓钟，在移民美国时他特别带了一本《一个村庄里的中国》。据说他喜欢我的书的最大原因是在我身上读到了伯特兰·罗素的三种激情——"对于爱的渴望，对于知识的追求，以及对于人类苦难痛彻肺腑的怜悯"。

这是罗素写在自传序言里的句子。我自知完全无法与他相提并论，但听到读者这样谈到我，亦与有荣焉。而且，我承认我身上一直有着上述三种激情，也希望能够像罗素一样独立思考、光明正大地看待世间一切善恶美丑。

在我孤独求索的道路上，罗素的许多观点对我而言是一种安慰。比如对基督教的怀疑——为什么它声称博爱却又为离经叛道者准备了地狱？在罗素看来，"真正非常慈悲的人决不会相信永远的惩罚"。

这样的悲悯在我阅读加缪的文字时，同样心有戚戚焉：

> 我作品的意义。这么多的人都得不到恩慈。没有恩慈的生活要如何过下去？
>
> 是该采取行动了，来做这件基督教从未做过的事：去关心那些被打入地狱的人。

既然人都是要死的，而宇宙又对此漠不关心，那么人生还有何意义？面对荒诞的世界，加缪分析了三条出路：自杀和依靠信仰都是在回避问题，而人真正能够把握的是拥抱荒诞并在此前提下充分地度过人生。

就像神话中的西西弗斯一样，大胆地承认生活的荒诞，在徒劳无功的挣扎中表达对生命的热爱。而且，"Il faut imaginer Sisyphe heureux"（要想象西西弗斯是幸福的）。唯其如此，加缪才有理由宣告，"在隆冬，我终于知道，在我身上有一个不可战胜的夏天"。

阿多尼斯有一首《致西西弗斯》，相信只有读懂了加缪的绝望与幸福的人，才会真正理解它。

> 我立誓在水上写字，
> 我立誓与西西弗斯一起
> 承担他无言的巨石。
> 我立誓与西西弗斯一起
> 经受那狂热与火花，
> 并在失明的眼中

寻找一根最后的羽毛
为秋天和野草
写尘土之诗。
我立誓与西西弗斯活在一起。

而我亦宁愿相信，以追求美好生活的本性，我所往复推动的不再只是大地上的石头，更是生命中的玫瑰。

（十五）分水岭

因为某些批评性文章，有读者问我为什么不多写些"光明的东西"，好让他有力量。如果我是一个卖手电筒的，我会立即赠送他几节电池。然而，对于一个以思考为业的人来说，什么是光明却不容易判断。他唯一确定并能为之尽力的本分是殚精竭虑以明辨是非。而明辨是非本身就是一种力量。

这些年，我写过不少或明或暗的文章。总结起来，我对社会的批评，是基于事实的世界，不能指鹿为马；而我对人生的思考，是基于意义的世界，可以颠倒黑白。我这样说并不是要故弄玄虚，而是强调既要在客观上尊重事实，又要在主观上看到人心的价值。人心是个奇妙的东西，同一种境遇，有人视之为地狱，有人则视之为天堂；同一首诗歌，有人看到光辉，有人看到颓丧。

而过去的几年，我看到世界重新走到了分水岭上。未来会怎样？相较于十年前，我现在并不乐观。

一是极右或强硬势力在各国陆续登台。即便是在已经选出黑人总统的美国，前不久还爆发了白人至上主义者的游行示威，并且有人因此丧命。同样，我曾经深情赞美的欧盟如今也在风雨飘摇，不仅是英国的退欧。每逢各国大选，媒体讨论或猜测最多的也是右翼势力上台的可能性。

我担心的不是坏势力团结起来，而是他们的互相激发。

没有比历史终结论或一劳永逸的幸福更可笑的论断了。茨威格在最后的书中哀叹"昨日的世界"里那一代人的天真——以为就算偶尔有点社会的倒退，也是暂时的。他们没有预想到随之而来的两次世界大战，几乎毁灭了欧洲。

二是人工智能的发展。

前一种危机要处理的是人类内部的关系，而这一种危机则是人与未来机器的关系，对此人类完全没有经验可谈。两种危机有一个共同点，那就是对人的驱逐。如果说政治对立完成的是一部分人对另一部分人的驱逐，那么人工智能在未来所要完成的，可能是对人的整体性驱逐。也就是说，人类还没来得及修复"不完整的慈悲"，就迎来了完整的残酷。当然，这只是我的最坏的看法。尽管库兹韦克早已宣布奇点临近（2045年），但那一天不会来得太快。

在此之前，我最担心的是政治、资本与科技合谋。只要人还在控制机器，那么机器对人的驱逐，从本质上说还是人对人的驱逐。如一些有识之士已经谈到的，在可以预见的未来，难以计数的人将成为无用阶级，连被剥削的价值都没有了。

而这一切，似乎暗合了茨威格当年的忧虑：

19世纪怀着自由派的理想主义真诚地相信自己正沿着一条万无一失的平坦大道走向"最美好的世界"。人们用蔑视的眼光看待从前充满战争、饥馑和动乱的时代,认为那是人类尚未成熟和不够开化的时代;而现在,一切邪恶和暴虐均已彻底消灭,这也只不过是几十年的事。对这种不可阻挡的持续"进步"所抱的信念是那个时代的真正信仰力量;人们相信这种"进步"已超过《圣经》,而且他们这样的神圣信条看来正在被每天每日科学技术的新奇迹雄辩地证实。(《昨日的世界》)

人类文明的演进,得益于科学技术的不断进步。然而新的发明并不必然带来进步。在人类的经验之外,每一种技术革新的背后都可能是一片巨大的沼泽。有了核武器,就有了核战争,而人类也为此备好了切·格瓦拉。同样,转基因食品又会带来什么,许多人都满腹狐疑。说回人工智能,当危机真正来临,人类将如何应对?如果将时间推得更远,过去是奴隶主与奴隶之间的战争,最后奴隶胜;将来会不会是人类与机器人(奴隶)之间的战争,最后依旧是奴隶胜?

(十六)孤独的星球与人

过几天,旅行者1号探测器离开地球就要满40年了。如今,它已经冲出太阳系,在200多亿公里以外的星际飘浮。与旅行者1号一起飘浮的还有一张铜质磁盘唱片,上面除了包括

《流水》在内的27首名曲、人类生殖图像，还有55种人类语言录制的问候语。据说之所以附载这些内容，也是为回答一个问题——如果地球文明甚至太阳系被某种未知力量毁灭，还有什么能证明人类曾经存在过，并创造了如此辉煌的文明？

早在1990年2月14日那天，旅行者1号曾经向后看，拍摄它探访过的行星。美国国家航空航天局最终从这个动作中编译出60帧照片，辑成了一张太阳系全家福。地球在这张从64亿公里外拍摄的照片中，只是一个渺小的"暗淡蓝点"。据此，美国著名天文学家卡尔·萨根在其科普名著《暗淡蓝点》中写了这样一段话：

> 再看看那个光点，它就在这里。那是我们的家园，我们的一切。你所爱的每一个人，你认识的每一个人，你听说过的每一个人，曾经有过的每一个人，都在它上面度过他们的一生。我们的欢乐与痛苦聚集在一起，数以千计的自以为是的宗教、意识形态和经济学说，所有的猎人与强盗、英雄与懦夫、文明的缔造者与毁灭者、国王与农夫、年轻的情侣、母亲与父亲、满怀希望的孩子、发明家和探险家、德高望重的教师、腐败的政客、超级明星、最高领袖、人类历史上的每一个圣人与罪犯，都住在这里——一粒悬浮在阳光中的微尘。

生活不只有面包和玫瑰，还有星空。埋葬星空的人，也会埋葬大地。

玫瑰让我想到生活的可能，而星空又让我意识到人的局限。

然而，即使是在最孤独时，人总还是可以回到内心，找回自己独一无二的宇宙。当我们仰望星空的时候，星空也在仰望我们。

（十七）昨日的世界

我这辈子没有发财致富，很大原因是没有跟着人群走。我没有买大房子，一个原因是不想将自己困在里面，仿佛给自己买一个宽敞的监狱。然而，面对这个时代飞升的房价，我也会和许多人一样变得心灰意冷。

博尔赫斯说："我写作不是为了名声，也不是为了特定的读者，我写作是为了光阴流逝使我心安。"如果写作可以致富，它客观上当然也可以抵消一些通货膨胀，但这不是一件容易的事。

而我最有激情的事情，仍是思考本身。偶尔也会因为身体不适陷入胡思乱想。冥冥之中，我以为自己是为着上苍的某个使命而来，然而至今毫无进展，完全没有担当大任的迹象，所以我的末日还早着呢。如果上苍真想要我做点什么，却又不给我足够多的时间，那只能怪上苍于我并无诚意，责任并不在我……

完全是胡思乱想。

待我的心终于安静下来，我反倒要感谢生命中的种种未完成，正是那些未完成的事情，让我留恋世间。人生若无缺憾，又谈何完美？

最近几年，心情沮丧的时候，我时常会想起茨威格和他的《昨日的世界》。茨威格把1914年之前的欧洲称为黄金时代。回想我的黄金时代，应该也是在欧洲的几年吧。当时不仅中国与世界在朝前走，我自己的路也越走越宽阔。而且我心无旁骛，一定是要回到中国来的。

那时候中国评论界很活跃，朋友也多。我曾经不无激动地说——上帝热爱人类，让有理想的人分散在四方。一种"四海之内皆兄弟"的感觉油然而起。而今，我经历了太多的离散，曾经聚拢在一起的熟悉的亲人与朋友，纷纷离场，或身患重病，或隐身于四方。四海仍在，只是每个人都变成了孤岛。

与西西弗斯不同的是，年轻时我们努力推石头上山，有着共同的方向。待时过境迁，许多人不再去推动命运的石头，而是直接变成了石头，以各自的方式崩塌而下。上山，下山，从追逐一个顶点到滚进四面八方。

大家都变了，也各自散了，有的甚至散到冷若冰霜，老死不相往来。没有一个山谷可以聚拢曾经的一切，更别说从头再来。

——这样想下去，心情就愈发沮丧了。

有一天，我去国家图书馆复印资料，在地铁里看到一幅画，画面上唐僧师徒四人各拿着一个行李箱，毕恭毕敬地立在了站台上等车。猪八戒还穿着西服，打着领带。四位取经者如今像是职场新兵，隐藏于芸芸众生。

这也许就是芸芸众生的命运吧。年少的时候，谁不想仗剑天涯？如今回首，大部分时间都在空虚的繁忙中度过。

然而，即使是困顿于冗长的俗务，人生也不是完全别无选择。卡夫卡是保险公司小职员，佩索阿是外贸公司翻译，鲁尔福是汽车轮胎推销员，但这些都不妨碍他们另有乾坤，去完成各自的使命。

没有人知道未来会如何，这个世界也正是因为种种不确定性才显得如此迷人。倘使一切都是命定，人类就像是一个永远空转的陀螺，变得毫无生气与意义。

（十八）向过去告别

想起某一日，同一位年轻人喝酒，言语间忽然聊到从前的一位兄弟。我们曾经是很有些交情的，算是灵魂上的朋友吧。

"后来呢，也不知道什么原因，他和我渐渐疏远了……"我说。

"疏远不需要理由，在一起才需要！"年轻人说。

我心头一惊。是的，离散才是生活的常态，孤独才是人生的真相。

想起了"断舍离"。从前，"家徒四壁"是个坏词，而现在我总想着扔掉些东西。简单，简单，再简单。你占有的东西越多，你的世界就越小。我感觉自己内心在发生变化，我想用空把自己填满。小黄车、公共图书馆同时在侵蚀我的私的观念。私有的行囊太沉了，沉重的肉身已经背不动它。我甚至开始领悟一无所有妙不可言。不是目空一切，是心空一切。旅行之美就在于你只要全心感受而不是拥有这个世界。当我远走异国他乡，我唯一拥有的就是自己的肉身与心灵。

我曾经说，世界给我的最大的慈悲，是"除了人，我别无身份；除了美，我一无所知"。此刻，当我回首往昔，纷至沓来的不再是生命中的聚散离合与时代的起落沉浮，而是我有限生活的一点感悟——疏远谁也不要疏远自己，唯有你与自己共度一生。而我能够回报这个世界的，就是带着几粒慈悲和玫瑰的种子，真实地生活。

自救乃第一天理。如果有一天，我愿意牺牲生命，那也是因为我觉得人生非如此不可。我相信那时候我是幸福的。我尽了我的本分，成全了我所需要的尘世的意义，但不认为我对他人有何恩情。

> 当我走到生命的尽头时，我将要说，祝福吧，安静地休息！安息吧，我的脑袋！安息吧，我的双脚！你们都辛苦了。走过的道路是艰苦的，坎坷不平的。可是，无论如何，那是一条美好的道路。在那条道路上，即使一步一个血迹，也是值得的。

年少的时候，有幸读到罗曼·罗兰的这段话，不知道被打动多少次。

《慈悲与玫瑰》是写给每一个孤军奋战者的书。今晨四时起，续写这篇长序。其间小睡片刻。我又一次梦见自己飞上了漫长的高坡，下面绿草如茵。而此刻。我坐在闹市的咖啡馆里，耳畔再次响起了《如歌的行板》。一个人进山找神，找了一辈子，最后才知道山顶上的那个神就是他自己。

定稿于 2017 年 8 月 28 日

时间与命运

疯子、情人、诗人都是想象的产儿。
　　　　——莎士比亚《仲夏夜之梦》
过去其实并没有真正地过去,过去就活在今天。
　　　　——福克纳《修女安魂曲》

命运不可知

又是一个雾霾天，先后见了两位朋友。其中一位是我的大学同事何平教授。我来南开没几年，他便进了监狱，并且丢了教职。如今他出狱也已几年了。

难得再见。话题是从我计划中的下一本书开始的，然后聊到了"文革"，近几年中国的变化以及是否考虑移民，等等。其间我们也谈到了一些新闻，比如贾敬龙为婚房被拆告状无门而怒杀"村霸"。

"我差点做了贾敬龙。"何教授话锋一转，眼睛定定地看着我。

接下来，我听到了这样一段故事：

> 我是1958年出生的，老家在江苏东台乡下。土改的时候，我外公被划为富农，所以被批斗了。主张斗他的人早先是个流氓无产者。这人曾经到我外公家要过饭，我外公当时和他开玩笑说：某某人呐，你比我高那么多，怎么要饭要到我家来了？他没想到这句话会得罪这个流氓无产者。后来这人参加了革命，当了大队书记后就明里暗里开始报

复我外公，自然也殃及到我这做晚辈的头上了。

我高中毕业的时候"文革"还没结束，虽然当时没机会考大学，但乡下有民办教师，如果没有人从中作梗，以我的高中学历是完全可以做民办教师的。然而我申请了两次都被那个大队书记以"出身不好"给拦下来了。那时候我年轻气盛、血气方刚，觉得太不公平，于是就对这个书记，也就是现在常说的"村霸"起了杀心。很快，我从附近的农具厂找来了把钢锉，把头上磨尖，相当于做好了一把匕首了。我把它包在报纸里藏了起来，准备找个合适的时间去杀他。

就在我等机会下手的时候，有一天我突然发现那把"匕首"不见了，于是这人我就没有杀成。再后来，国家政策变了，我考上了大学。临行前父亲和我说了一件事，"要不是我，你小子差点闯了大祸"。这时候我才知道那把"匕首"被他发现后扔进池塘了。幸好我父亲帮我处理了那把"匕首"，否则我真有可能成了贾敬龙了。

不过，据我后来分析，当时没有杀人应该还有一个原因，那就是那位大队书记的老婆是个瞎子。这女人特别殷勤，而且有洁癖，家里弄得干干净净的，对人也特别好，经常给孩子们糖果和小点心吃，像是一个菩萨……我担心要是把她的老公杀了，会没人照顾她，所以犹豫了好久。

何教授的话让我想起了自己年少时的一些经历。

记得此前网上有篇流传甚广的文章，讲的是一位母亲如何对孩子所遭受的校园暴力说不。文中最令人动容的一句话是

"每对母子都是生死之交"。说起校园暴力,其实我一点都不陌生。不同的是,我那时候已经读到高中,而且靠不了父母,每遇不平事都只能靠自己解决。

我所在的云山中学,如果没有记错,它一度是机夹刀具厂子弟中学。也就是说,这曾经是周田镇上的"冷兵器子弟中学"。当然,这里海纳百川,有来自外地县市的学生,也有来自附近方圆十几公里的乡下人,比如我。

按以前的说法,当时镇上鱼龙混杂,是有阶级矛盾的。乡下的孩子属集体单位,父母都是农民,不仅贫穷,而且无权无势。而镇上的子弟属全民单位,就算终日优哉游哉,不上大学也会有工作。更何况有的父母还在镇里掌权,可以平息一些祸事。

于是就有了这样的局面:镇上的一些无赖子弟经常欺负来自乡下的学生,他们随时可以呼朋唤友,成群结队。学校所在的周田镇简直就是他们的兵营。说句玩笑话,当时最流行的电视剧《霍元甲》主题曲的歌词"这里是全国皆兵",讲的就是全民单位的子弟个个都能打架。除了在刀具厂磨好的匕首,他们甚至还有不知道从哪儿弄来的三八大刺刀。虽然多半只是虚张声势,但私下拿出来时,这些凶器也是寒光闪闪,令人心生畏惧。更可恶的是,这些"流氓赤膊鬼"不光是在校园里打架斗殴、敲诈勒索,有时还会醉醺醺地守在半路上,袭击走读的学生。

而农家子弟大多只想安静读书,所以通常都会选择息事宁人、忍气吞声。那时候的我像现在一样安分守己,但也受到了暴力的干扰。记得有一次被两个高年级的学生敲诈饭票,事后我越想越羞耻。晚上和一个同学准备去汪中求老师家里玩，我们在半路上遇到了他。由于心绪难平，我和汪老师说了几句打算报复的话，"……然后再远走高飞"。我知道这只是一番气话，但也算是一粒仇恨的种子在心底萌芽。而汪老师的回答是：你们不要陷在这些打架斗殴的事情里了。现在看是天大的事，将来回过头看可能都是些不值一提的小事。

这大概是我第一次接触到类似"自由在高处"的话了。虽然当时没有完全理解，但我记住了。汪老师后来写了一本畅销书《细节决定成败》。因为年少时的这些经历，我更愿意相信选择决定成败。倘使我当年迷失了人生的方向而选择与狼共舞，就算拳法的细节管控再好，我这一生也必定是要一败涂地的。正是由于这样的后怕，我更能体会尼采所说的——"与怪物战斗的人，应当小心自己不要成为怪物。当你凝视深渊，深渊也凝视着你"。所幸，那时候我做对了一件事，把空间让给他们，把时间留给自己。

回想当年，虽然我与宿舍几位乡下同学所受侵扰不多，但大家还是觉得有必要抱团取暖，以防外侮。再加上受了《三国演义》与《水浒传》等"小传统"的影响，几位同学就拜了兄弟。记得结拜的那天，我们在老七乡下的家里喝了鸡血酒。那一夜，在"四壁之内皆兄弟"的豪迈里，我抽了平生第一根烟，把自己弄得轻飘飘的。最有意思的是我那性情豪爽的老七，喝醉了以后像复读机一样和他妈妈讲了一晚上英文。记得其中一句是"I'm deeply sorry！"[①]

---

① 我深感抱歉！

自那以后，几个穷学生过上了好一段互帮互助、自由自在的桃源生活。我们不去招惹镇上的全民子弟，但一般人也不招惹我们。当然学业因此荒废不少。好在大家成绩原本都还不错，毕业以后除了一个杳无音信，其他几位都上了大学，而且至今保持着非常好的情谊。

我们当时结拜兄弟并不是为了打架，而是出于对友情的渴望，对共同命运的相互理解和同情。正是这个朋友圈，在很大程度上抵消外部世界施加给我们的负面影响。

然而，这样一个群体也暗藏着危险。就像心理学家古斯塔夫·勒庞所说的，人一旦进入群体，就会急于行动，也因此容易做坏事。幸运的是，年少轻狂的我们没有走得太远，而且也没有赶上"严打"。我们能够平平安安度过年轻时代，除了赶上好运气，得到老师们的爱护，还有以下诸因：

其一，我们都来自社会底层，心里担负了改变自己与家族命运的责任。

其二，大家成绩都比较好，觉得未来可期，故不愿与无赖学生和社会流氓争一日长短。

此外就是精神上都比较独立，没有电影《浪潮》里的那种可以吞噬个人信念与自尊的群体理想。这一点尤其重要。所以，就算大家在一起也做了点离经叛道的事情，但远未伤天害理。而且，在关键时候也能够互相提醒。

举个例子。有个兄弟是在初二时就结交了的同学，他平时住在镇上亲戚家里，偶尔会被同龄的表叔拉出去打架。为此，我特别给他写了一封长信，勉励他"浪子回头"。那是在我读高二的时候。我和这位同学是一生的朋友。

多年以后，我对那些无赖学生和社会流氓多了些同情。毕竟，上世纪80年代的中国社会还比较封闭。许多人像电影《斗鱼》里的小镇青年一样，在狭窄的空间里生存，在好勇斗狠中放逐人生的激情与意义。而一旦社会开放了，诸位各奔前程，不管曾经如何成群结队、以强凌弱，最后拼的其实还是各自的人生。就像汪中求老师说的，待时过境迁，当年的那点风浪与是非，回头想想的确都是一些小事。

我终究是幸运的。如今的我看起来温文尔雅，其实内心总还是有些匪气，只是这些年来因为理性与心灵的成长完全被压制或者枯萎了。记得我刚参加工作的时候，有同事还说我像《大宅门》里的白景琦。人的命运谁知道呢？如果我在中学经历了网上那些校园暴力视频里的残酷，被无休止地殴打和侮辱，以我年少时的心智，真不知道能否从容应对。

每个人都自以为善良，然而这个世界却总是恶事连连。在此之前，何教授曾经和我谈起他的一个狱友。一个十八岁的年轻人，刚做保安没多久，由于哥哥在津南工地上被人欺负，他赶过去解围，结果打死了人，最后被判处了死刑。

> 我们在看守所里待了两个来月。他跟着我，经常找我推荐点杂志看。执行死刑的那天，大家给他凑了点吃的。现在好像也没有"断头饭"一说了。有些死刑犯吓得都走不动道，他倒是谈笑风生的，说什么"二十年后又是一条好汉"。他最担心的是按老家风俗在外暴死的人不能和祖宗葬在一起。记得当时家里给他添置了一身新衣服，还有双新皮鞋。他说皮鞋有点夹脚，大概也是随便在哪儿买的

便宜货。这孩子长得一表人才，陕西华县人，可惜现在早死了。

我闻之唏嘘不已。

回到何教授本人的故事，他年轻时在杀人与不杀人之间徘徊，也绝非人性善恶所能解释。一对夫妻，他认为丈夫该杀，而妻子该救，这不是因为何教授人性如何，而是因为他给二者赋予了不同的意义。简单说，在那时候的他看来，这世上有的人该杀，有的人该救。这就像是一个人为了救自己的母亲可能去杀人一样。你很难说在人性上他究竟是善还是恶，因为他既有善的一面（救母），也有恶的一面（杀人）。也正是这个原因，我相信所谓人性的改造，不过是一种徒劳。

何教授在近十年前锒铛入狱，完全是因为生意场上的事情。他曾经是一家上市公司的董事长，因为兄弟阋墙，被人背后下了狠手。我见证了他一生中最艰难的时刻。可悲的是，作为好友，我虽然有意为他排忧解难，却没有实质性地帮上他任何忙。在中国，一个人吃了官司，就像是身体出现了伤口，接下来就是各种病菌乘虚而入了。

"你想过报复他吗？"如今出来几年了，我想知道何教授是否越过了这场牢狱之灾。

"不能说没有。"何教授沉吟片刻，"我在监狱里也遇到过一些狠角色，他们表示只要我愿意，可以帮我报复。但是，我想了想觉得没什么必要。过去的事就让它过去了。我没有必要让陷害我的那个人来定义我的人生。我要自己定义自己的人生。

我还有很多事情值得去做。"

我说是啊,一个人如果出狱后还在惦着报复的事情,这意味着他还在坐旧日的牢。当然我也知道何教授家境殷实,女儿在美国读书,妻子也是非常爱他,他出狱后依旧可以过舒适而体面的日子,而且出狱没多久就有公司请他去做董事长。

"如果你出狱后妻离子散,变得一无所有,会不会起杀心呢?"我接着问。

何教授忽然怔住了,淡淡地吐出几个字——"那还真不好说!"

那一刻,我低下头来,深信这世上作恶的不是人心,而是对人心彻底的剥夺。

我与何教授相交多年,十年前第一次见面时就物我两忘,在他办公室里讨论了一下午的学问。今年年初,刘泽华先生病危,何教授和夫人特别从南京赶到天津。我去医院探望先生时,何教授夫妇正在用天平为先生称量每餐荤素搭配的食物。如此重情重义、细致入微的照料,让我终生难忘并自愧弗如。

而这样的场景,也让我很难将他与几十年前那个手持利刃的乡村青年对接起来。

我时常觉得自己是幸运的。这并不意味着我得到了人生最好的馈赠,但我每次遇到歧途时没有做出最坏的选择。我当年没有因为别人的错误毁掉自己,只是侥幸逃过一劫。

正如爱伦堡在《人·岁月·生活》一书中所写的:

> 我的许多同龄人都陷入时代的车轮下。我所以能幸免,

并非由于我比较坚强，或者比较有远见，而是因为常有这样的时候：人的命运并不像按照棋路下的一盘棋，而是像抽彩。

命运深不可测。每个人唯一能控制的也只是他所能够控制的。而大多数时候，我的命运就是我的周遭。生而为人，我们能一次次逃脱命运的陷阱，也许只是因为别人的错误还不够大。正是基于以上种种，我常说我在他人的悲欢离合中看到自己可能的命运。当我看到一个人在困境中作恶时，我会想，也许他只是在担负另一个我的罪与罚。而我日日以文字念经或者祷告，也可能是在成全另一个人想要的人生。在这个世界上，我不只是我，我是一切人。佛经里讲的"众生即我，我即众生"，想必也有这层意思吧。

钻石与藤蔓

最近喜欢上了一段演讲词：

我希望在未来岁月中，你能时不时地遭遇不公，唯有如此，你才能懂得公正的价值。我希望你尝到背叛的滋味，这样你才能领悟到忠诚之重要。我祝你们偶尔运气不佳，这样你才会意识到机遇在人生中扮演的角色，从而明白你的成功并非天经地义，而他人的失败也不是命中注定。当你偶尔失败时，我愿你的对手时不时地会幸灾乐祸，这样你才能懂得互相尊重的竞技精神的重要。我希望你们将会被忽视，这样你们才会知道聆听他人的重要性。我还希望你们遭遇足够的痛苦来学会同情。

这是 2017 年 7 月美国最高法院首席大法官约翰·罗伯茨（John Roberts）送给 16 岁儿子所在学校毕业生们的祝福。简而言之，"我祝你不幸而痛苦"。孩子们还未出征，便遭受著名大法官的"诅咒"，这似乎不合人情与常理。

然而，这段话很快流传开来，并且收获了许多掌声。表面上看关乎挫折教育,实际上意蕴深远。它不仅要教会年轻人从容面对未来的得失荣辱,而且指出了公正、忠诚以及同理心的价值。如果他们能够真正理解罗伯茨的这些观点,即使遭遇不幸与痛苦,恐怕也不那么害怕了。

而其中最让我有共鸣的一句话是"你的成功并非天经地义,而他人的失败也不是命中注定"。

常常听人感叹自己出身卑微,也见惯了大人物的颐指气使。然而贫富强弱,都不过是一时的世相。变化是这世间唯一不变的法则。回想这些年,无论中国还是世界,多少呼风唤雨的人物都纷纷倒掉了。

差不多同时,我注意到叙利亚难民画家阿卜杜拉·奥马里(Abdalla Al Omari)的人物画展,内容主要涉及各国领导人。与御用画师不同的是,在奥马里笔下,这些不可一世的掌权者都变成了颠沛流离、漂浮无着的难民。

那是一个被画笔重新定义了的世界。除了一副副似曾相识的面孔,你从他们身上找不到半点傲慢与显赫的气息。

美国前总统奥巴马戴着一顶线织的帽子,满身油污,像一个没精打采的矿工。而现任总统特朗普怀抱女儿,背着铺盖卷,手里还举着一张全家福,似乎在向沿街的雇主乞求一份能够养家糊口的工作。

叙利亚总统阿萨德浑身湿透,狼狈且沮丧。最耐人寻味的是他头上顶着一只折叠的纸船,也许它还寓意这位正处在风口浪尖的人物想借船逃脱苦海而不得。

法国两任前总统,萨科齐与奥朗德坐在地上。两个东倒西歪的酒鬼,其中一个还光着两只脚。他们窘迫而无望的表情,让我不由得想起巴黎街头的 homeless（无家可归者）。

至于德国总理默克尔，现在变成了一介村姑。她身着粗厚的红大衣，头上裹着一条黄色的头巾。与其木讷的神情形成鲜明对比的是几只鸡在她身边上蹿下跳。这幅画让我想起几年前在一家酒店偶遇默克尔时的情景。当时我刚坐下来就餐，而她正准备离开，身边跟着一批西装革履的随从与保镖，防卫虽不森严，论气势却是威风凛凛。

至于俄罗斯总统普京，现在已经变成了乞丐。他双手捧着一块肮脏的纸板，上面写着"HELP ME, GOD BLESS YOU"（帮帮我，上帝保佑你）。那个撩动世界神经的肌肉男形象不见了，取而代之的是满目离离、白发苍苍。

而朝鲜领导人金正恩也只是一个神情腼腆的邻家男孩。他光着脚，穿着条蓝格子裤，一只裤脚高卷。大概是怕见生人，他紧靠红墙，将手中的玩具火箭藏在了身后……

此外，还有这些大人物们的群像。他们挤在一条漫长的难民队伍里，一个个落寞而焦灼，等着分发食物。

奥马里本身是难民。几年前为了躲避叙利亚政府军和反对派之间的战乱，他逃到了比利时，并留在布鲁塞尔一心作画。据说是来自生活的愤怒激发了他的创作。最初动念开始这一系列创作时，奥马里有借笔诅咒的意味。让有权有势者也成为难民，在奥马里看来是一次"sweet revenge"（甜蜜的复仇）。

只是奥马里并非神笔马良，这种宣泄式的创作或多或少都有些阿Q式的自我满足。当然，奥马里的"诅咒"止于让他们成为难民，就算"讥咒"成真，也不至于让那些当权者彻底绝望。事实上，现实可能远比画家之笔残酷。关于这一点，就算是最近一二十年，想想萨达姆与卡扎菲的命运就知道了。

不过，撇开复仇一说，奥马里有一点是对的。那就是如果这些大人物失去了权力，而且食不果腹，他们靠什么装点自己的不可一世？

财富、权力与机会将世人分为三六九等，但就像大法官罗伯茨在前面提到的，一个人的成功与失败并非上天注定。认识到运气的存在可以令人活得谦卑。生活在这个世界上，就算是亲如兄弟的人，也有可能因为境遇有别而活出不一样的人生。

想起了另一位画家的故事。

话说在15世纪的一个德国小村庄里，住了一个有18个孩子的家庭。其中两个孩子都想当画家。由于家境贫寒，他们只能有一个人去艺术学院学画。于是两兄弟只好以掷铜板的方式决定了弟弟去艺术学院学习，而哥哥则继续留在矿上赚钱。按约定，四年后，读完书的弟弟负责赚钱，支持在矿上的哥哥去学艺术。

不幸的是，四年以后当弟弟学成归来，他发现哥哥的手因为长期的劳作已经无法画画了。这样的结局让弟弟非常心痛。几天以后，同样心痛的哥哥双手合十跪在地上，他乞求上帝将自己的才华与能力加倍赐予他的弟弟。这个场面被弟弟看到了，感激不已的他决定为那双粗糙的手画一幅画。虽然哥哥的手不能画画了，但这双手所包含的意义与当时的形象应该保留下来。

据说，这里的弟弟是著名画家亚尔伯·丢勒，而这幅画就是他流传了几百年的杰作《祈祷之手》。

因为年代久远，今人已很难断定故事真伪，而我也无意去做任何考究。至少，凡·高当年也是在哥哥的资助下画画。直到今日中国，贫困之家以抓阄、扔硬币的方式决定孩子命运的事情也并不罕见。

就上述故事中的德国兄弟而言，我更想说的是他们是在分别完成他们可能拥有的共同命运。虽然人生际遇不同，但在灵魂及其成就上他们完全是平等的。生而为人，无论经历了怎样的幸与不幸，也许我们只是在这个世界分扮角色而已。

一幅绘画作品的成功少不了两个因素：一是绘画本身，包括色彩、构图、光影、笔触等，那是形象；二是有关画作的诠释。回到奥马里，他该庆幸自己对创作的理解没有停留于最初的愤怒，并且将这组画的主题定为"vulnerabiliy"（脆弱性）。如果他只是将这组画用于前面说的"甜蜜的报复"，就像用针扎小人，那么它们就会变成平庸之作。而当他超越了这种逞一时之快的政治激情，转而上升到哲学的高度来思考人的脆弱性（vulnerability），尽管着墨不多，但仅有"vulnerability"这个主题词就足以打动我了。

在一段采访的视频里，奥里马说他和笔下的难民建立了某种"亲密关系"。为此，他甚至和"难民奥巴马"一起躺在画室的地上。那一刻，我不仅看到了难兄难弟，似乎还看到了从非洲走出来的古老的人类。

几百年前,法国思想家帕斯卡曾经将人比作脆弱的芦苇,用不着整个宇宙都拿起武器来毁灭他,一口气、一滴水就足以致他死命了。只是因为有思想,人才有机会卓然于世。在他的这段话里,人的脆弱性被赋予了一种负面的基调。

玛莎·纳斯鲍姆在她的成名作《善的脆弱性:古希腊悲剧和哲学中的运气与伦理》一书中也特别探讨了人的困境。这里所说的"善"(goodness)并非道德意义上的"善",而是指人们生活的全面的美好与幸福。纳斯鲍姆注意到,虽然那些始于远古、发展至今的技艺在不断提升人类的生活水平,然而具体到个人,成败得失很多时候还是要仰仗运气。

当然,这种脆弱性带给人的并不只是一种全然悲观的境遇。

钻石明亮而坚硬,可以被打磨得完美,但它并不生长和孕育。与此相比,正如纳斯鲍姆所认为的,人实际上更像是一棵渴望繁盛的葡萄藤,在聪慧而公正的人当中,就会茁壮成长,直达那清澈的蓝天。而作为一棵葡萄藤,人同样应该直面自身的脆弱性和不完整性,并拥抱那些丰富的情感,包括痛苦、愤怒、羞愧、厌恶。

基于上面的思考,有时我宁愿赞美人的脆弱性。因为身与心兼具的脆弱性,你我相伴而行,开出生死爱欲的花朵。同样,也因为强者的脆弱性,世界送走了一个个暴虐的君王。

人类对永恒的追求,如西西弗斯推石上山。和神话故事不同,现实是一代西西弗斯倒下了,另一代西西弗斯继续周而复始。我们风雨飘摇,辛苦一生,最后无一不独自走进坟墓。仅此一点,就知道活在这个世界上是何等荒诞和没有意义。

然而,如果世界不荒诞,人类不脆弱,我们靠什么争得人的高贵与刚强，以及超越苦难时的神性与美？

另一方面，也是因为认识到自身的脆弱性，越来越多的人开始接受了宽容的价值，并且尽可能不用恐惧或者欲望去考验人性，哪怕是以忠诚和真爱的名义。

射杀希特勒

临睡前瞥见一篇文章的标题——"一个绝不射杀伤兵的决定，让世界 20 年后陷入腥风血雨"。想必是关于希特勒的。点开一看，果然。

这是一个流传已久的故事。和我以前在 BBC 网站上读到的内容不一样的是，这个版本涉及主角亨利·坦迪（Henry Tandey）的一生，也因此多了一些戏剧性。

亨利·坦迪出生于 1891 年，原本是英国沃里克郡利明顿的一个穷小子。1910 年 8 月，他加入英国的步兵团，开始了自己的军旅生涯。一战爆发，在夺占法国小镇马尔宽渡口的战斗中，坦迪所在的步兵团一度被德军猛烈的重机枪火力所压制。关键时刻，他跃出战壕，只身一人匍匐靠近德军阵地，并成功消灭了德军机枪手。抵达渡口时，他再次冒着密集的炮火率先铺设起木板，使英军冲锋部队得以顺利冲入敌人阵地，并最终迫使人数占优势的德军退出战斗。

就在两军厮杀渐渐平息下来的时候，坦迪发现一个德军伤兵：也许是因为部队仓皇撤离顾不上，只见他正一瘸一拐地爬出阵地的沟壕，准备直起身子逃跑。就在这时，那个德军伤兵也看到了不远处坦迪的枪口正死死地指着自己。

不过,坦迪没有开枪,因为他和《血战钢锯岭》里的戴斯蒙德一样有自己的原则,从不射杀那些放下武器的伤兵。最后,那位德国伤兵略微点了点头,就慢慢走远了,消失在瞄准镜里。

和很多类似文章一样,作者慨叹——"坦迪不知道,整个人类20世纪的历史就在这一刻掉转了方向"。

理由很简单,这个人不是别人,正是日后在欧陆呼风唤雨的阿道夫·希特勒。

坦迪的英勇为他赢得了极大荣誉。他成了战斗英雄,一位意大利艺术家还专门为他创作了一幅油画,在画中坦迪背着一个伤兵,走在队伍里。

战争结束后,坦迪荣归故里,娶妻生子,过起了平静的生活。直到1938年,英国首相张伯伦前往德国与元首希特勒会谈,希望实现欧洲的和平。张伯伦惊讶地发现,希特勒的客厅里赫然挂着那幅意大利艺术家当年为坦迪所作画像的复制品,希特勒解释说:"画中的这个人差点要了我的命,当时我甚至觉得自己再也回不到德国了,可上天又将我从英国士兵的枪口下救了出来。"临别时,希特勒还请张伯伦回国后向他的这位英国"救命恩人"转达最衷心的感谢。

消息传到国内,坦迪备受指责。两年后,饱受舆论压力,同时目睹了德军种种暴行的坦迪痛苦地感慨道:"要知道这个家伙会是这样一个人,我真该一枪毙了他!"

在深深的自责中,时年49岁的坦迪再次报名参军,他表示:"不会让希特勒从自己的枪口下逃离第二次。"但他在索姆河会战中所受的重伤使他已不能重返战场。1977年,86岁的坦迪离开了这个世界。

不过事情并未到此结束。这篇文章说：

> 在2012年5月，女儿在整理坦迪的遗物时，无意间发现当年责问他的报纸中，夹杂着一张泛黄的纸条，坦迪在上面写着这么一段话：我后悔自己的一时之仁，改变了数千万人的命运，但如果重新有这么一次机会，面对一个不知道未来的伤兵，我还是会选择，让他离开……我只是一个士兵，不是屠夫。假如当年我开了枪，那么，我跟希特勒就没有区别了。

结尾很好。一个耐人寻味的故事。不过，它的真实性早已让人怀疑。这方面网上有不少英文资料。坦迪的传记作家乔纳森指出了时间和地点等疑点。根据他的考证，希特勒和坦迪根本不可能出现在同一个战场上。两人据称是在1918年9月28日在战场相遇的。然而，根据1918年的战争记录，希特勒的部队当时在离坦迪所在部队以北50英里远的地方。而且希特勒9月25日到27日在放假。也就是说，9月28日那天希特勒或者还在放假，或在归队的途中，或在离亨利部队50英里远的营地里。此外，即使希特勒所说的时间是对的，希特勒要从那幅画中认出坦迪也是不可能的。因为坦迪在希特勒所说的1918年那场战役中负伤，浑身上下都是泥和血，同画中的形象完全两样。

乔纳森认为上述一切似是而非并不是希特勒搞混了，而是希特勒有意编造的城市神话（urban myth），因为这样可以增加他本人的神秘感。就像电影《意志的胜利》开篇，希特勒坐着飞机从天而降一样，希特勒以德意志民族的救世主自居，他把自己在战场上侥幸活下来视为上天的安排。当有关坦迪的英雄事迹传到他耳朵里时，他想方设法搞到那张画像，以完成这一神话。

英文维基百科也揭示了疑点。据说当年英国首相张伯伦从德国返国后，曾打电话到坦迪家里，告诉他同希特勒的交谈。然而，当时坦迪家里并没有电话。

至于是否有上述文章提到的那张"泛黄的纸条"，由于我没有在英文网站上找到与坦迪的女儿相关的任何信息，我更倾向于认为那个细节是文学上的杜撰，尽管我很欣赏它所彰显的人性的光辉。

在 BBC 的相关采访中，也有人说这个传说是真实的，但是没有什么真凭实据。就算坦迪承认自己在 1918 年 9 月 28 日的那场战斗中曾经手下留情，他本人也无法确认自己遇到的就是希特勒。

上述争论并不十分重要，接下来说重点。

我之所以关心这个故事，是因为它背后暗藏的一个假设——如果当年坦迪真的遇到了希特勒，并且毫不留情地枪杀了他，20 年后就没有二战了。

会这样吗？我的答案是否定的。类似一厢情愿的观点，我们经常可以看到。许多人简单地以为，某一个具体的独裁者的苗子被消灭了，那么与之相伴的黑暗也就消失了。

这些人忽略了一个事实，能使独裁者走上权力巅峰的，不是独裁者的肉眼凡胎，而是那个国家与那个时代近乎疯狂的民情。看过里芬斯塔尔《意志的胜利》的读者知道当年希特勒在德国是何等被推崇。这一波国家社会主义浪潮甚至让太平洋两岸的中国与美国的许多精英羡慕不已。在此历史背景下，就算当年德国没有阿道夫·希特勒上台，也会有其他希特勒上台。

所以我说就算这个故事是真的，坦迪也完全没有必要自责。希特勒的问题不是他开一枪就能够一劳永逸解决的。简单说，坦迪的那一枪如果不能射杀德国当年的民情，20年后的欧洲同样腥风血雨。

那些以为提前杀死希特勒就可以让世界免于浩劫的人，实在是太天真了。如果上述逻辑可以成立，当年给希特勒接生的人也可以自责——"哎，我真后悔啊，当时把他掐死就好了！"当然，历史还可以再退一步，"哎，要是给希特勒的母亲结扎就好了！"

推演到这里，就不只是一个故事，而是和希特勒的想法已经非常接近了。希特勒及其追随者的做法通常是，以消灭个体的方式来消灭社会整体性的危机。而反对他们的人也常常陷入相同的误区。希特勒的出现，只是当年德国乃至世界的一个果，而不是因。我们今天看不清这一点，就不能说是真正接受了20世纪的教训。

茫茫人海，万千因缘起落，能在自己身上克服一个时代的，毕竟是少数。绝大多数人，都是跟着已经走起来的人群走。作为替罪狼，希特勒同样是不幸的，如果出生在今日德国，他可能只是莱茵河畔一个蹩脚的画家，即便有恶的倾向，或许也只是扔起酒瓶砸坏邻居家的玻璃。如此而已。

想起电影《希特勒回来了》。在2014年的德国，希特勒变成了一位受人追捧的娱乐明星。该电影有很多细节耐人寻味，包括对民主的思考。1933年希特勒能够掌权，是因为他符合当时大多数德国人的价值观。当历史翻过那一页，一味指责希特勒如何欺骗大众，实在是太过讨好大众了。

影片结尾，被射杀坠楼的希特勒起死回生。他对枪手说："你无法摆脱我，我是你的一部分，来自你们所有人。"在此意义上，希特勒不是回来了，而是从未离开。

勇敢的良心

最早知道"为良心不服兵役者"是在美国长途旅行的时候。一个偶然的机会，我遇到一位门诺派教徒，并从他那里了解了包括阿米什人在内的再洗礼派。

这个教派的很多主张是我所赞美的。比如反对儿童受洗，再洗礼派认为一个人只有成年后才能决定自己的宗教信仰，而不是生来就信奉父母的宗教。这个教派主张教会与政治之间应该划分清楚界限。教会不应用阶级把个人与上帝分开。他们拒绝充当法庭陪审员，因为只有上帝有权判定人们的罪孽或清白。他们拒绝为世俗社会立下誓言，并且拒服兵役、反对死刑。

我曾在有的书里读到有关阿米什人拒服兵役的故事，其言令人动容。

1918年，一位叫罗莎的阿米什妇女，她的丈夫吉迪恩应征入伍到肯塔基路易斯维尔的一个营地。一个半月后，作为"凭良心办事的反对者"，她给作战部部长写了一封言辞恳切的信。

1917年1月25日，我21岁时，嫁给吉迪恩·J·博恩特拉格。他于1918年7月2日应征入营，留下我独自一人。我除了劳动以外别无其他的谋生手段……我必须进一步陈述的是：我的丈夫是一个"凭良心办事的反对者"。由于良心上的不安，他不能在任何军事机构服兵役，因此也必须拒绝任何政府的薪水；作为他的妻子，我也不能接受政府的任何钱财来生活。

基于这些事实，我谦卑地向您提出请求，相信您会予以认真的考虑，然后恳请您下达命令让我的丈夫回到我的身边。

您诚实的吉迪恩夫人

不久后罗莎得病死了，她的丈夫甚至没有来得及赶上她的葬礼。

阿米什人拒服兵役的理由是：作为"凭良心办事的反对者"（conscientious objector），他们无法进行战争。就算被强行征兵，他们只能服从自己的良心，而不是上级军官。举例说，军官让他们开枪杀人，而他们在良心上过不去，就会成为军官的反对者。这样的人在部队里，毫无战斗力，除了送死，就是给部队增加麻烦。

这是凭良心办事的反对者的故事。尽管不合时宜，但我认为他们是一群可爱并值得尊敬的人——为了内心的信仰，我不必跟着时代走，也不必跟着国家走。别人为保卫国家而战，我为保卫自己而战。

直到昨晚看了梅尔·吉普森执导的《血战钢锯岭》，我才知道二战时还有另外一种"凭良心办事的支持者"。巧合的是，当我试着用英文"conscientious supporter"在网上搜索时，直接指向的也是一篇文章 Hacksaw Ridge-The Tale of a Conscientious Supporter，谈的也是这部影片。

英雄所见略同。

《血战钢锯岭》根据戴斯蒙德·道斯（1919—2006）的故事改编。戴斯蒙德是个虔诚的基督徒，在珍珠港事件爆发后，他不顾父亲的反对积极投军。当时的美国有两种人：一种是像他的木匠父亲那样的，曾经在一战中领略了战争的残酷，所以拒绝战争；另一种人则是受正义感与爱国心的驱使，恨不得立即上前线杀敌。在影片中，戴斯蒙德谈到甚至有两个人因为身体不合格当不了兵自杀了。

和许多投军者不一样的是，戴斯蒙德给自己和军方提了一个条件，那就是他上战场，但绝不拿枪，甚至连刀也不碰。这种特立独行很快给他带来了麻烦。一是在军营遭到众人的排挤甚至殴打，战友们责怪他是不堪大任的胆小鬼。二是来自上层军官的压力，为此他被告上了军事法庭。甚至连一直支持他的未婚妻也因为忍受不了各种压力劝他"放下心中的骄傲"，去拿起枪，哪怕只是装装样子。

侥幸的是，在参加过一战的老兵父亲的帮助下，戴斯蒙德没有输在军事法庭上，他最后被允许可以不携带武器招入美军第77步兵师医疗部。

戴斯蒙德似乎注定是个非同凡响的人。让他的战友们意想不到的是，正是这个看起来文弱胆小的军医，在惨绝人寰的冲绳钢锯岭战役中，不顾个人安危，独自冲入枪林弹雨，不停地祈祷，不停地"我要再救一个"，奇迹般地救出了75名受伤战友。影片最后甚至出现这样的镜头：准备再次冲锋钢锯岭的战士要等着戴斯蒙德做完祈祷,否则不出发。在这些士兵眼里,戴斯蒙德成了他们最后的守护神。

这是一个自救救他的故事。在钢锯岭战场上,戴斯蒙德甚至还救下了几个身负重伤的日本兵。当然,这些人都没有活下来。戴斯蒙德严格信奉基督复临安息日会,坚信以基督教为信仰作为武器投入到战斗中去。他说:当别人去杀人时,我要去救人;当这个世界被撕碎时,我要去缝补。这是我在影片中看到的感人至深的自我陈词。因多次在手无寸铁的情况下穿越战场救助伤兵,戴斯蒙德的故事广为流传。1945年11月1日,时任美国总统杜鲁门为他佩戴上了美军最高荣誉的象征——荣誉勋章。

一边是"凭良心办事的反对者",一边是"凭良心办事的支持者",在此我并不想对再洗礼派与戴斯蒙德一分高下。我想无论是积极支持还是消极回避,他们都是凭良心办事者,他们所要保卫的都是人类的基本善。如果人人为自己的良心而战,这个世界就没有战争了。

2014年,我在冲绳走访了一些战场旧址和战争博物馆,震惊于当年那场战争的惨烈,也在一定程度上理解了美国之所以投放原子弹的历史逻辑。那时候我并不知道美军中还有戴斯蒙德这样的人物和故事,直到看到梅尔·吉普森的这部电影。同样是英雄主义题材,相较于我曾经酷爱的《勇敢的心》,我更倾向于认为《血战钢锯岭》才是一部真正的"勇敢的心"。它讲述了一个人如何顺应时代又不被时代所淹没。

如果说《勇敢的心》让我看到了勇敢的力量,那么《血战钢锯岭》则让我看到心的力量。

同样是涉及与日军作战，最后说点有关抗日剧的想法。这些年，为了催眠，我看了足够多的抗日剧。中国的抗日剧对于我来说，就是临睡前的动画片。我曾经在《西风东土》一书中批评中国的抗日剧一方面强化仇恨，另一方面又在弱化是非。前者让现实囚禁于历史，后者又陷历史于虚无。

相较而言，《血战钢锯岭》既拍出了历史的真实，又表达了对良知的坚守。那些热衷于在横店把残酷的战争拍成马戏、模糊了是非的人，是该去看看这部片子，并停下来想想了。

当痛苦不期而至

因为"曼彻斯特"这个地名，起初我以为《海边的曼彻斯特》是一部欧洲电影。而且电影开始也的确给了我一种沉闷的印象，我相信，如果是在20年前，我可能没有耐心看完它。而时至今日，当我对人世间的事情了解愈深，就愈能置身其中并理解他人不幸的命运。

李·钱德勒是一个生活在波士顿的底层人。有一天，他接到一个电话，必须回老家"海边的曼彻斯特"（Manchester by the Sea，这是一个真实的地名）为自己的兄长奔丧。这样的开篇太容易让我想到加缪的小说《局外人》。加缪在他的那部伟大小说里揭示了人世间的荒谬，以及人面对荒谬时的无所畏惧。而《海边的曼彻斯特》讲述的则是人如何与痛苦相处。

存在主义哲学说，上帝死了，我们自由了，我们可以选择，并因此为选择付出代价。更本质的说法应该是，事实上很多时候我们根本无法选择命运，而只能选择面对命运的态度。

对于李·钱德勒来说，命运是残酷的。生活中的一次偶尔的疏忽（严格说不是个体选择），让李从此家破人亡。两个女儿死于火灾，妻子因为无法面对这场突如其来的灾难离开了他，而他也无法原谅自己。在警察局自杀未遂后，李从此远走他乡，像行尸走肉一样生活。

影片中暗含的两组对比关系，可以让观众更好地理解李·钱德勒的命运。

一是李·钱德勒与妻子面对苦难时的不同态度。

相较于丈夫，妻子兰迪不仅较早地走出痛苦，重组家庭，并且再次生儿育女。而李似乎宁愿选择孤独终老，所以他对任何试图与其搭讪的女子都置之不理。当一场大火毁灭了他美好的一切，痛苦便成了他唯一的遗产与补偿。这里的补偿是一种微妙的心理感受——当钱德勒紧紧抱着痛苦不放时，他的孩子就仿佛永远和他生活在一起。

人世间葬礼无数，却很少有人愿意安葬痛苦。有时候也只是因为痛苦对于生活于痛苦中的人有用，可以帮他度过"无意义"的灾难。在生活的空虚与痛苦之间，宁可选择痛苦。

二是李·钱德勒与侄子帕特里克·钱德勒对生活的不同态度。同样是出生于海边的曼彻斯特，前者因为过去太沉重，所以他总想着逃离，他对这里的生活完全是绝望的；而后者却一刻也不想离开这里。因为这里有他的乐队、两个女朋友、港口和船……当命运将两个人放在一起时，一个人想的是结束自己的生活，另一个人想的是开始自己的生活，并因此形成某种张力。

而此时的帕特里克·钱德勒，何尝不是年轻时候的李·钱德勒？

犹如一个钟摆，我们的一生注定在欢乐与痛苦之间摇摆，但是频率却并不相同。这种区别同样表现在上述三人的生活之中。

16岁的帕特里克·钱德勒尚停在欢乐的一端。尽管他家庭可谓不幸，但他真正的痛苦人生尚未开始。

李·钱德勒停在了痛苦中的一端。他曾经是无比幸福的，但火灾毁灭了一切。先是两个女儿没了，紧接着妻子又离他而去。自我放逐、隔离故土成为他维护尊严的一种方式。

而妻子兰迪从痛苦中勉强走了出来。命运的钟摆停留于痛苦与幸福之间。两个女儿死后，为了逃避痛苦，她选择了离婚。在某种程度上她的新生活是幸福的，但是深藏心中的痛苦同样会伴随她的一生。

《海边的曼彻斯特》是一则生活寓言，它打动我的同样还有救赎的内容。而帮助李·钱德勒完成自我救赎的正是他的侄子帕特里克·钱德勒。帕特里克需要李父亲般的帮助。一个拒绝生活的人照料一个热爱生活的人，尽管这是前者一直试图拒绝的，但他也因此获得了某种安慰。

这样的故事让我想起电影《宵禁》（*Curfew*）。一个正在自杀的人，在接到妹妹的电话后停止了自杀。电话那头。妹妹因为外出，希望哥哥能够帮她照料九岁的女儿。

人有时候是需要在人间烟火中生活的。那里有一种叫责任心的东西。在关键时刻，它会像缆绳一样将你从绝望之海中引渡上岸。我敢说，这不是电影教给我的，而是我的人生经验。

《海边的曼彻斯特》虽然沉闷，却让我几次眼角潮湿。最后说说风景吧,这也是该片的一个看点。只是,我所关注的不是帆船和港口,而是新英格兰地区的风雪。

当李·钱德勒站在窗口看雪的时候,我看到的是大雪让每个人陆续回到自己的家里,各自照顾好自己的命运。而人终究是孤独的,即使是在同一个家里,命运也各有不同。

枪响了,你什么都不是

《驴得水》讲的是民国时期的四位知识分子,他们想和晏阳初一样医治中国农民的"贫、愚、弱、私",于是不辞辛苦跑到一个穷山沟里支教,建了所三民小学。吕得水是第五位老师,得名于一头吃空饷的驴。由于当地极度缺水,学校必须有头驴负责给大家拉水。所以,吕得水就是"驴得水"。

瞒和骗总是难免有喜剧的味道。影片到了后半部分,几乎可以概括为一群中国人(包括知识分子和政府官员)如何想法骗美国慈善家的钱。而这位美国慈善家也不得不感叹"Incredible China!"[①]

一部关于人的异化的电影,关乎欲望与恐惧。前者每位教师都借吕得水的空饷得到一些好处,报销一些乱账。虽然他们有时候甚至可以说是无私的,但为了一个合理的目的,也会一次次践踏底线,所谓"做大事者不拘小节"。孙校长为了心中理想一次次瞒天过海,裴魁山与铜匠先后因为得不到张一曼的真心而对她施以残酷的报复……

[①] 不可思议的中国!

最让我触动的是枪。周铁男是位青年教师，在前半部分戏里他血气方刚，让观众抱以厚望。然而，当那位粗鲁的军人对着他开枪时，他吓得昏死过去。更出人意料的是，醒来后的周铁男凤凰涅槃变成鸡，不仅对军人磕头如捣蒜，而且对教育部的特派员言听计从。而一旦在婚礼混乱的现场丢掉了枪，那位军人也立即被还原为抱头鼠窜之辈。

对于知识分子周铁男而言，枪响了，你什么都不是；至于那位军人，枪丢了，他什么也不是。

《驴得水》的张力同样表现在张一曼这个角色上。一个提倡性解放的女人却是这个世界里最干净的人。现实生活中，许多人之所以畏惧"爱情党"，正是因为"爱情党"只爱自己的爱情，而不是具体的人。

爱情，多么美妙的字眼，常常被异化为一种占有欲；与此相比，性却只限于两人相娱，互不约束。影片中任素汐非常完美地塑造了张一曼这一形象。她心怀善意，敢于牺牲与成全，同时追求那种没有被爱情污染的性爱。然而，这个原本自由而纯洁的女人，在几乎被逼疯后，靠着一支捡来的枪自杀了。

虽然在恐惧或者亲情面前，都选择了屈服，影片将重点放在了两个干净的人身上。结尾也涉及到两个女人，她们一死一亡。张一曼死在了自己的枪下，而孙佳离开了三民小学。

张一曼之死，使影片过于沉重，所以后面接了一个开放的举重若轻的结尾——在半路上，当孙佳打开箱盖，不小心让一箱子的弹力球顺着山坡滚落下来。这些五颜六色的强力球缓解了张一曼死亡所带来的凝重气氛，同时也呼应了三民小学的知识分子星散天涯。

权力桃花源

同样是在电影院，我看《健忘村》的时间比全国公映还早了两天。我承认，相较于曾经轰动一时的《驴得水》，我更喜欢这一部《健忘村》。

《健忘村》是一部反乌托邦电影，也是一部关于如何控制记忆的电影。它让我首先想起的是乔治·奥威尔写在《一九八四》里的话——"谁控制过去就控制现在，谁控制现在就控制过去"。同样，这部电影也让我想起一些经常见诸报端的地下室绑架案，如奥地利、洛阳性奴案。相较某种国家层面的奴役，类似零星的没有理论支撑的绑架属于普通人的奴隶制。不过无论国家还是个人，二者在精神上是相通的，即人对人的控制与奴役，区别只在于规模。

《健忘村》讲述的是发生在清末民初的故事。石剥皮是个员外，因为觊觎有帝王之气的风水宝地欲旺村，于是联手"一片云"为首的匪帮，试图将这块宝地据为己有。而就在这时，欲旺村发生了一系列怪事，先是出现一桩离奇的杀人案，而后又有个叫田贵的道士前来破案。

最神奇的是田贵，他带了个据说是来自周朝的宝物。只要将这个宝物罩在某位村民的头顶上，它就可以清除该村民从前的任何记忆。就这样，在经过整体性记忆改造之后，欲旺村变成了健忘村。每个村民都变成了没有过去的新人。过去的恩怨情仇都被彻底消除了，各种关系被重组，取而代之的是一个核心制的新村落与新社会。曾经利欲熏心亦不得民心的村长被新来的田贵取而代之，所有村民都变成了后者治下只知欢呼与鼓掌的奴隶。

与其说这是一部批评政治的电影，不如说它直指人性。《健忘村》试图回答一些问题，比如手握权柄者眼里的桃花源究竟意味着什么。发生在这里的两次革命都与消除记忆有关。前一次是田贵领导的，他是以帮助村民解除往日痛苦的名义进行；后一次是在田贵的统治被推翻，秋蓉当上了村长后发生的，而这一次则是以恢复村民记忆的名义完成的。至于消除哪些记忆，两次都取决于对村长是否有利。

从田贵到秋蓉，两位村长给健忘村所带来的都是对个体独立人格的毁灭，在那里，失去了记忆的人要么被编号为甲、乙、丙、丁……要么被冠名以"不叫""不闹""不重要"……只要可以消除记忆的神器在，村民就永远是村长的奴隶。就算是掌权者有了更替，也不过换了皇帝，而绝大多数村民只是继续翻身做奴隶。正片中最耐人寻味的是村里的一个傻子，他是被田道士的"记忆革命"所忽略的人，也正是他，成了健忘村里最有是非感的人。不过到秋蓉当村长时，他好像也消失了。

影片在一片怀旧与惆怅的歌声中结束，显然这并不是一个光明的结尾。经过几组权力交战，奴役几成宿命。在表现手法上，我印象最深的是舞台剧搬上电影银幕后所特有的张力，这点与《驴得水》的观感相近。

耐人寻味的是,寻找桃花源在《健忘村》里多次被提及。通常,在中文语境里"桃花源"是一个好词。然而在《健忘村》里,桃花源所指向的是人性中最隐秘的贪欲。在那里,谁掌握了权力,谁就拥有了属于自己的桃花源,谁就实现了自己的梦想。而村民们的幸福就是每日为村长挖坑寻宝,不时以傻白甜的托腮姿势赞美村长如何英明神武。反讽的是,当他们给村长及其治下的天堂鼓掌时,他们并不知道自己正站在地狱里(有些读者也可能会辩解说,未被那些人发觉的地狱就不是真地狱)。

因为上述原因,我断定《健忘村》不是一部《桃花源记》。我最真实的感受是,当我走出电影院,我仿佛刚刚读完了一篇《桃花源祭》,刚参加完一场让人捧腹的有关桃花源的葬礼。而有野心者企图通过控制世人以实现个人理想的贪欲,在类似影片中将永被拷问。

庆祝无节日

这两天本来是要和往年一样给《新京报》写新年社论的，但一想起大师兄还在坐牢，以及其他接连发生的一些事情，我今年的写作就变得格外艰难。为了让自己不至于太沮丧，我还特别找了部80年代的电影来给自己减压。片名是《少林俗家弟子》。看着看着，睡着了。醒来，仍旧不想写。我自己是有希望的，至于其他，我无法控制，还是不去妄言了吧。

接下来，就是元旦了。坦率说，每年为了准备这个元旦社论，我的日子过得并不好。为了所谓的节日，我甚至有点强颜欢笑。哎，我是一个连生日都懒得过的人，对各种节日没有丝毫的热情，有时甚至充满厌烦。

所以过去这些年，我没有赶黄金周，也没有在高峰时间赶春运。我想回乡下看父母，要么是平时，要么是在除夕之夜。我还记得90年代上学时，除夕夜的火车车厢，空空荡荡几乎没有什么人。我喜欢这种在路上的感觉。中国其实没有那么拥挤，拥挤的是一窝蜂的观念。

我说我对节日没有热情，甚至有些警惕之心，主要有以下几个原因：

其一，我认为每个日子都是平等的，都是24小时，实在不必厚此薄彼。看云起云散，日出日落，我愿意公正地对待生命中的每一天。

其二，所有的节日都无非是以庆祝或纪念某种意义的名义将你拉进人群。对此，我有一道个体意义的防火墙。这不是我与人类生活格格不入，而是我不喜欢跟着人群走。我说了，人群能让我找到方向，却不能让我找到美。我是"远离人群的社交家"，寻常独处的时候其实更快乐。然而节日却在一次次提醒你，如果不合群，没有一二三四五六七八个男男女女陪着，你就是孤独的。该死的是，偶尔我也真的会去想自己是不是孤独的，然后加入一个让我更孤独的群体。

其三，因为自由的心性，我不喜欢节日的仪式，它让我内心不自由。所谓节日，不过是给普通的日子穿上制服，给普通的人们戴上脸谱，好为这一天统一行动。于是乎，这一天不再属于我，我也不再属于我，我和这日子都属于这无中生有的节日。你有多少这样的日子，你生命中就少了多少天。这是看不见的悲剧。我喜欢假期，但我不喜欢以节日的名义放假，又以节日的名义毁掉这一天。

其四，每天我都做自己喜欢的事情，并且沉浸其中，这样的日子是有意义的。而节日，时常蛮不讲理地闯进我的房间，让我放下手中的活，"走开！出去！离开你的书桌，到人群中去！"告诉我这样的日子是不值得过的。我反感这种隐性的粗暴。节日是给那些醒来后不知道怎么安排自己生活的人预备的。而我知道自己要做什么，我以我自己的方式控制我每一天的时间与意义，我希望节日对我生活的干扰越少越好。

我眼里的节日就是这样，它给我带来的欢乐不仅平庸，而且寥寥无几。它长于惹是生非，是寻常日子里的叛贼。它偷走了我的欢乐，它以人类或人群的名义诱惑我，多少平平淡淡的好日子都被它给毁掉了。

　　我知道有些人在节日中是找到了欢乐了的，但我不是。如果我要庆祝，就庆祝无节日。闲时有三两朋友相聚，无朋友时就独处，想着自己将要完成的天命。自己陪好自己，不亦快哉！

在后主的城池

忙忙碌碌，几天没有写文章。而这个国家终究是热闹的，有足够的悲剧和马戏供您观赏。前者有江西明经国的血案，可叹这位凶手身上的铠甲，竟是半个蛇皮袋。后者有周小平的花边——"身许家国心许你"。当一个人尽享歌舞升平之利，却在新婚之时声称不把身体交给新娘。怎么看都是荒诞。

每个人都在为自己的人生赋予不同的意义，其中包括你需要一个怎样的祖国。就算人人赤诚，大家所爱的国家也并不相同。所以，当有人说他将为祖国奋斗终身时，你不必激动，因为他要的祖国，未必是你要的祖国。而且，当你不爱他所爱的祖国时，你也不必为此感到羞愧。依我之见，无论爱自己的祖国，还是自己的新娘，一切都是内心的抉择。

在现实的沟壑中回望历史，有人爱民国，有人爱大唐，有人爱先秦……我也爱过想象中的一些旧时代。比如，作为熊家子弟，年少时我对以熊为国姓的楚国曾经颇有好感，喜欢楚文化中的"问天"精神与老庄哲学。此后我也爱过有稷下学宫的齐国。在我看来，秦灭齐国，就如斯巴达灭雅典。

和很多知识分子一样，我还深爱过大宋。据说，那是一个有着"不杀士"传统的朝代。所以,当蒙古的铁蹄踏破大宋江山时,我也曾为历史的残酷黯然神伤。在这片土地上,善待知识分子的朝代毕竟是罕见的。

然而宋朝,并非只有黄袍加身与杯酒释兵权的浪漫。否则,一代词宗李后主也不会客死异乡。

近几日,我去南京和苏州两地做新书《追故乡的人》的活动。我所在的北方,已经几个月没有下雨了。这样的天气让我焦灼。还好,我的世界里还有南方。每逢新书出版,我总会去那里感受江南的春雨、东风和月明。而在江南,虽然要面对读者的提问,那几日想得最多的却是南唐旧事。南京之夜,我与两位好友破戒喝了酒,并特别在微信上留了几个字——在后主的城池。

读者知道,在大唐与大宋之间有五代十国。或许只是因为势利和偏见,对于这段历史人们很少谈论。世人习惯于歌颂祖上大一统的盛世繁华,对于纷立而短命的小国,似无多大兴趣。

五代十国,我因何独爱南唐?这既因为南唐二主的词章,也因为后主悲剧的命运。而这一悲剧,在这片土地上几成宿命。

南唐(937—975)在十国之中地域最大,从李昪立国到李煜亡国只有三代国君短短39年。除了首都南京,其主要城市包括如今的武汉、南昌、扬州和苏州等地。迫于江北后周的压力,又因为南京易攻难守,中主李璟曾迁都于远离长江数百里的南昌。无奈此事半途而废。几个月后李璟在新都南昌病死。在难舍故土的诸臣的坚持下,南唐还都南京。

李璟也是一位词人。诗人戴望舒的《雨巷》,其意境即是取自李璟的名句"丁香空结雨中愁"。

南唐的结局众所周知。李煜接手南唐之时，南唐已经向中原称臣纳贡，元气大伤。即使是这样，赵匡胤也不允南唐偏安一隅。赵家帝王追求"天下一家"，即天下全归赵家——"卧榻之侧，岂容他人鼾睡！"

不久后，南京城破，一度厌倦战争的李煜连同他心爱的小周后都沦为了赵家人的阶下囚。四十年来家国，三千里地山河，如今只剩下了"垂泪对宫娥"。

公元978年七夕，有关南唐的悲剧在李煜的生日这一天彻底落幕。新上任的赵家掌门人，也就是赵匡胤（宋太祖）的弟弟赵光义（宋太宗）以牵机之毒毒死了李煜。

据说使李煜惹祸上身的有两样东西，都是他所深爱的。

一是他新写的怀念故国旧人的《虞美人》。

春花秋月何时了　往事知多少
小楼昨夜又东风　故国不堪回首月明中
雕栏玉砌应犹在　只是朱颜改
问君能有几多愁　恰似一江春水向东流

二是被赵光义觊觎的小周后。

有些事情不得而知。江湖上的确有小周后被封为郑国夫人后屡遭赵光义临幸的传闻，甚至有好事者据此作了著名的春宫画（《熙陵幸小周后图》，这里熙陵指的就是赵光义）。我读李后主的传记若干，可叹作者多卑鄙无行。他们总是绘声绘色、言语下流地描写赵光义如何强奸小周后，仿佛当年他们一起参与了强奸。

那是暴力至上、"刀把子里出政权"的时代,一个个王朝兴起,你可以看到一统江山的朱家人、刘家人、李家人、赵家人……

年少时尤爱李煜的词,时常感恩他为中文世界带来了最好的礼物,也感受到了他的亡国之恨。错杀林仁肇、潘佑和李平的确是他不可饶恕的错误,但我并不认为李煜是一个沉迷酒色的昏君。何剑明的《沉浮:一江春水——李氏南唐国史论稿》等论著对李煜有一些相对公允的评价,称他在道义层面具仁信之德,在政治层面有御臣之能,在经济层面显济世之愿,拒宋方面行抵抗之实。

一个想做隐士的佛教徒,一个在用武之世热心写词的文人,就算是生在帝王之家,迎接他的也只有荒诞的现实,以及《局外人》里默尔索一般无可奈何的命运。在这如狼似虎的世界,谁能够安安静静做一个好国王,谁能安安静静地爱一个人?

宋朝盛极一时,最终也难逃"崖山之后无中国"。

多情总被雨打风吹去,现实永远让人垂头丧气。如王尔德所说:"每个人生来都是君王,但大多数人像大多数君王一般,在流亡中死去。"

火车向北,离开苏州那日,天下着小雨。我在车上继续读着佩索阿(1888—1935)的诗。和李煜一样,佩索阿也是我非常喜欢的一位诗人。在快要下车的时候,正读到他的《我要全然孤单地留存在世上》。

> 被众神注定,我要全然孤单地
> 留存在世上。

> 反抗他们是无用的：他们给予的
> 我毫无疑虑地接受。
> 像麦子弯腰于风中，又昂首于
> 大风歇息时。

偶然地，孤孤单单地来到这个世界上。我时常觉得自己像是一个没有祖国的人，或者也是一个亡国之君。所幸这世上还有干净的文字可以流亡，可以葬身。我知道这世上还有很多人，像佩索阿笔下的麦子，像我上面谈到的南唐后主，他们活着的时候不得不弯腰于风中，甚至被折断，而时间又让他们在历史中抬起头来。

若无后世评说

念大学时读了两个专业：一是历史，二是法律。毕业后我的第一份工作是在一家报社做记者。

入职没多久，有天晚上与几位同事一起吃夜宵，某大领导和我开玩笑说：

"你读的专业没什么用啊！历史被改写，法律也不被尊重。"

这是20年前的事情了。我至今未忘那一场随之而来的哄堂大笑。

我没有从事与法律相关的工作，也不完全以历史研究为业。不过，我自觉通过这两个"没什么用的专业"的学习，我还是很有收获的。如果说历史学给了我超越现实的时间感，那么法学则让我看见了人类社会中除死亡以外的一视同仁，尽管这种一视同仁在更多时候只是一种理想。

前几天与叶嘉莹先生共进午餐，我最想与叶先生探讨的是她对汪精卫之"精卫情结"的分析。在叶先生写的那篇有关汪精卫的长文里，我不仅看到历史的慈悲与公正，也看到了叶先生内心的诚实与自由。而这种诚实与自由，在这个时代应当说依旧是稀缺的。

常常听人批评中国人没有信仰，我上学时却常听到"中国人以历史为宗教"。这虽然夸大了历史的作用，但也并非完全是空穴来风。

旧中国并不缺少对历史的赤诚。除了"肠一日而九回"的司马迁，最有名的当属文天祥在《正气歌》里提到的"在齐太史简，在晋董狐笔"。这里说的都是太史令秉笔直书的故事，其中最让我感动的是齐国的太史令如何前赴后继、杀身成仁。

故事背景是，齐庄公与大臣崔杼的夫人通奸，崔杼借机把齐庄公给杀了。

此后，齐国太史令如实记载了这件事，崔杼大怒，杀了太史。太史的两个弟弟坚持如实记载，都被崔杼杀了。紧接着，第三个弟弟还是坚持那样写，最后崔杼屈服，放下了屠刀。而此时南史氏正执简而来。若不是上述史实已经如实记录，他也会慷慨赴死。

相关内容在《史记》与《左传》中都有记载：

> 齐太史书曰"崔杼弑庄公"，崔杼杀之。其弟复书，崔杼复杀之。少弟复书，崔杼乃舍之。（《史记》）
>
> 大史书曰："崔杼弑其君。"崔子杀之。其弟嗣书而死者，二人。其弟又书，乃舍之。南史氏闻大史尽死，执简以往。闻既书矣，乃还。（《左传》）

这个故事之所以动人，乃是因为世所罕见。

还有一则广为流传的故事：

话说有一天，赵匡胤在皇宫里打麻雀。有个叫张霭的臣子称有急事求见。赵匡胤便停下打麻雀的事情,接见了张霭。让赵匡胤生气的是,接下来张霭听说的都是一些寻常小事,远谈不上有何紧急。赵匡胤便责问他,而张霭也不甘示弱,说所禀之事怎么着也比打麻雀紧急。

赵匡胤一听不高兴了,于是拿起一把斧头,用斧柄打张霭的嘴,敲掉了两颗门牙。忽遭此难,张霭自然懊恼,但仍不失其骨气。他没有打碎牙往肚里咽,而是将两颗门牙捡了起来。

赵匡胤依旧怒气冲冲,问张霭是不是要收集证物告他的状。

张霭不紧不慢地回答道:"臣何敢讼陛下?但有史官在耳。"

至此,赵匡胤意识到自己的错误,赶紧向张霭赔礼道歉。

赵匡胤是宋朝的开国皇帝,以开明著称于世。有关他的这段历史先后记录在司马光的《涑水纪闻》及张岱的《夜航船》等著作里。它在某种程度上折射了中国历史光明的一面。而史官与文人之所以乐于传播这样的故事,也是因为他们深信一个道理——就算你是权倾天下的帝王,对历史也该心存敬畏。

无论是探寻还是遮蔽历史的真相,这种敬畏之心一直都在这片土地上生生不息。这世上有人无惧于臭名远扬,但在更多人的内心,如果有条件他们总还是希望"万古流芳"——哪怕是通过造假的方式。

没有哪个朝代不同时注重现实利益与历史评价。所有表面上禁止评论或者重新评价历史的法律,实质上是禁止评论现实。

我曾感叹历史是幸存者的回忆,这些回忆也包括成王败寇者的"正义必胜"。更多的历史事实因为时势以及当事人的死亡或失声而湮没无闻。

所以,针对任何人物的历史评价,注定都是丰富甚至不断变动的。一方面，每个人都有赋予历史意义的自由，即使面对同一史料，也可能有不同的观点。另一方面，历史真相是一个不断接近的过程，当历史事实的呈现发生变化，相关的历史评价也会发生变化。

在此意义上，用法律禁止对某些"正面的历史人物"进行"负面的历史评价"，完全是不可能完成的任务。就我个人而言，我尊重所有在这片土地上逝去的生命，也尊重所有活着的人的思想自由。我相信这也是无数人的心声。

中国人常说，"千秋功罪，留与后世评说"。这里就有我在前面提到的"以历史为宗教"的情怀。如果后世不能自由地评说历史，那么千秋也就死了。

然而，这一切怎么可能？

时间的大河不会为一道堤坝停留。时间终究会流向千秋万代去。那些被禁止自由评论的现实，都将成为被自由评论的历史。

死去的人依旧年轻

原计划今日休息，不承想仍是五时起。坐在床头浏览了半小时朋友圈，不胜唏嘘。朋友圈里充满了悲伤的氛围。

不想被悲伤的情绪浸染，索性听起了法语情歌 À la claire fontaine。一路上单曲循环。听着听着，感觉又像是怀殇曲。其中一句是这样的：

Il y a longtemps que jc t'aime, jamais je nc t'oublierai…[①]

想起几年前第一次见到诗人西川时的情景。受北京一家画廊的邀请，作为嘉宾我们一起点评某个艺术展。记得是在活动正要开始的时候，望着身边已经"垂垂老矣"的西川，我突然有些伤感。

海子死在了20多年前，他在死后跳出了时间，或者说他让时间静止了，而我们每个活着的人，都不得不像西川一样，接受时间无情的磨蚀与嘲弄。

---

① 我爱你很久，从未敢忘怀。

那一天，我在朋友圈里写下这样一段话："死去的人依旧年轻，活着的人已经老了。"

人生何其短暂，一辈子看不完一件事。人们习惯于回望历史，并非热爱回不去的历史，而是因为憎恨走不出的现实。

而我，每天都觉得时间不够用。虽然日复一日地繁忙，也自觉人生在虚度。

昨日闲翻书，在朋友圈贴了有关雨果的两段话。一段摘自1836年8月16日阿黛尔写给雨果的信：

> 你一来就是为了享受快乐、光荣、胜利和一切光辉灿烂的事情。不要和你的命运失之交臂，朋友，我唯一不会原谅你的事情，是你不幸福。

另一段摘自雨果写给帕维的信，时间是1833年7月25日：

> 我对自己的前途看得很清楚，因为我抱有信仰，注视着目标前进。也许，我会在路上倒下，但我是向前倒下的。我将度过此生，完成我的作品，有错误，有过失，有意志，有天命，至于是好是坏，留待后人评说。

上午重读雨果的《九三年》，因为需要查些资料，下午在图书馆里守着个书架闲翻了近20本书。

不觉窗外已是黄昏，于是在夕阳下的校园里骑了半小时的车。

一路向前，继续另一首情歌，Vieni, vieni con me. C'èil

tempo che passa. Mon voyou, ma voyelle…①

时光不再,每一天都要好好地活着。恍惚之间,又像是回到当年在塞纳河边读书时的情景。想起了索邦院子里的雨果像,想起我那些寂寞而清贫的、一尘不染的时光,想起我在空间上远离了自己的祖国,在时间上找回了自己。

过些天,我的一位亲爱的朋友就要移民走了,而我会继续在我出生的这片土地上生活。我和朋友开玩笑说:"走吧,走吧,你们都走吧!把祖国的烂摊子留给我吧!"

读书人一声长叹,读者知道我在这个时代是如何无能为力。其实好多年前就已经改弦更张,从地理回到时间,我的时间就是我的祖国。我只能并且必须安排好那些具体到一分一秒的生命。我相信我把时间的种子埋在哪里,我的祖国就在哪里茁壮生长。

那天,我的这位朋友也似有些不舍:"这片土地如此混乱,而又如此丰富,如此多姿多彩。"

---

① 来吧,跟我一起来,是时候走了,我的小坏蛋,我的元音。

慈悲的界限

深夜整理书稿累了。利用剩下的一个多小时,与读者讲两个与慈悲有关的故事。

一是好心人救蝎子。这个故事有很多个版本,大意是这样的:

一位好心人看到一只蝎子掉进了水里,于是用手把它给捞了上来。

蝎子不识好歹,反过来蜇了他一口。

之后,蝎子再次掉进水里了。好心人又把蝎子从水里捞了上来。

结果和前次一样,他又被蝎子蜇了一口。

总之,这像是一个善有恶报的循环。

有个旁观者实在看不过去了,就对这位好心人说,你这样做很蠢,难道你不知道蝎子会蜇人吗?

好心人说,我知道啊,我已经被它蜇过了。

旁观者就继续问他,那你为什么还要救它?

好心人说,蝎子蜇人是蝎子的本性,我救它是我的本性。

这时候,蝎子又掉水里了。

好心人还想去救，旁观者从边上捡了根树枝，将蝎子捞了上来。他把树枝连同蝎子扔到离水较远的地方，并对好心人说："慈悲没错，但也要方法得当。"

另一个故事是西门与佩罗。

西门是个在古罗马被判了死刑的基督徒，他在狱中挨饿。同为基督徒的女儿佩罗经常到监狱探望他。为了让父亲活下去，佩罗每次都会用自己的乳汁喂养他。最终佩罗的行为被狱卒发现并报告当局，但佩罗的"利他主义"行为获得原谅，并且感动了当局，随后西门也被释放。

这个故事后来被鲁本斯等艺术家画成了油画，读者通过"西门与佩罗"可以在网上搜到各种版本。

前一个故事，讲的是有慈悲心的人要学会保全自己。后一个故事则是说，为了救人，可以"不择手段"。

二者有两个共同点：

一是慈悲需要有效的方法；二是所有手段都要以人为目的，即康德所谓"人是目的"。

简单说，慈悲需要智慧，智慧是为了慈悲。佛家追求的"悲智双圆"也是这个意思。

有人可能会说，一个人不顾自己的利益，宁可牺牲自己或家人的利益去成全别人，是不是很慈悲？

这件事有点复杂。首先，我相信这世上有圣徒，只是罕见。如果从"人是意义动物"的角度来说，一个人决定做什么，就算是牺牲，也是一种"意义上的自利"。而世人也多势利，因为自己从他人的牺牲中得到了审美或者现实的好处，愿意无节制地赞美他人。赞美他人，成全自己，这是人类古老的牺牲法则。

而从常理论，我并不赞同世人贬低私心。所以，当我听说有些人如何"大公无私"以成就某某伟大事业时，我内心是充满畏惧的。

同样，从逻辑上讲，一个连自己利益都不在乎的人，怎么可能在乎别人的利益？如果他非得要"送死"，那可能是因为弗洛伊德意义上的死本能压倒了生本能。

从历史上说，的确有不少那样的事情。比如，某些人声称"为了全人类的幸福"宁可抛家舍业，甚至抛头颅洒热血卖孩子，表面上你是要感激他们的。但是这背后其实藏有一种巨大的危险——既然他们可以"为了全人类的幸福"抛家舍业，牺牲一切，那么他们其实等于在宣告，在必要的时候你也应该失去一切——以"为了全人类的幸福"的名义。

这不是推理，而是真实的人类历史。类似悲剧实在不胜枚举。

我不是反对公共精神，而是担心不以人为目的的牺牲可能会葬送所有人。

我反对的是，一个社会以道德之名去伤害那些利己者，甚至还扣上种种污名。如果人人能够照顾好自己，并且能够守住穆勒所说的群己权界，从效用上说，这就是每个人给世界的最大的慈悲。这和道不道德、有无公心没有什么关系。更别说每个人都是利己的产物。如果没有祖辈一夜夜利己的激情，人类不是早已灰飞烟灭，而是根本不会出现。

真正的慈悲面向所有人，包括你我自身。一个对自己都没有慈悲的人，对他人恐怕也缺少慈悲。如果一个人说愿意用生命来爱你的时候，他可能只是想和你以命换命。

总而言之，利己不是这个世界的灾难，真正的灾难是这个世界有理想而没有了你自己。

有人可能会问，那我是不是只管自己就好，只有对自己的慈悲，别人是死是活我都不管了？对此，我的回答是否定的。首先，人有善的倾向。拒绝行善也是对自己的一种剥夺。

而大自然终究是慈悲的，没有谁能做到绝对的自私。即使是像鲸鱼那样的庞然大物，猎杀一切，最后还是会遭遇鲸落（whale fall），成为海底生物的食粮。

此外，我还想说的是，你若如此，那么只有对自己的慈悲，但没有对自己的智慧——因为真正的利己者不会让自己生活在一个乌烟瘴气的国家，一个坑蒙拐骗的社会。所以，即使是为了让自己生活得更美好一点，他也难免会做一些好事。

最后一个问题——为什么那么多人喜欢看黄片？别人寻欢作乐的时候，为什么他们也能感觉到快乐呢？

我以前也百思不得其解，这件事用古人教的"恻隐之心，人皆有之"解释不了。后来知道这是因为上苍在我们身体里内置了一个叫镜像神经元的东西。因为它的存在，在一定的情境下你会进入别人的角色，去感受他的快乐与悲伤。

当然，我并不局限于这种生物学上的解释。我甚至认为还有一种神性的东西深藏于人性之中，是它让我们能够成其为人，让我们的人生变得更有意义。

  所以,表面上你似乎可以全身而退,不顾邻人的死活和没有尊严的生活,但是人性深处有些东西会一直提醒你——当你知道这世上还有人在坐良心牢或有病难治的时候,你心里也会有掩饰不住的悲伤。

不完整的慈悲

我唯一的爱来自我唯一的恨。

——莎士比亚《罗密欧与朱丽叶》

地狱不空,誓不成佛。众生度尽,方证菩提。

——地藏菩萨

杀死一个求救者

（一）一场海啸覆盖另一场海啸

几天前，我被一篇网文触动。为救自己得了白血病的女儿，深圳作家罗尔向耶稣宣战。在《耶稣，别让我做你的敌人》一文中，罗尔先讲了一个故事：

> 《圣经》中有一个虔诚的信徒叫约伯，他有七儿三女，万贯家财，魔鬼和上帝打赌，赌约伯历尽劫难后还信不信上帝，就灭尽他的儿女，毁掉他的家产，还让他自己重病缠身。约伯依然坚信不疑，于是，上帝很高兴，又让他生了七儿三女，还让他加倍地发财。

罗尔接着说，虽然这个故事激励了无数信徒，但一直让他心里发凉：

> 上帝为什么允许魔鬼这么干？被魔鬼灭掉的儿女，不是用草喂养大的牛羊，那是用慈父之爱一天天抚养大的，

上帝，你就算还约伯一百个儿女，也补偿不了父亲失丧一个孩子的伤痛啊！

罗尔认为自己的孩子没有原罪，所以他希望耶稣能让他的女儿"活蹦乱跳地回到家中"，如果不是这样，他就不信耶稣了，而且必将永远做耶稣的敌人。

"你别用地狱吓我，我不怕！"罗尔说。

好悲壮的文字。

罗尔的抗议让我首先想到的是小说《卡拉马佐夫兄弟》。陀思妥耶夫斯基借伊凡之口道出了许多人对上帝的怀疑。为什么异族侵略者会虐杀儿童？为什么地主驱使一群狗把农奴的孩子撕成碎块？可这些孩子都是无辜的。所以，就算伊凡相信上帝存在，但这些毫无意义的暴行让他"不能接受上帝所创造的这个世界"。

因为涉及我对宗教的一些思考，我原本想就此写点什么。没想到就在今天中国网民又创造了历史，所以还是就近先说几句其他的吧。

上午，许多人都在转《罗一笑，你给我站住》这篇文章，我感觉我的微信要瘫痪了，就像晚间七点全国各频道锁定在《新闻联播》上。转发的理由很简单，罗一笑需要钱治病，而如果你愿意转发一次，有公司会捐一块钱。

我平时很少转帖，这次也一样。除了不喜欢群体性的跟风，还因为从一开始就对这种募捐抱着一种怀疑的态度。

首先，既然罗尔那么爱自己的孩子，为什么不自食其力？尤其是在孩子病危的时候，为人父母者所能尽力的就是在孩子身上多花一些钱，多想一些治病的办法，多担负一些责任，而不是一味地抒情，浇灌心中的块垒。寻求他人经济上的帮助固然不是坏事，但它可能意味着自己本该担负的责任减少了。

当然实在穷困潦倒则是另一回事，就算是乞讨那也是为孩子尽力，也令人尊敬。

其次，如果公司想救助孩子，为什么不直接把钱捐出去？既然罗尔和帮助他的公司不是在全国寻找难以配型的骨髓，也不是网罗几张可以药到病除的有着特定号码的人民币，那么这个转发本质上说就毫无价值。

下午，剧情出现了"反转"。上午转帖的人，像是突然消失了，取而代之的是清一色的批评者，而罗尔也成了一个骗子。这一切真应了《易经》里说的亢龙有悔。

然而罗尔是骗子吗？我的直觉又告诉我他不是。这完全是一次失控。

理由很简单，如果罗尔只募集到几万元钱，恐怕没有人会苛责他。他的错误在于没有预计到后面出现天量的转发。而这又不是他单方面能够决定的。

为什么有那么多人参与了转发？我想至少有以下几点：

其一，人们活在空虚之中，需要在生活中寻找意义。而帮一个重病的孩子被普遍认为是有意义的。如果只是转发一条微信，既可以表达自己的善意，又能让朋友看到自己的善意，无论如何这都是一件好事。客观上说，这既帮助了孩子，也净化了自己的内心。在此意义上，捐款者也是受益者。

其二，在公共事件中，人们渴望自己的善心或意志能够立竿见影。涉及营销的公众号声称转一次能够捐一元钱，这让许多人觉得自己的转发不会徒劳无功。所以这种转发暗藏了某种心理安慰——我只要稍微做一点努力，就可以改变这个国家。而在大多数时候，人们对公共事件的参与是深感无力的。

其三，人们有同情弱者的倾向。罗尔一家的境遇，值得同情。更别说强弱对比本来也是相对的。就算是一个中产阶层，他也有寻找社会救济的权利。

其四是巨龙效应。多数是迷人的。当转发的人数越来越多，许多人会觉得自己是巨龙的一部分，巨龙在创造历史。而且，在这个过程中，自己并不需要付出多大的代价。

为什么很多人后来觉得受骗了呢？当越来越多的人开始质疑罗尔有三套房甚至婚外情时，许多网民几乎是怒不可遏了。有三套房的人不是一般意义上的弱者，策划公司在利用我们的善心，许多人"恍然大悟"。

罗尔行骗了吗？事情远没有那么严重。许多人更关心的是自己刚刚寻找到的意义又消失了。当然他们完全可以找到一种两全其美的自我安慰——我上午转发是因为有心灵，我下午质疑是因为有头脑。

其兴也勃焉，其亡也忽焉。原先那条意义的巨龙突然消散了，许多人再次陷入空虚，他们觉得自己被愚弄了，甚至变得无所适从。他们要重新寻找意义，最好的办法是让自己回到理性的立场，指责罗尔是一个骗子。当然，更准确地说，这里并不只有一条巨龙，而是有几条巨龙。已经捐款的人和抵制捐款的人可能有小部分重合，但绝非相等，在此意义上说，这里所谓的"舆论反转"，并不是同一群人改变了意见，而是另一群人补充进来。他们既抵制了罗尔，同时也站在"理性的高度"嘲笑了之前的捐款者。

在我准备结束这篇文章时，我发现网上对罗尔仍是一片声讨。我不知道罗尔在不信耶稣后，是不是从今往后对人也不信了。

和很多人相反，我对罗尔和发起与参与转发的人都无苛责之意。天地不仁，以万物为刍狗。我欣赏参与救他的人，也同情积极自救的人。在这个故事中，虽然看得到人的私心，但更多地却是人在面对个体苦难时共有的善意。

真正让我担心的是群体本身，因为它有多大能量指向善，也就有多大能量指向恶。在这个国家，我已经看惯了一场海啸覆盖另一场海啸。我相信一个社会无论是崇尚良知还是理性，它都需要有所节制。节制不仅是一种古老的美德，而且暗藏了人世间的自救之门。

（二）不要虐杀一个求救的人

早起在视频中看到罗尔接受采访时的结结巴巴、语无伦次，以及随之而来的此起彼伏的咒骂。

何苦？

此前我已经写过一篇评论，本无意再写点什么，但我今天不得不做几点紧急提醒：

罗尔没有行骗。"带血营销"更是无稽之谈。试问，整个过程谁流血了？这充其量是一场不合时宜的求救而已。而微信慈善有如此大的动员能力也是所有人包括罗尔始料未及的。

整个事件中，公众不仅没有任何损失，有些人甚至还收获了可以津津乐道的正义感。目前罗尔已经退还了他的募捐。由他的不幸引起的戏剧落幕了。那些追剿他的正义的戏剧也该落幕了。在罗尔退回他不堪承受的救命稻草时，也请苛责他的人收回你们的皮鞭。

无论如何，罗尔只是一个求救者。如果你认为他的求救方式不对，那就请原谅他的求救方式；如果你觉得他不该求救，那就请宽容一个自私而且带着懦弱的人。

原谅人性中的幽暗与软弱，不要用毫无节制的言论虐杀一个求救者。来自公众的无限的爱未必能救回罗一笑，但来自公众的无穷的恨却是可以压垮罗尔。

罗尔一家已经被命运捉弄一次了，他不幸的女儿还在重症室里。请让他安静地回到他的女儿身边。请不要在命运给这家人带来不幸后，人群再给这家人带来不幸。

这个社会有足够多的非正义，追求正义也有足够多种方式。对于一个手无寸铁、束手就擒、泪流满面的孩子的父亲，讨伐者请节制你们的正义。

最后我还想说，中国社会没有那么脆弱，不要过度夸大罗尔对中国慈善事业的负面影响。这个社会，乐善好施的人会继续乐善好施，明辨是非的人会继续明辨是非。

（三）幸有文字可以辩冤白谤

前天，同样是一段采访罗尔的视频，咪蒙看到罗尔是个"人渣"，我听到的只有哭声。

而就在今天，《新京报》的评论《是什么铸造了罗尔的"厚颜无耻"？》又让我心头一震。虽然这不是社论，但如此大义凛然的标题和大字报有什么区别？

这场舆论公审还要继续多久？

我昨天的文章《不要虐杀一个求救的人》有近两百条回复，有很多将我骂得狗血淋头，我只是没有放出来。有些话我自己受着就可以了。

一位法学教授在微信上甚至提醒我——"老弟，慎用你的公信力。"这样来自一位法学教授的提醒让我无言以对。这些年来，我看过太多"正义的讨伐"，而它们多是无视人的基本权利的。回想过去100年，这个动辄宣称"不杀不足以平民愤"的国家有多少事件不是以"正义必胜"收场？然而这个常胜将军给这个国家留下的又是怎样的满目疮痍？我的一个基本判断是，如果权利不高于正义，这个国家将永无宁日。就算罗尔是一个罪人，我也有权利为他辩护。更何况，他根本不是。

一位读者留言说："您这样的学者竟然替罗尔这样的人鸣不平，这个社会没救了。"

我的回复是："人（个体）有救了，这个社会就有救。空谈社会与空谈人民何异？"

读过我多篇文章的朋友，可能知道我的价值取向，即相较于那些宏大的概念，诸如国家、社会、集体等等，我更愿意关注的是具体的人的命运。

多少年来,政府言必称人民,百姓言必称社会。在人民与社会面前,每个人都身如蝼蚁。只有在参与对个体的集体迫害时,那些蝼蚁才突然觉得自己变身为巨龙的一部分,并且在群体之中获得某种神圣感和安全感。迫害者迫害他人时觉得自己是安全的,胜利的晕眩让他们忘记自己可能成为下一个被迫害者。

自救是公民的一项基本权利。罗尔欺骗公众了吗?不但没有,而且情有可原。一个前途暗淡的作家,父亲病了,妻子待业,儿子要上大学,单位快发不出工资了,买了价值共100万的两个房子还有大量贷款要还,突然女儿得了不治之症,为什么不能向社会寻求帮助?难道以后每位向社会请求援手者都需要先做一个财产公示?如果需要这样,那标准是多少?

我无意断定每个批评罗尔的人都在参与一场对罗尔的迫害,而是强调批评与咒骂适可而止,希望罗尔一家能够从社会舆论的重压与恶意中解放出来。我读过罗尔的文字,也看过他的视频,在我眼里,这只是一位进退失据、身处中年危机中的普通人。整个事件中,如果说他有错,就是他活得不像有些人所希望的那样悲惨。

还好,我的"思想国"公众号上有许多理性的留言:

> 理想的社会是宽容节制的。现实是一边扮医生开膛救人,一边扮杀手往病人口里灌砒霜。
>
> 如果未成年人和老人有全额医保福利,会有这次罗尔事件吗?

……

一边是许多人在为聂树斌案"平反"欢呼,一边是罗尔在诸多咒骂声里抬不起头来。我想起几年前我参加药家鑫案的讨论。那是一场让我刻骨铭心的满盘皆输的公共事件。药家失去儿子,张家失去赔偿,张显臭名远扬,法院失去公正,公众得到的也只是正义狂欢后的满地狼藉……而这次,这两天我在担心一个最坏的结局——罗尔扛不住来自外界的压力,精神出现问题。如果这样,怎么办?

还好,今天傍晚我读到罗尔的文章《罗尔说"罗尔事件"》,我心上的这块石头算是放了下来。罗尔把很多问题进一步做了澄清,包括自己的房子问题,媒体如何断章取义,等等。

感谢上苍,罗尔虽然结巴,但还有通过文字为自己辩冤白谤的能力,并因此没有被舆论压垮。

事件到此落幕了吧。祝罗尔苦尽甘来,祝罗一笑小朋友逢凶化吉,早日康复!

(四) 杀死一个求救者(小说)

子夜时分,因为担心罗尔的状况,计划写第四篇评论,谈一个没落的中产阶层在人生危难之际有权寻求社会救济。我判断罗尔的困境是真实的。具体到打赏与募捐,他没偷、没抢也没有骗,如果有瑕疵,那也是技术上的瑕疵——没有人会预料到腾讯平台会在一夜之间募集到那么多的善款。至于是否能够做到善款专用,那是另一个层面的问题。

带着这些思考,我一口气写到了清晨四点。和前几篇不同的是,这次我写成了一篇有关替罪羊的小说。严格说,这不是我追求的小说形式,我最想写的小说还没有开始。

——题记

Ⅰ.

有些事情记不清了。我来到乌合城的那天,大雨已经停了,一路上,乌合河的水快要漫过了河堤。走在我前面的是一群壮汉,他们敲锣打鼓,刚刚把一个反绑了双手的男人从船上扔进了乌合河中央。

乌合城是个美丽的城邦,我只在那里待了几天。每天晚上,我都会泡在问渠茶馆里听人聊天,也因此知道了发生在这里的一些事情。比如乌合城明确地将社会分为四个等级。和很多地方不一样的是,这里还有一个由一千人组成的特别道德法庭,它主要用于审理轰动一时的道德大案。法律规定,凡被判处违背道德罪的人都应该被扔进乌合河,以此洗清他们人性深处的罪恶。

当然,为了仁慈起见,法律没有明确规定这是死刑。按立法者的意思,乌合城人能做的裁决止于将有罪者扔进乌合河,至于他们最终是死是活,得看天意。

有天晚上,我又在窗边坐了下来。一位长着酒糟鼻子的法学教授正在和他的几个学生聊刚被扔进乌合河的男人。

"老师,仁济后来回来了吗?"问这话的是位腼腆的男生。

"好像没有吧,那天黄昏时有人去乌合河边看了,没见着人。不过,既然没有找到他的尸体,谁能说得清楚他去了哪里呢?我年轻时去乌合河边看过几次行刑,那是乌合城四个等级的居民都爱过的节日。那时候会有很多人去参观,现在出于节省成本和人道主义考虑,投河都比较简单,不像以前那么声势浩大了。"

说到这里,酒糟鼻子教授呷了口茶,看了看几位学生。

"这种净化对于一个社会来说是非常重要的。我们的先人在制度设计上真的是很聪明啊,将坏人投进河里,既让坏人得到了乌合河的清洗,也让我们这些在岸上的人感觉到好人一生平安。更重要的是,这种惩罚联结了上天的旨意。如果我们有足够多的善意和信心,就会相信那些被投进乌合河的人大多都没有死,否则为什么我们很少发现尸体?所以,我们特别道德法庭的一些人认为,他们当中很多人隐姓埋名活了下来。据说有人还在附近的一些寺庙或者海滩上看见过他们。你们还年轻,一定要相信一个事实,那就是自古以来乌合城里的人是世界上最仁慈的,也是最相信正义的。"

学生们专注地听着。酒糟鼻子教授取出了一根烟,刚要点燃又放下了,显然,他对学生们的提问非常感兴趣。而且,整个问渠茶馆都弥漫着他君临天下般的优越感,以及哺育新人的迫切情怀。酒糟鼻子教授曾经是特别道德法庭的法官,没有谁可以像他这样权威地解读发生在乌合城里的一切。

我在乌合城住的几天,时常会听到一些人热情地讨论刚被投进乌合河里的仁济。不忙的时候,我也去仁济的家里走了走,这世上真有一些似曾相识的东西。不过仁济的妻子未央嫂对人可是一点都不热情。她终日眼角垂泪,逢人就会哭诉:"仁济你这个胆小鬼啊,要留什么护身符啊,你要是把家里那个护身符给卖了,事情也不会弄成这样啊!"

Ⅱ.

仁济其貌不扬,是乌合城里最普通的居民。他有一个标准的四口之家,妻子为他生了一双儿女。儿子叫仁一布,女儿叫仁一衣。两个孩子的名字都是仁济的父亲取的,取意于这是一个"布衣之家"。

早先仁济一家都住在乌合河边的仁家埠,紧靠着这条并不十分宽阔的河流。仁济家的好几代人都在那里靠摆渡为生,算是乌合城的四等人。前些年,由于仁家埠附近通了铁桥,仁济这靠天吃饭的生意也就立即黄了。不过,靠着两代人的一点积蓄,他还是咬牙买了间小房子,从此一家人住进了乌合城城里,并且在乌合城的政府部门领了一张三等人的居民证。

"咱家现在是三等人了!"那天一回到家,仁济顾不上放下肩上的包,亲了妻子一口。

妻子骂他流氓,心里却满是欢喜。这些年苦尽甘来,终于过上了还算体面的日子。仁济家算是仁家埠出来的第一个三等户。

乌合城分城里城外,按照规定,住在不同的地方就属于不同的等级。尽管仁济现在还远不如一等人和二等人,但同住在棚户区和乡下的四等人相比,他的日子还是好过不少。虽然没有完全告别窘迫,总还是买得起几身三等人才穿得起的体面衣服。而且,他还在二手车市场买了辆汽车。作为一个三等人,仁济甚至还有能力去城南的天王庙里为体弱多病的儿子一布求个护身符。在乌合城,护身符是非常重要的神器,由于乌合城和天王庙分别垄断了护身符的生产材料和开光,这些年护身符被炒成天价。有些人家甚至要花几代人的钱来买这样一个寻常之物。

"没有护身符,不光是活着没有身份,未来的生活也没有保障啊!"几乎所有人都这么说。

仁济不能免俗,他从几个穷亲戚那里借了些钱,到天王庙也买了一个。虽是次品,但毕竟是神物,他希望这个护身符能够保一布一生平安。

仁济以前爱读书,进城后换了几份工作,最后在乌合城书店安定下来。相较以前做的摆渡生意,书店职员的收入虽然不算很高,但毕竟不那么辛苦,仁济觉得自己可以靠这份工作过一辈子了。

不过事情并没有那么顺利。女儿刚出生没多久,乌合城来了两个马戏团,两家比拼上演各种游艺节目,光顾乌合城书店的人越来越少了。

"我这三等人的地位是保不住了。"在降了几次薪水后,仁济开始和朋友抱怨。如果聚会,朋友问他为什么没有开车来,他会说跑步对身体好。实际原因是仁济觉得现在汽油太贵,自己已经养不起那辆破旧的老爷车了。

就在仁济害怕自己变成四等人时,家里出了一大堆事。

先是未央嫂在动物园的临时工作丢了，紧接着父亲又生了重病，而就在这时候，女儿一衣偏偏也得了重病……接踵而至的灾难让仁济一时慌了手脚。一衣的病会花掉很多钱吧？治不好怎么办？如果实在没办法，就把儿子的那个护身符转手卖掉吧。刚想到这，仁济心头一沉。奋斗了大半辈子，好不容易从四等人那里爬出来变成三等人，现在又要掉回去了。仁济有些不甘心。天无绝人之路，他想起自己年轻时在乌合河摆渡，练就了一副好嗓子，而未央嫂又弹得一手好吉他，不如两人配合起来，去乌合城广场通过卖唱为孩子筹点钱。

夫妻俩硬着头皮去了，一开始每天只能赚几十块钱，这让他们越来越沮丧。有一天，仁济带上了一衣放大的照片，并且把女儿生病的事情写进了歌里，他的歌声引来了许多人的同情。慢慢地整个乌合城广场仿佛只有他们这一个活动，几个好心人还组织起来为他募捐。

"一位好父亲啊，这里毕竟是光荣的乌合城，我们帮帮他吧！"

"多可爱的孩子，不能就这样被病魔夺走啊！"

许多人伸出了热情之手。

让仁济始料未及的是，不知不觉他的募捐箱前面排起了几公里的长龙。仁济有些慌了，大量的捐款让他担心自己会从三等人变成二等人。而这是他无法承受的，他只能是三等人的命，他不能坏了乌合城的规矩。而且他也的确只是想筹点钱给女儿治病，同时保住儿子的护身符，而不是想发财致富。

就在他请求停止募捐时，广场上有个戴着鸭舌帽的男人高喊：

"这个人我认识啊，他是个骗子，我有个朋友在他工作的书店，说他家里有一抽屉的护身符！"

不到十分钟，乌合城广场上许多人都知道了一个真相——仁济不光是家里有几箱子的护身符，而且还投资办了一个护身符工厂。

"一个二等人，竟然来募捐？贪得无厌的骗子！"

一时群情激愤。乌合城广场由夏天变成了冬天。相信谣言的人觉得自己受骗了——原来仁济的命比我还好啊。不相信谣言的看到了一个事实——足够多的捐款让仁济由三等人变成了二等人。当然，还有一些冷静的市民，他们纯粹是因为喜爱和同情一衣来捐款的。他们没有后悔自己做的事情，不过等待他们的却是劈头盖脸的谩骂：

"傻子太多了，骗子不够用了。"这句乌合城最流行的话，今天再一次派上了用场。

一位二等人家的太太反驳说，"三等人有权利接受二等人的帮助，我自己的钱，我想捐给谁就捐给谁……"

她的话很快被周围人的愤怒淹没了，"乌合城还有那么多的四等人，你有什么脸捐钱给三等人？"吵闹间有人朝这位太太砸了一个鸡蛋。鸡蛋正好落在女人的额头上，蛋黄蛋清很快流了一脸。

哈哈哈，人群里迸出一片欢快的笑声。

施救者是猪，变得灰头土脸；求救者如狗，此刻也自顾不暇。仁济本想为自己的行为作一些辩解，但显然无济于事。他的每一次解释只会换来更大的误解。

"为什么不当掉护身符给一衣治病?当铺离你家不就几公里吗?你这个不仁不义的东西!自己留着护身符,还有什么脸来找我们要钱?"说这话的是一个旁观者,他自始至终都没有为仁济捐一分钱,但表现得仿佛刚才别人捐的钱原本都是他的。

"瞧,他穿的是三等人才能买得起的衬衣,根本不是四等人!"说话间,又有一群人过来撕扯仁济的衣服。

正义在发酵。仁济泣不成声,未央嫂也泪如雨下。在众人的声讨下,两人把前几天唱歌赚的钱与这天上午在乌合城广场募捐到的钱都退给了当事人。但他们还是因为铺天盖地的责问被特别道德法庭提起了公诉。

根据法律,在特别道德法庭作出最后判决之前,引起众怒的人必须每天在乌合城广场的道德柱上绑足八个小时,以接受市民代表的盘问,准确说是接受一场马拉松式的咒骂。乌合城广场依旧人山人海。和仁济前几天来这里唱歌时不一样的是,现在广场上到处都是"仁济厚颜无耻!""仁济是个败类、吸血鬼!""仁济害死了四等人的孩子,偷走了二等人的良心!"等标语口号。

最糟糕的是,就在群情激奋的时候,仁济有一次竟然睡着了。一盆冷水浇了过来,他醒来后的第一句话是:"对不起大家啊,为了照顾一衣,我已经好几天没睡……"

话音未落,一个沙哑的声音急匆匆地从人群里飘了出来,他是乌合城里最著名的调查员:

"好几天没睡?据我调查,你昨天就睡了64分钟。而且，我的线人发现你今天在公交车上也呼呼大睡了。别想装可怜，大骗子！"

"要么仁济死，要么正义死！"

"把仁济投进乌合河！"

正义的人群再一次骚动。

再后来发生的事情，就是几天前我在乌合城外看到的一幕。根据几位法官和1000位道德观察员的表决结果，乌合城特别道德法庭判处仁济违背道德罪。隔日他被扔进了乌合河，也就是我来乌合城的那一天。

Ⅲ.

我第二次来乌合城是一年后的事情，这一次我又在乌合城里待了几天。很巧的是，我在问渠茶馆里再次遇到了酒糟鼻子教授。这次他是和一位特别道德法庭的人在一起。

一年过去了，仁济已经沉河，他再也没有出现过，变得人畜无害。仁济一家已经成功地由三等人变成了四等人，活得像许多人能接受的那样悲惨了。几个月前，一则有关仁济的辛酸故事《杀死一个求救者》在《乌合城日报》上连载，这让他再次得到了乌合城人广泛的同情，善良的人们开始怀念他们在乌合河渡口、乌合城广场以及乌合城书店里遇到仁济时的情景。有人甚至开始在乌合城广场散发传单，要求为仁济伸冤。

"其实我早就觉得仁济不是一个坏人，但是没有办法，我们必须听从民意……"酒糟鼻子教授放下茶杯，慢条斯理地说道。

"嗯。现在民情汹涌，必须有人为此事负责。不知道你注意到没有，现在很多人都在讨伐那个戴鸭舌帽的男人，为了实现乌合城的正义，有必要立即把他找出来。"坐在对面的男子说道，他戴着一副瓶底一样厚重的近视眼镜，显得深不可测。

听到他们在讨论仁济，旁边座位上的两位年轻的女子也凑了过来。

一个说："当时很多人就是过分啊，我听说仁济为了给儿子买护身符还卖了50次血啊！不容易啊！"

另一个说："最可怜的还是小一衣！你说天底下怎么有人那么狠，非得把好好一个家庭整得那么惨。这不是我们光荣乌合城应该发生的事情，必须把罪魁祸首揪出来。"

在两位女子面前，酒糟鼻子教授变得唯唯诺诺起来。不过，当被问到仁济该不该被投进乌合河时，他立即发起了反击。在他看来，仁济被投河是有意义的，首先它平息了一场争端，让乌合城里多数人的正义得到实现。人虽然死了，但正义活下来了。而且从此以后，三等人越来越安分守己了。他们无论生活上遇到了多大麻烦，都不再敢向社会求救了。至于四等人，他们现在过得也一定很好吧！否则为什么媒体很少有关于他们被帮助的报道？酒糟鼻子教授同时强调，乌合城里之所以有四等人，是为了让一二三等人有同情心，不过现在看来他要失望了。

我悄无声息地坐在边上，听两男两女聊天。他们聊到很晚，最后还玩起了摇骰子喝酒的游戏。如果我没有看错的话，在凌晨的时候，那两个二等人还各带一个女人在附近的酒店里开房过了夜。

转天清晨,满脸疲惫的酒糟鼻子教授接到一个电话,电话那边说鸭舌帽已经在城南天王庙被抓着了,当时他正在那里买护身符,完全不知道自己即将大祸临头。

余下的事情都顺着乌合城固有的逻辑顺理成章地展开了。几天后,根据特别道德法庭的判决,鸭舌帽男人因为犯众怒被扔进了乌合河。

内患被清除了,乌合城人的生活再次归于平静。

VI.

这是一个阳光明媚的午后。沿着乌合河,我准备去另一个城邦。没走多久,我在河边望见一个人在水里挣扎。

"救命!救命!"

我走到乌合河中央,想去帮他解开绳子,却怎么也抓不住绳子。

我无奈地退到岸上。

过了一会儿,我看见刚才那个拼命挣扎的人从河里走了出来,并在岸边捡起了一顶鸭舌帽。

"喂,仁济,好久不见!"那个人远远地认出了我。

"嘿,原来是你啊,鸭舌帽!"我笑着对他说。

那天在河边坐了很久,我们只知道对方的名字,却都忘记了自己曾经生活在一个叫乌合城的地方。那是一个美丽的国家,那里的人们永远相亲相爱,永远嫉恶如仇。

（五）施虐者掌声如雷

十年前，我在《南方都市报》上写过一篇专栏，题目是《杀鸡儆猴，猴为什么鼓掌？》。深圳警方召开大会，公开处理小姐与嫖客，千余名当地群众围观。当警方宣布处罚决定时，"现场不时响起掌声"。对此，我是不解的。因为这种大会的第一作用就是训诫社会、杀鸡儆猴，可台下的看客却意识不到自己在训诫者眼里只是一个猴子。

事实上，个体所要面对的压力，不仅来自国家，而且来自社会。当国家和社会这两辆巨型铁车同时碾压一个个手无寸铁且一丝不挂的个体时，我总觉得我们这个时代出了问题。更大的问题是，竟然有不计其数的人为此叫好狂欢。

可叹罗一笑过世后还有男人在调查罗尔在女儿身上一共花了多少钱，还有女人在骂罗尔捐献女儿遗体是"最后一次卖女儿"。更讽刺的是，就在他们对罗尔这样一个一丝不挂的弱者挫骨成灰、施虐成瘾时，还不忘说一句"祝罗一笑在天堂快乐"。

而这些人照旧收获了如雷般的掌声。

罗一笑若在天堂有知，她的父亲被打成过街老鼠，她快乐得起来吗？

果真有这样一类人，他们是有正义感而无正义。

我虽然为罗尔说过几句公道话，其实这几天我内心一直有些愧疚。是啊，罗一笑究竟是病死的，还是治死的？罗一笑过世后我读到一篇文章，说的是她的这个病在中国治愈率只有19.6%，而在美国却高达三倍以上。

这让我忽然回忆起一段往事。几年前我在美国旅行的时候，曾经在一位朋友家里小住几日。当时他家的小孩子得的也是白血病，不过已经康复出院了。这在一定程度上印证了上述三倍以上治愈率的说法。

我愧疚自己当时沉浸于将罗尔从人群中拯救出来（看他结结巴巴、泪流满面，我担心他精神崩溃），却没有提醒他将女儿送到更有希望的地方去救治。尽管那时候大概也来不及了，尽管我的提醒可能毫无用处，但于我而言，的确是一个疏忽。我相信很多人也有这样的疏忽吧。

现在回过头想想，当时最好的结果是罗尔把募集到的钱用在把女儿送到美国救治。然而，当时讨伐罗尔的声音如海啸般袭来，以至于他不得不退还捐款。其实不光是罗尔疲于应付舆论，有熟悉罗尔的朋友后来转告我说，罗尔的妻子被折磨得"差点活不到明天"。

又一次满盘皆输的公共讨论。虐，是我们的世纪总汉字。

我知道这依旧是一个施虐者掌声如雷的世界。在这个寂静的早晨，草草写下上面这些文字，我想提醒自己的是——不要与黑暗搏斗，你只需为人道出心中的光明。这或许是我今年最大的收获与悔意。

（六）一个灵魂摆渡者的告别

读者常常会惊讶我怎么看过那么多好电影，他们不知道我平时淘片的艰辛。就在今晚，还没看完《摆渡人》，我就差不多在电影院里崩溃了。

据说《摆渡人》是一部关于助人走出心理危机的电影。谁若是遇到了问题，"摆渡人"就会来帮他跨越痛苦。我原以为是一部关于慈悲的电影。然而，这里没有慈悲，有的只是故弄玄虚和虚张声势。

电影票四十块钱。看到第一块钱的时候，我想走。看到第二块钱的时候，我想走。看到十块钱的时候，我还是想走……可我毕竟是一个坚忍的人，于是我就坚持看到了第三十九块八，只把最后两毛钱的字幕留在了影院。

表演浮夸，遍地躁狂。回想整个过程，我像是在疯人院里看MTV，每隔几分钟就听到几个没有打镇静剂的疯子朝我大喊大叫。而且，这些喊叫声毫无主题，东奔西突。

回到家里，我才知道这部电影在网上的评分只有三分多。这意味着看《摆渡人》的时候，大多数观众都被推进水里了。谁能想到，一部原本与慈悲相关的电影，在剧情与审美上制造了如此反讽的场面。

还好，没多久我就自己挣扎着爬上了岸。我从来没想到这些明星们活得如此艰难。看到他们那么煞有介事地表演，空洞地大喊大叫，我从头到尾都很尴尬。

然而无论如何，我非常喜欢"摆渡人"这个词，它同于佛经里的"慈航普渡"。这也是我去看那部电影的原因。

转天早晨，就在我准备发布这篇文章的时候，知道罗尔的女儿罗一笑姑娘已于几个小时前离开了人世。那一刻，我忽然觉得这个笑靥如花的孩子，大概是这个世间的灵魂的摆渡人。于是找来一张一个小女孩划船的图片放在微信公众号里，算是对她的纪念。罗一笑对这个世界一无所知，却照出了这个世界的病。

罗尔夫妇历经磨难，最后决定捐赠孩子的遗体，既是让孩子以另一种方式延续生命，也是完成自己在人世的修持。曾经被口诛笔伐"大奸大恶"的罗尔，于此终得解脱。

回想这几日的挑雪填井，我所期望的不过是希望世间少一些病魔与心魔。我不知道将来的人们会如何回忆这个时代，眼下我已无意就此再写文章，我知道所有人都累了。

（本组文章系作者在"思想国"公众号为罗尔事件所写）

一位中国母亲的隐忍与救赎

赵春华,一位来自外地的母亲,在天津摆了个玩具枪射击气球的小摊,不但被抓了,而且被法院重判了三年半的有期徒刑。

赵春华的女儿说,母亲的摊位是刚从一个老汉那里接手的,用的是塑料子弹。由于白天不许摆摊,每天晚上八九点钟出摊,到十二点钟左右收摊。

一个守着点自由的缝隙养家糊口的人,从来没有想到不幸会以这种方式降临。

而我也没想到自己离犯罪分子这么近。记得早些年,我还经常在公园里用玩具枪打气球。

生活在我这个时代,总会遇到一些荒诞的事情。法律究竟保护谁?回想这桩案子,客观上只有两个受害者:一是因玩具枪而入狱的赵春华;二是因玩具枪而被打破的气球。

叹民生之多艰!而我的祖国慈悲的法律,没有选择保卫一个自雇谋生者,而是选择了保卫气球。

就此我写了篇文章,转天下午又读到赵春华写给女儿的信。据说是写在一张面巾纸上托人带出来的:

宝贝你好（：）

妈妈身体很好，不要总是去想着妈妈的事。事情往好想，如果你爸爸和我在一起都完了。这我一个人就好就行了，知足吧。不要担心我怎么样，多大的事情妈妈都能挺过去。

宝贝你要过自己的日子，把精神打起来，和家人好好相处，别影响你们生活。

不要想那么多，我下队还能减行（刑），三年半，有两年就回家了，能减一年，两年一晃就过去。下队之后能和家人会见了，那里吃的还好。你姥爷知道我这个事吗（？）经常给他打个电话问候一下。我的退修（休）让你舅舅在家办吧。我的事情不要找人，钱不少花，办不成钱还不少话（花）。该我有这个节（劫），有这个牢狱之灾。我现在还有3000元，我下队带走了，不要打钱了，够我花几个月了。把你爸爸照看好就行了。

宝贝你要把我耳丁（耳钉）、相连（项链）、左子（镯子）拿你家（字迹不清），耳丁（耳钉）和左子（镯子）在我钱包里。妈妈对不起就是你。宝贝请原谅妈妈。一定要（字迹不清）把身体养好，早点要个孩子，妈妈

初读这封信时我就在想，这哪里是一封普通人的家书，简直是中国底层社会面临厄运时的精神图谱。

看得出，赵春华虽然识一些字，但文化水平不高，所以难免有一些错别字。不过，这不妨碍我看清文字背后的这位中国母亲。她坚强、隐忍、认命，相信与其抗争不如逆来顺受地

活着。

以下是我在这封信里简单读出的一些信息:

其一,涉案后救济渠道的单一或缺失。信里没有与上诉或要求其他法律援助的任何词汇。因为家境贫寒而且没有充分的社会关系,所以在外请人"捞人"的努力也免了。

其二,对厄运的适应。判决下来,就算服几年刑,也认命了。所谓"该我有这个节(劫),有这个牢狱之灾"。既然事情已经发生了,最好的办法是不让它再坏下去,所以调整心态和知足很重要。比如表现好的话可以争取减刑,此外监狱伙食还不错。考虑到前夫因为没有和她在一起而逃过一劫,赵春华甚至庆幸自己此前和他离婚了。

其三,以家族亲情为中心的善良与本分。赵春华在信中嘱咐女儿要照看好女儿的父亲,要经常给姥爷打电话,请舅舅帮办退休,并且劝女儿把身体养好,早生个小孩。这里涉及三代人,都是赵春华生命中最重要的人。为了免得亲人挂念,赵春华还特别强调了自己身体很好。这也从侧面反映了中国人的自我救济主要围绕着亲情展开。

我在赵春华的家书中读到了许多底层涉案人员或遭遇不幸者的命运。我不知道中国会有多少类似的案子,但我能猜想绝大多数生活在底层的人会和赵春华一样选择适应环境,忍气吞声。

因为此前的那篇文章,一位据说是在基层法院从事刑事审判也审理过涉枪案件的读者给我留言说:"这里的枪支不是普通的玩具枪支,而是经法定程序鉴定具有杀伤力的枪支,社会危害性极大。"

我并不这样认为。相反，我认为法院以一个似是而非的标准重判一个老实本分的自雇谋生者。为她不幸的命运雪上加霜，才是真正的"社会危害性极大"。

而这也正好解释了为什么此案曝光后会引起社会广泛的关注。

一方面，公众并不认为自己的生命安全受到了真正的威胁；另一方面，大家最关心的还是相关判决的公正性以及具体的人的命运。

这个社会的希望或许在于，虽然常遇世事凉薄，但人心还是热的。

符号杀戮符号

没想到玩具枪大量被抓后，真枪表示不服。2017年1月4日上午，在四川攀枝花会展中心发生了一起枪击案。枪手是攀枝花国土资源局局长陈忠恕，他在会展中心枪击了张剡书记和李建勤市长后逃走，并在抓捕过程中自杀身亡。

一个可怜人，不知道为何走上了绝路。由于两位被枪击者转危为安，网上有一些报复性话语开始广为流传。有人责备陈忠恕"枪法太差"。言下之意，张剡、李建勤该杀。

绝大多数人与张、李二人素无冤仇，两位被诅咒"不得好死"主要是因为他们的官员身份。如果只是面对两个活生生的人，我相信为开枪叫好者也并非真心希望两人去死。那么问题出在哪里？

我在大学课堂常给学生推荐阿马蒂亚·森的《身份与暴力》。答案其实就在这本书里。我们这个世界上的很多暴力，是基于单一的身份认同。

是的，在日常生活中我们需要身份认同。它不仅会给人一种共同体的幻觉，也是人类生活丰富性与友情的源泉。然而阿马蒂亚·森同样看到，"坚持人类身份毫无选择的单一性，哪怕只是一种下意识的观念，不仅会大大削减我们丰富的人性，而且也使这个世界处于一种一触即发的状态，因为单一的别无选择的身份认同同样会杀人"。

关于这一点，可以援引的事例实在太多。国外有 1994 年的卢旺达大屠杀，当那些黑人被告知自己是胡图人，而且"我们憎恨图西人"的时候，"无知的民众实际上是被套上了单一而且好斗的身份，由熟练的刽子手带领着酿造了这场骇人听闻的大屠杀"。

至于中国，远者有革命时代的惨烈，近者有社会新闻中的血腥。2010 年 3 月 23 日，郑民生在福建南平实验小学门口杀死 8 名小学生。任何心智正常的人都知道郑民生恨令智昏。然而，面对如此悲剧，有人仍坚持认为郑民生此举系"弱者"的无奈反抗，而这些官家和富家的孩子并非无辜，因为他们一出生即有"原罪"，既然享有父辈依靠特权占有的更多社会资源，就应该承受更大的社会风险。当郑民生冲向这群小学生的时候，"官二代""富二代"成了这些孩子单一的、别无选择的负性身份。正是这些标签，给他们带来杀身之祸。

人爱自我标榜，也爱给别人贴标签，喜欢以局部代替整体。值得反思的是，我们标示一件物品，通常是为了增加其辨识度。然而，当我们将某个人贴上一个负面的标签，并且将其简化为唯一身份的时候，暴力便已经在酝酿，因为别无选择的单一身份抹杀了人的多元群体特征与多重忠诚。当年地主被杀，是因为他是"十恶不赦的地主"，在他被赋予这个单一身份时，他不再是母亲的儿子、妻子的丈夫、儿女的父亲。同样，当很多人声嘶力竭地要求处死药家鑫时，他也只有一个身份，即"军二代家的杀人犯","药不死则正义死"。

在许多人那里,这些走到时代风口浪尖的人物被符号化了。这种符号化首先是将一个人变成他者,将他从原本所属的丰富的群体里区别开来。在这个物化与隔离的过程中,原来有血有肉的人消失了,剩下的只有被限定的物和意义,一个符号。杀一个人时,世人常有恻隐之心,而消灭一个符号却像是推倒路边的一个雕像,它给人带来的更多的是快感。

更隐秘的激情是,有人将从这场符号之战中获利。以攀枝花枪击案为例,在新闻当事人与叫好者之间建立起某种利害关系的,不是别的,恰恰是符号化。当枪击发生后,陈忠恕变成了反叛者,而张剡、李建勤变成了压迫者。此外还有一种可能:如果民众相信"官员没一个是好东西",他们会将这起枪击事件理解为"黑吃黑"。无论是反叛者枪击压迫者,还是官员群体"黑吃黑",这些都会给叫好者带来某种生理上的愉悦。符号成为一种连接,它让叫好者感觉自己仿佛参与了反抗,看到了身边的黑势力遭受了压制或者报应。

我不清楚陈忠恕究竟遭遇了怎样的冤屈,以至于他要以当众杀人的方式来进行报复。事后的社会反应可以看到今日中国社会的怨憎之气是如何炽烈。

中国最缺的不是公民教育,而是人的教育。国家与社会的和解,最终都要回到人本身。一个社会,面对经年累月的不公平与非正义,如果没有基本的愤怒与憎恨,自然不正常。但若是只剩下愤怒与憎恨,甚而发展为一个戾气弥漫的互害型社会,将正义的诉求扭曲为一种以血还血的报复、仇恨的宣泄,乃至殃及无辜,只能说这个社会既失去了爱的能力,也失去了就事论事的能力。

以我对中国社会的观察，缺少就事论事的能力也是这个国家许多悲剧的根源。而这背后同样有符号化的鬼魅。比如说街头运动，在功能正常的国家，它本是国家力量与社会力量的对话，其最容易失控或变形的也是不就事论事。政府不就事论事，就会上纲上线，找敌对分子，反抓了有良知勇气的人。社会不就事论事，容易拔高意义，偏离当地民众的现实诉求，结果是变相鼓励他人无谓地牺牲。

考虑到现实的种种困厄，我能理解许多民众的反对派立场，我也因此时常投身其中。让我常常感到不安的是，在这个社会杀人总是被给予了最大程度的理解。以前民间有胡文海、马加爵、杨佳……而现在官场又添贾敬龙和陈忠恕。一个为杀人叫好的社会终究是一个可怕的社会，这意味着在多数人的观念里人皆可杀，他们需要的只是一个理由。他们没有意识到，在自己炽热的快意平生后面藏着怎样的凉薄。那里没有人与人的战争与和平，有的只是符号杀戮符号。

真正要消灭的是时代的危机，而不是同时代的人。不要简单地在社会或者政府内部寻找可以消灭的敌人。中国若要有一个脱胎换骨的进步，最终还是要回到人的命运本身。

借攀枝花官场枪击案，我着重谈到了符号化过程中的去人性化问题。在此我并不是要完全否定符号的价值，因为语言的贫乏，我也时常不得不借助符号或者隐喻来完成思考。只是我更看到一种危险，在寻求正义的路上，符号抵达的地方也常常是理智崩溃的地方。

看老虎吃人，我为何失去了同情心？

一位游客在宁波雅戈尔动物园被老虎咬伤致死。昨读到这则新闻时，我近乎木然。尤其是在知道老虎被枪杀后，我的同情心完全倒向了老虎。这人类的四脚奴隶，稍有反抗即遭毙命，真是可怜透了！

至于那位游客，我的想法和很多人一样，觉得他完全"咎由自取"。明知道老虎会吃人，还要把自己送至虎口，去近距离"逗弄老虎"（当时媒体是这样报道的）。"你吃饱了撑着，可老虎还饿着呢！"

晚上回想起这条新闻，还是觉得老虎死得太冤。与此同时，我也开始一遍遍问自己——为什么我对一个死去的人没有一点同情心？

这不是我啊！以前就算是一个杀人犯被处死，我也是有同情心的。然而对于一个枉死于虎口的同类，我却变得冷血了。问题出在哪里？

一方面，恐怕是互联网的功劳。这些年我已经借助它看到了足够多的死亡。这世界，到处都是灾祸和生老病死，差不多每天都有各种纪念亡者的蜡烛在我的手机里飘摇。这些消息让我的心肠变硬了。

互联网背景下，人类的同情心会出现两种分化：一是同情的泛滥，二是同情的抑制。前者，就像居依·德波所说的"景观社会"，当哀悼变成一种时尚，同情被矮化为一种跟风制造的景观。至于后者，其极端状态就是表现为冷漠。因为网上可以被同情的东西实在太多了，远远超过了一个人所能承受的同情的限度。

从前人们将同情奉献给自己亲近的人，而现在要把它施舍给所有人甚至一切生灵。道德圈的扩大是人类历史上最可歌可泣的进步，但这并不意味着人人要去过以泪洗面的生活。与此相反，如果你博爱到为任何一个死去的生灵悲伤，你将在痛苦中度过余生。在此意义上，有节制的同情也是人类生活之必需。

我的这种"节制同情"还基于理性对感性的压制。和很多人一样，我在某种程度上反对那位游客不尊重游戏规则，他被老虎咬死完全是"自寻死路"。这种理性让我多少显得有些不近人情。或者说，我虽然同情弱者，但这一事件中的弱者似乎并非网罗天下、暴殄天物的人，而是被人当作奴隶关押起来的猛虎。

另一方面，可能还因为我完全不知道被咬死者姓甚名谁，无法与他的命运形成一种共情。他只是一个"咎由自取者"，一个没有温度的符号。而我对老虎的命运却要熟悉得多。老虎本是兽中之王，象征着自由、强力与威仪，但在人类面前，它只是落难的英雄。人类虚情假意地保护它，只是因为它快灭绝了。

我承认，此刻我已经跌入了符号化思维的陷阱。更真实的理由是我对人类杀戮与虐待生灵心存不满。虽然同为人类，但我时常为人类的行为羞愧难当。这也是我为什么对老家某些渔猎者深恶痛绝。当农民把电网、炸药尤其是毒药送到水里将池塘、水库里的老老少少一网打尽时，我看到的是人类旷古未有的贪欲与恶毒。有一次与朋友偶尔聊及此事，我竟忍不住痛哭起来。也是这个原因，早些年听说有人在炸鱼时被炸断手指，我几乎没有一点同情。心想"人在做，天在看"，这也算是"恶有恶报"了。

类似的恶毒同样浮现于脉脉温情之日常。记得有一次，我随一位朋友去她家作客。朋友家养了一条母犬，一进屋我就听她说"妈妈回来了"。但当她和我说起这条母犬已被她送去绝育过时，我就特别想问她："为什么不让它给你抱个外孙子？"说到这，养狗的朋友一定要责备我以人权要求狗权了。

话说回来，对于动物园里被咬死的游客，我并非不同情其悲惨的命运，只是我憎恶人类的种种恶毒太深，而这种憎恶淹没了我内心的同情。或者说，此刻是抽象的人类压倒了具体的个人。如此一来，这位游客只不过是将人类的"不道"变成了肉身，将自己送到了受虐的动物面前。

在这场赎罪仪式中，被食者仿佛变成了为人类赎罪的祭品。也许我内心有这种隐秘的愿望吧，我知道这种献祭是残酷的，但它让我内心获得了刹那的安宁。是在报复人类吗？那一刻，我竟分不清自己的所思所想是人类良知的觉醒，还是人性的幽暗。或许兼而有之吧。生而为人，一方面，我为人类的恶行感到羞愧；另一方面老虎吃的只是别人，而不是我。在这场赎罪游戏中，我没有付出任何代价，而且自以为是个清醒者。

临睡前读到宁波东钱湖旅游度假区管委会发布的一则公告：

> 当天下午2时许，死者张某及妻子和两个孩子、李某某夫妇一行6人到雅戈尔动物园北门。张某妻子和两个孩子以及李某某妻子购票入园后，张某、李某某未买票，从动物园北门西侧翻越3米高的动物园外围墙，又无视警示标识钻过铁丝网，再爬上老虎散放区3米高的围墙（围墙外侧有明显的警示标识，顶部装有70厘米宽网格状铁栅栏）。张某进入老虎散放区，李某某未进入，爬下围墙。

的确是自寻死路，以身饲虎。然而我的心却在隐隐作痛。一是因为他变得越来越具体，老家在湖北、是两个孩子的父亲……二是他可怜的境遇。

两个失败者（loser）撞到了一起。一个来自大自然，一个来自人类社会。在人类面前，老虎虽有尖牙利爪，却免不了做"娱奴"的命运。而这位游客，在现实生活中也是失败者吧，否则人到中年为何还要当着妻儿的面翻墙钻网逃票？就算票价昂贵，生活艰辛，也不至于为省这100多元独上景阳冈。毫无意义的勇气。

在此我并非要冒犯死者，原谅我可能的不敬。

如此蹊跷的事情，让我不禁想起佛教里的一些说法。倘使世间真有前生来世、因果轮回，我且当在这一天老虎与游客了结上世的恩怨。一个为人类之恶当了献祭，落入虎口；一个因为食人，瞬间死于人类之手。他们死在同一天。

还是回到人与万物的命运本身吧。面对无可挽回的不幸，我愿以内心之良善希望这一对冤家是做了"不求同年同月同日生，但求同年同月同日死"的兄弟。愿他们在黄泉路上同行，人不视老虎为玩物，老虎亦不再食人；愿他们回望前尘，化解了人世恩怨，从此一路上各有各的尊严，一路上都威风凛凛。

原因的原因的原因不是原因

前一篇文章，有的读者或许连内容都没有看完就开始评论了。因为标题的缘故，他们便断定我是一个没有同情心的人。

就此话题，我再次看到民意的分裂。有的为老虎喊冤，有的为游客喊冤。背后是两种焦虑，一种是对秩序不被尊重的焦虑，一种是对生命不被敬畏的焦虑。二者各有侧重，也都是当下中国亟待解决的问题，难论孰是孰非。

让我感到意外的是，在我文章后面获赞最多的一条留言竟将游客的死因指向了动物园的高票价。

先说明两个有关因果关系的常识：

其一，相关性不等于因果关系。

一个经典的例子是：每年溺水儿童数量和雪糕销量呈明显的正相关的关系，但是两者之间并不存在因果关系。

同样，1.动物园里有老虎，2.有游客在动物园里被老虎咬死了，两者也只有相关性，而不是因果关系。并不是动物园里有老虎，就必然导致游客被老虎咬死。

其二，原因的原因的原因不是原因。这句话出自美国思想家悉尼·胡克（Sidney Hook）。

举个例子：某甲借给某乙 100 元钱→某乙拿这 100 元钱去超市买了一把菜刀→某乙寻仇找到仇人丙→某乙将刀扎进了仇人丙的心脏，造成仇人丙死亡。

在这里某甲与超市都不必为此凶案担负责任。因为借钱与卖刀并不必然导致一个人去杀害另一个人。而且，这个逻辑链条越长，其相关性就越弱。

欧陆有一段著名的民谣，它很像是我们通常说的蝴蝶效应：

少了一个铁钉，掉了一个马掌；

掉了一个马掌，失了一匹战马；

失了一匹战马，丢了一个国王；

丢了一个国王，输了一场战争；

输了一场战争，亡了一个国家。

就算上述每组陈述都是因果关系，我们也得不出一个结论，即少了一个铁钉会导致一个国家灭亡，因为原因的原因的原因不是原因。

回到前面那位读者的疑问，票价高是不是导致游客被老虎吃掉的原因？不是。两者有相关性，但并不存在因果关系。

在此假设票价高是成立的：

票价高①→甲乙两位游客逃票，越过三米高的动物园外墙②→爬上老虎散放区三米高的第一道围墙③→游客甲翻过第二道围墙进入老虎散养区（游客乙因为畏惧没敢再下围墙）④→游客甲翻过第二道围墙接近老虎⑤→接近老虎后游客甲被老虎咬伤致死。

不难看出，这里的逻辑链条至少有五层。而且后面的每一层关系都在稀释第一层的票价高。

再解释一下什么是因果关系。因果关系的确立，即要证明"A成立导致B成立"，必须满足如下三个条件：

［1］A和B相关；

［2］A必须发生在B之前；

［3］所有其他的因素C都已经被排除。

原因在先，结果在后，这是因果联系的特点之一。与此同时，原因和结果必须具有必然联系，即二者的关系属于引起和被引起的关系。

然而从因果关系上看，票价高并不必然导致逃票；逃票也并不必然导致游客要越过三米高的第一道外墙；越过第一道外墙并不必然导致要翻过第二道外墙，其有承接关系，但非因果关系。

如果读者能够就事论事，厘清因果关系，就不难得出这样一个最简单不过的结论，即导致那位不幸的游客被老虎伤害致死的，不是票价，而是他擅自进入了老虎放养区，低估了此一行为的危险性。这和动物园票价是否过高并不存在因果关系。因为就算是动物园免费，如果有人冒险走到老虎身边，同样可能带来杀身之祸。

法律上的因果关系里，有多因果关系，指的是多个原因导致一个结果。比如前例，买刀者乙如果不是直接将刀扎进仇人丙心脏，而是纠集一群人将仇人丙殴打至死，这就是多因果关系。参与殴打的这一群人因此都有罪。而高票价是不是多因果关系中的一个因呢？其实也不是。如前所说，它们之间有相关性，但并不等于有因果关系。

　　每个人都是无数因果关系中的一环。每个人所能够决定的，也只是自己能够控制的事情。至于最终结果是好是坏，很多时候还是要看整体上的因果造化了。但这并不意味着个人是完全被动的。在社会生活中，人可以选择，也应该为自己的选择担负责任。而厘清因果关系的重要性还在于，它强调了自由意志之于我们的重要意义。如果可以自由选择，我们就不仅是上一层因果关系的终点，也是下一层因果关系的起点。

也叹中华文化之花果飘零

在清晨哼着黄昏的小曲，在播种的季节收割嫩苗。带着昨夜的愁绪早起，突然想起诗人扬·雷宏尼的诗句："在春天，就让我看见春天，而不是波兰。"多么好的诗句，你无法抗拒波兰，但波兰也无法抗拒春天。

不过心情并未完全好起来。诗句能够安慰我，但病并不在我身上，更不仰仗我医治。

又想起了"说中华民族之花果飘零"。

这是唐君毅先生一本书的书名。在该书序言里唐先生首先写到了华侨在境外之不易。然后笔锋一转，"在另一方面，则台湾与香港之中国青年，近年不少都在千方百策，如凤阳花鼓歌之'背起花鼓走四方'。至于原居美国或较文明之国家者，亦或迫切于谋取得该国国籍，以便其子孙世代，皆能在当地成家立业。即在香港，其一般社会，本是容华人自由活动者，亦不少由大陆来之知识分子，登报申请入英国国籍，以便能在大英联邦中提高社会地位，成就事业。此种自动自觉的向外国归化的风势，与上述东南亚华侨社会之侨胞之被动受迫的归化之风势，如一直下去，到四五十年之后，至少将使我们之所谓华侨社会，全都解体，中国侨民之一名，亦将不复存在。此风势之存在于当今，则整个表示中国社会政治、中国文化与中国人之人心，已失去一凝摄自固的力量，如一园中大树之崩倒，而花果飘零，遂随风吹散；只有在他人园林之下，托荫避日，以求苟全；或墙角之旁，沾泥分润，冀得滋生。此不能不说是华夏子孙之心大悲剧。"

近些年来，中国在经济上的确有了较大发展。就在十年前，尚有大量旅居海外的游子归国。其时光景，宛在昨日。而最近几年则呈反向运动，我周围有越来越多的精英人士移居海外。人有选择的自由，对于中国人走向世界之四面八方，我不至于像唐君毅先生那样抱憾。就算是学人，如董时进、唐德刚、余英时、黄仁宇、梁实秋等诸君，其在创造、传承或讲述中华文明方面的贡献，甚至远在国内许多学者之上。是故何憾之有？

回想我曾经读过的一些书，维克多·雨果没有因为离开了法国而有愧于"法兰西之魂"的称谓。反倒是鲁迅，如此"一个也不宽恕"者被有些人奉为"民族魂"，让我有些不解。在他的斗争文学里，民族不是已经被阶级仇恨搞得四分五裂、魂飞魄散了吗？我虽然不完全同意雨果的文学观，但是他的人道主义的确哺育了好几代法国人，而且远播世界。我素以为一个民族的未来，多取决于精英的质量，而不是草根的质量。所以，总是指责草根素质不行是没有意义的。真正需要面对的是精英的质量。

说回唐君毅先生，我对他这番"中华民族之花果飘零"的感慨却一直无以释怀。我不是一个民族主义者（我只愿意将民族主义纳入人道主义的范畴），但也有一份经年累月的伤怀——叹中华文化之花果飘零。譬如昨日，在一些美好事物突然消失的时候，我的内心又出现了严重的不适。毕竟，存在是繁荣的基础。早先我主张，就算是有混乱，"不要只看到时代在交媾，还要看到时代在孕育"。

而且，时人在谈论它们消失的时候，真像是谈论刚刚遭受的自然灾难，或者坏天气。有的人甚至会谈出一脸喜色——哎哟，这场冰雹真漂亮啊，个儿大，响声也脆！

一是不可抵抗，二是习以为常。慢慢地可能还会成为喜闻乐见。历史仿佛在这片土地上终结了。

老子说："天地不仁，以万物为刍狗。"如今老天爷仿佛宽容了许多，它不消灭农民，只是毁坏农民的庄稼；不消灭创造者，只消灭创造物。现在的矛盾不再是发生在人与人之间，国家与社会之间，而仿佛是发生在人与不可抗拒的大自然之间。试问谁还会和天气较劲？当年问天的屈原，不是最终选择了投水吗？那传诵千古的名诗，也不过是"夜来风雨声，花落知多少"。

无可奈何花落去，或者，无可奈何花不开。还是那句话，诗句能够安慰我，但病并不在我身上。

好吧，就这样吧，安心地生活吧。珍惜你现在还拥有的东西。如果它们明天又少了一点，那就珍惜除了那点以外的剩下的东西。这也是我昨晚写在微信朋友圈里的心境——"忙碌一天，晚间才知道今日之哀鸿遍野，本想写点什么，想想还是算了。人生如寄，国家如借，一颗默尔索的灵魂。"

如读者所知，默尔索是加缪小说《局外人》中的主人公。

表面上他什么都不在乎，一个典型的 aquoibonist[①]，甚至对母亲哪天过世都不清楚。然而他又是一个慈悲到愿意交付一切的人。在他眼里。世界是荒谬的，人间的审判也是荒谬的。因为无所谓，别人要他做什么都可以。而他唯一能坚持的只能是保留内心最后的一点善意，而这也是他对这个世界的最后的抵抗。荒诞的是，在那个阳光耀眼的海滩上，他竟然失手杀了人。

[①] 法语：无所谓先生，没什么用主义者。

鲁迅的逻辑

误以为今日是周一，而实际上是周日，于是便有了种喜从天降、多活一天的错觉。想着公众号文章好多天没有写了，不如将今日这意外增加的时间用掉一点。

由于我在《也叹中华文化之花果飘零》一文中有一小段提到了鲁迅，结果遭到了劈头盖脸的漫骂。实话说，这种"太岁头上动土"的感觉并不好。由于历史原因，有两个人在中国一度是绝不能被批评的，其中一个就是被神话了的鲁迅。

我从来没有想过要通盘否定鲁迅，他在文学上是有些成就的，但在其他很多方面，我实在不敢恭维，比如逻辑水平、政治见识、舍本逐末的对国民性的批评等。而这些和我喜不喜欢胡适没有一点关系。在我这里，胡适也是可以被批评的。可惜的是，许多研究鲁迅的人，缺少对鲁迅的批评，而只是在解释他何以成为"民族魂"。倘使我有足够的时间，我倒是愿意多做一点。

比如我在钱理群先生的讲座文章《我为何，如何研究鲁迅？》中就读到这样一段话，"……我现在成了习惯，无论面对什么问题都要想起鲁迅。而且每一次都确实能够从鲁迅的研究里面找到新的资源,得到启发。所以这些年,即使在我不讲鲁迅的那些文章里面,还是可以看见一个鲁迅生命的存在。而且我只要面对青年,就情不自禁地讲鲁迅了,因为我从进入学术界开始就给了自己一个定位,就是做鲁迅与当代青年的桥梁,我一直坚守在这个岗位,看来要坚守到我死为止,这已经成了我的历史使命和宿命。"

这段话读来很悲壮,在某种程度上也令人感动,但经不起分析。前半部分,让我想起马斯洛的话——一个人如果手里只有一把锤子,那么看什么问题就都是钉子。迷信上帝的人相信上帝能够解决一切问题,迷信组织的人相信组织永远正确……可是,人是不能过于迷信的。不是说吗,就算是一个宿命论者,过马路也要看红绿灯。至于后半部分,我也不认为这是学者的态度。如果钱先生将自己的使命定为让青年人像他一样去迷信鲁迅,我有些不解的是,这究竟是做学问,还是搞宣传?

如果读者反对我的上述观点,容我以后说得更细致一些。

在做研究方面,我更喜欢唐德刚先生的态度。我是通过唐先生的《胡适杂忆》开始认识胡适的。后来我通读《胡适文集》,并写了《错过胡适一百年》一文,算是我的一篇读书心得。唐德刚对胡适从来没有到迷信的程度。在《胡适杂忆》中,他批评了胡适在经济学方面的不足,同时在其他方面也多有调侃。

比如唐德刚批评胡适没有在1917年拿回博士学位是因为"花心":

> 胡适之这位风流年少,他在哥大一共只读了二十一个

月的书（自1915年9月至1917年5月），就谈了两整年的恋爱！他向韦莲司女士写了一百多封情书（1917年5月4日，《札记》），同时又与另一位洋婆子"瘦琴女士"（Nellie B. Sergent）通信，其数目仅次于韦女士（1915年8月25日，同上）。在博士论文最后口试（1917年5月27日）前五个月，又与莎菲（陈衡哲）通信达四十余件！在哥大考过博士口试的"过来人"都知道，这样一个神情恍惚的情场中人，如何能"口试"啊？！这样一位花丛少年，"文章不发"，把博士学位耽误了十年，岂不活该！（《胡适杂忆》，增订本，1999）

作为胡适的入室弟子，唐德刚的这段文字，算是有些随心所欲，也因此受到了夏志清先生的批评。夏志清列出了胡适当年的成绩单，英文成绩少时也有80分，多时为96分。更别说与韦莲司写信交流或者恋爱也是有益于提高他的英文成绩的。

这些都不是关键，我想强调的是唐德刚对胡适的这种态度。这是学者对学者的态度——可以欣赏他、爱护他，但并不仰视和包庇他。也是因为这种平等的态度，尤其在我将胡适与董时进先生对比时，我很快发现了胡适身上的不足。胡适先生盛名虽然远在董时进之上，但在对中国具体问题的具体分析方面，董时进似有更独到之处。关于这一点，亦容后再叙。

原本想写篇长文批评鲁迅及其研究者钱理群，前些天在路上一共拟了20个小节，但是实在没有热情和精力一次写完，毕竟手头有更要紧的事做。今天仅从文本分析上略谈鲁迅的逻辑。

先回到发生在上世纪30年代那场著名的有关文艺自由的争

论。当时，一些左翼如瞿秋白、冯雪峰、鲁迅等人从阶级斗争的立场主张将文学一分为二，于是便有了好的无产阶级文学和坏的资产阶级文学（反动文学）。而以胡秋原、苏汶、梁实秋、戴望舒等为代表的另一派，则主张文学具有创作与审美的独立性，不为政治左右，不应做政治的留声机。由于不支持左翼对文学的粗暴划分，这些人甘为"第三种人"。

事实上，"第三种人"强调文学的价值时，并不表明他们是"艺术至上主义者"。在苏汶看来，文学作者追求艺术价值，和医生之讲医学，律师之讲法律一样，是他们的本行，这里面决不是定要包含什么"看不起艺术之外的其他一切东西"这种意味的。苏汶反对一些革命者借革命来压服人，因为那些人"处处摆出一副'朕即革命'的架子"。

与此同时，苏汶特别批评了瞿秋白等人将左翼革命文学视为武器。"而他们之所以要艺术价值，也无非是为了使这种武器作用加强而已：因为定要是好的文艺才是好的武器（实际上应当说，好的武器才是好的文艺）。除此之外，他们无所要求于文艺。""他们左一个意识形态，右一个意识形态，以要求作家创造一些事实出来迁就他们理想中的正确。"问题是，"整个的革命都可能有错误"，那些文艺指导家们如何保证自己正确？而且，越是在斗争混乱、空前变化的年代，文学越要保持其独立性，其好处在于可以帮助身处其中的人们认识社会。

鲁迅无疑是相信"武器文学"的。他直接否定胡秋原、苏汶、梁实秋等人的"第三种人"立场，认为在阶级对立的时代，想做"第三种人"是不可能的。在《论"第三种人"》一文中，鲁迅指出："生在有阶级的社会里而要做超阶级的作家，生在战斗的时代而要离开战斗而独立，生在现在而要做给与将来的作品，这样的人，实在也是一个心造的幻影，在现实世界上是没有的。要做这样的人，恰如用自己的手拔着头发，要离开地球一样。"其后，他又在《文学》杂志上发表了《又论"第三种人"》为自己的观点辩护，再次指出做"第三种人"之不可能。

鲁迅打比方说：

> 所谓"第三种人"，原意只是说：站在甲乙对立或相斗之外的人。但实际上，是不能有的。人体有胖和瘦，在理论上，是该能有不胖不瘦的第三种人的，然而事实上却并没有。一加比较，非近于胖，就近于瘦。文艺上的"第三种人"也一样，即使好像不偏不倚罢，其实总有些偏向的，平时有意或无意的遮掩起来，而一遇切要的事故，它便会分明的显现。

我曾在评论课上和学生们谈到这篇文章。且不说常识告诉我们大自然中并非只有黑白两色，就本文而言，鲁迅的逻辑推理也是漏洞百出的。

按鲁迅的意思，当年的中国有两个阵营，一种是胖子阵营，一种是瘦子阵营。有胖子阵营里住的都是胖子，在瘦子阵营里住的都是瘦子。但是他接着又说了，人与人在一起，总还是可以分的。这不就是"胖瘦相对论"吗？既然如此，那你还坚决啥？

也就是说，无论是在胖子阵营还是在瘦子阵营里，仍可以分出个胖瘦来。胖子与瘦子，因此是相对的。既然是一个相对的比较，怎么得出一个绝对的胖子和瘦子的阵营，并且使他们水火不容呢？又凭什么说瘦子一定好，胖子一定坏呢？更别说，在一定的条件下，人有可能变胖，也有可能变瘦，并没有一个绝对值。在此意义上，原先的胖子阵营与瘦子阵营也就根本不存在。事实上，我们所能看到的是一个多样性的世界，而不是一个非友即敌、非胖即瘦、非白即黑的世界。

在我看来，以阶级斗争立场否定"第三种人"，否定社会的丰富性，无异于肯定弱肉强食的政治而否定社会自身的价值。如果按鲁迅比一比就知道胖瘦的逻辑，这世界上何止"第三种人"，更有第一亿种人，因为这世界上没有两个价值观与审美取向完全一致的人。

鲁迅曾经在演讲中说，胡适当年领导新文化运动是穿着皮鞋进来的，而后的普罗文艺是光着脚进来的。对于鲁迅否定存在"第三种人"的观点，梁实秋引用报章上的评论揶揄说，"鲁迅先生演讲的那天既未穿皮鞋亦未赤脚，而登着一双帆布胶皮鞋，正是'第三种人'"。

梁实秋认为，强分作家为两个阶级或左右二翼，对于文学的发展毫无用处。在资产上人有贫富之别，但在人性上没有多大分别。由此展开说，如果仅就人性论，不光是第三种人不存在，第一、第二种人也不存在。但如果就文学所要表现的人性的丰富性而言，穿皮鞋的，穿帆布胶皮鞋的，赤脚的，在文学里都有位置。作家应该表达丰富的人性，而且要像狮子一样独来独往，而不是像狐狸和狗一样成群结队。

20世纪的中国，梁实秋是位了不起的作家。主持《中央日报》副刊时他对部分抗日文学的批评，也体现了他身为作家的基本自尊以及对文学的爱。然而只是因为曾经批评了鲁迅，他在鲁迅那里背负了"丧家的资本家的乏走狗"的恶名。鲁迅虽然时而相信"胖瘦相对论"，但在"非左翼，即走狗"的逻辑框架下，如果他认定谁是个"死胖子"，那么谁就永远是个"死胖子"——而且还必须是个不道德的"死胖子"。

而历史亦有其内在的因果。如果一个国家只承认一种"至高无上的无产阶级文艺"，那么它在几十年后走向"八个样板戏"，也是顺理成章的事情。

我是我的道路、意义与生命

忙了一天俗务,这一天注定是荒芜了。索性继续写几句有关鲁迅的话吧,这样今天的荒芜就比较完整了。

回家的路上,见有读者在昨日的文章《鲁迅的逻辑》后留言,在为我鸣了几声不平后,他问我:"是什么支撑你继续写作,继续讲学?以启发民智?"

启蒙?这完全是个误会。就我个人而言,我是不愿接受任何政治和文化标签的。十几年前,我甚至连别人称我为自由主义者也不能接受。我不想加入任何阵营为他人的愚蠢背书,也不想沾别人的光,我只想尽可能地运用自己有限的理性,享受思维的乐趣,也尽一个读书人与思考者的本分。如果我的思考间接能够服务于社会,对他人有好处,那更是我的福分。但对此我并不敢奢求。

所以,我断定我也不是一个启蒙主义者。我只喜欢自由交流。我不想为自己抓思想的壮丁。大家想法不一样,不是挺好的吗?我不认为我比他人看得更好,更远,更不敢断定别人处于蒙昧的状态,并要教化他。我在大学教书,我的学生知道我"没有结论的课堂"是如何开放的。而自从我相信"人是意义动物"之后,更不敢以自己有限的理性傲然于世。

也是这个原因,我对许多人经常谈到的中国人素质低这样的话题很不以为然。荒诞的是,同样有许多人,他们也像我一样反对中国人低素质论,却对鲁迅的改造国民性的主张赞不绝口。如果读者尊重人性,相信也会和我一样认为改造国民性与洗脑在很大程度上只是换了一个说法。改造国民性的本质是将国民当犯人,改造好了,就可以回归美好社会了。

鲁迅批中国人的奴性,似乎并没有找到法门。哪个国家的人没有奴性?弗洛姆还写过一本书,指出人有逃避自由的倾向。至于鲁迅批评的中国人所具有的奴性,其实也不过是诸力作用下的一个结果,而不是中国人独有之特征。人性的两端,一是欲望,二是恐惧。人们希望活得有尊严,当说也是属于欲望之一种。但是,如果过有尊严的生活可能会让他付出生命的代价,或者蒙受不愿意承受的损失,他就有可能退而求其次。这是人性使然,不是中国人的国民性使然。

而如果你愿意分析背后的"奴才动力学",你就知道在这里起关键作用的是力量对比(以及由此而来的恐惧),而非人性或者国民性。我的恩师刘泽华先生研究中国古代政治思想史,他注意到中国古代的官员有"亦主亦奴"的双重人格,我想个中原因也在于这种力量悬殊。当这个官员无法抗拒上层时,他就是奴才。当他可以命令下层而下层无法抗拒时,他就是主子。如何改变这种情况?是改造人性吗?不是,是建立具体的可以操作的人人平等的制度。在此意义上,我认为一味指责弱者甘当奴才,也不过是骂人愚蠢,却并不给人聪明的机会。

也是基于上述判断,以及我所认同的消极自由的理念,我认为人有懦弱的权利。如果你不认同我的说法，你可以自检在人性的两端，你自己有多勇敢。

前面说了，我批评鲁迅，是就事论事。他文学上的成就，我并不否定。我读他的《野草》，看到"绝望之为虚妄，正与希望相同"时，心中也有一种说不出的滋味。我承认，无论是鲁迅孤绝的形象，还是鲁迅的文学作品，都是有很高的审美价值的。但要说他是思想家以及如何启迪民智，我就要打个问号了。

晚上吃饭，我在学校问一位持此观点的朋友，鲁迅启迪了民众哪个观念，哪种思想，像卢梭的社会契约论，孟德斯鸠的三权分立，或者像私有财产神圣不可侵犯……这位朋友说不上来，他似乎也只想得起众口一词的"鲁迅启迪民智了"。

有人可能还是会说，鲁迅指出了中国人的奴性。但是，请注意了，如前面分析的，一个人臣服于另一个人，这是结果，而不是原因。如果一个人本来就是奴才，你骂他是奴才，就能让他们不是奴才吗？这不过是对现状的一种描述而已。这好比你走到楼下，说一声"天下雨了"，雨并不会停一样。同样的道理，你走在晚上说天有多黑，也不是启迪民智。这里并没有什么智识的增量。

我的确是有这样一个疑问——在鲁迅的教导下，中国人的智识真的增加了吗？以我有限的阅读，真正在几个关键问题上启迪中国民智的是宋教仁、徐志摩、陈炯明、胡适、董时进、胡汝麟等人。他们着力于对中国进行长远的可期维持的建设。可惜他们，有的甚至完全被时代的洪流淹没了。

如果我们不谈制度性的建设，那继续说观念吧。我以为知识分子给这个世界所要贡献的最重要的东西，不是他的立场，而是他的理性。当一个社会滑向未来的深渊，作为知识分子的他能及时预警。

对董时进研究越深，我在20世纪中国历史里所获得的荒诞感就越强。有人说，五四精神中少了一个对私有财产的保护，这种说法是很中肯的。但是20世纪二三十年代的中国，极力推动私有财产保护的人也不是没有，而董时进便是其中一个。只有放到这个视野下，你才能真正知道董时进的历史意义。

最后简单说几句，我希望那些喜欢鲁迅的人，把鲁迅当人看，而不是当符号看。那么多年过去了，这个时代对历史人物的臧否理应远比教科书丰富得多。那些自以为喜欢鲁迅并推崇其批判精神的人，见不得我批评鲁迅，本身就是无比荒诞的。

至于有人说鲁迅是民族的脊梁，这完全是个人的自由。但我从来不会这样去推崇一个人。我有自己的脊梁，并不奢求于他人。我喜欢胡适，也从不会认为他是我的脊梁。而且客观说，就算是你把自己绑在一个挺拔的电线杆子上，你也不会因为它获得任何好处。

回到前文，我不是一个启蒙主义者。我唯一可以骄傲的，是我一直在思考，在怀疑，无论是上帝，还是其他符号。在这充满荒诞也同时被我热爱的世界里，我是我的道路、意义与生命。这方面，实在不必跟着别人走。我自己的道路，还是要背负我自己的脊梁，慢慢地走。

如何保持对历史的温情与敬意？

又是一天，在图书馆里读了若干旧书，做了些笔记。由于时间紧迫，懒得放到机器里消毒，慢慢感到手指与耳根开始发痒。

晚上，我像一个矿工一样回到家里，洗去身上的历史的尘埃。平日里我经常会接到一些陌生人的电话：

"哥，某某地方现在有套房子，您打算去看看吗？"

"回不去啊，我在火星上挖矿呢！"我说。

是的，在陈年旧事里挖矿，这是我最日常的生活。我在《一个村庄里的中国》里找董时进，在《西风东土》里找石桥湛山。有时候我更会飞到另一座城市找一个人，只为听他讲一段故事。我也常和学生们说，我在搜集材料的过程中所获得的乐趣，有时候甚至会超过写作本身。

除了行万里路式的寻找，更多的时间花在互联网和图书馆里，比如维基百科与GOOGLE。当我获得了某个以前并不知晓的线索，比如一个人名，我会一直找下去。如果为此从早忙到晚，我这一天最大的收获就是"早上点亮一盏灯，晚上点亮一座城"。那座原本你一无所知的城池，突然出现在你面前，你怎能不满心喜悦呢？

对于一个求知者而言，这和寻找桃花源时"初极狭，才通人，复行数十步，豁然开朗"的巅峰体验是差不多的。

真正遗憾的是，热情有余而时间和精力总是不够。记得有一天，我自以为对某位历史人物的资料找得差不多了，可是很快又发现了一本关于他的英文书。做学问如破案，而且总有案中案，那一刻我突然意识到自己陷在了一个无底洞里。闭上疲惫的眼睛，身子后仰，把头支在椅背上，我感觉自己正在无底洞里自由落体……

这两天，我写了点批评鲁迅的文字，有的人理解，有的人反驳，有的人提建议，有的人则完全是谩骂。说实话，我不能理解那些容不得批评鲁迅的人。有人说我在整体上否定鲁迅，更完全是逻辑上的"稻草人谬误"[①]。从来没有简单否认过任何一个人，我自知在面对历史时，是像钱穆先生在《国史大纲》中所说的那样怀着温情与敬意的。

很多人也是如此吧，区别只在于大家对温情与敬意的理解不同。我的理解包括以下几点。一是尽可能在材料上还原历史；二是回到历史当中去理解历史为什么发生；三是回到人本身去理解历史人物。我们都将成为历史人物，但我首先是人。因为这些原因，让我全盘否定某个历史人物几乎是不可能的。此外，还有第四点，这算是一种奢望——我希望从历史的因果之中找到一些对我思考现实有用的东西。

而这也是我批评鲁迅某些观点的重要原因。我对鲁迅的去符

---

① 逻辑上的常见错误，指歪曲一个人的观点，并批评这个不存在的观点，以达到攻击或说服的目的。

号化的努力，其实也是将他还原成一个人。而只有人才受得起历史的温情与敬意。谁会将历史的温情与敬意给一尊雕像、一个符号呢？就算你给了，那个肉身的人能收到你的温情与敬意吗？

符号比肉身更沉重，压得肉身喘不过气来。

我不是一个好战斗的人，在性情上我更接近于胡适，而不是鲁迅。甚至，我都不太能接受鲁迅撒豆成兵般用100多个笔名去发表文章。胡适主编《独立评论》，也是主张大家最好用真名。这的确和我的审美情趣有关系。但这并不妨碍我去了解鲁迅，他的许多文字。从早期的论文《文化偏至论》《摩罗诗力说》到《鲁迅全集》里其他一些重要的篇目，我还是认真读过的。我不是在想当然地批评鲁迅。我也对比了同时代的中国及欧美的其他作家与知识分子。简单说，我批评鲁迅的某些观点，完全是因为我写在前面的第四点奢望。

昨晚有一位读者和我说，她在鲁迅的小说《在酒楼上》读到的全是慈悲。我不反对这个观点。鲁迅的文章里不仅有恨，也有慈悲。但是，当他卷入了阶级斗争而疏远了普遍意义的人，他的慈悲变得并不完整。关于这一点，前面的文章我提到过，后面还会具体谈。

继续说挖矿吧。当我站在大学图书馆中一个密集书库里，看鲁迅的著作及各种赞美他的书籍占了满满五六米长的大书架，而我努力寻找的董时进，在整个图书馆里却没有一本关于他的书，我的内心真的是悲伤的。那一刻，我觉得自己只是孤零零的。虽然怀着相同的对历史的温情与敬意，却又无以寄托。好在历史终究是一本大书，我仍可以在更宽阔的地方去寻找，正如我过去这些年所做的。

不完整的慈悲

盼了一天的暴雨，到现在也没有下来，只是派了几只蜻蜓飞呀飞。

前两天写了几篇关于鲁迅的文章，有读者在微信上留言：

> 鲁迅的作品里只读他的小说，因为没有看到恨，只看到了慈悲。比如成年闰土的形象让我心酸；比如尤其喜欢的那篇《在酒楼上》，简直太不"鲁迅"了。人，是有多面性的。文学的功效也有多种，或武器或安慰剂，普通读者各取所需……无论别人吹捧他还是批判他，我早已自动屏蔽掉了他所谓思想家、革命家的面目，只遇见自己喜爱的文学的鲁迅。

由于当时匆忙，我只简单回了一句，大意是鲁迅的文学作品里是有慈悲的，但是他没有回到人的普遍意义上。只有阶级意识，他的慈悲就是不完整的。而这点在雨果和加缪那里或许有更好的答案。

上述读者的留言为我呈现了很多人热爱鲁迅的另一个视角。

一个人爱一个偶像，其实也只是爱其中的一部分。但人往往也真是奇怪，虽然并不要求鲁迅完美，但当你批评鲁迅时，他们又认定你破坏了这并不存在的完美形象。也就是说这种完美形象是在有人批评鲁迅时在他们心中瞬间生成的。

阿Q胜利法

如有些读者所见，我现在批评鲁迅，并非整体性否定他。对于文学的鲁迅，我自然是尊重的。我没有徐志摩的那种偏见，认为鲁迅的作品完全看不下去。比如说《阿Q正传》，我便觉得不错。这可能也和我偏爱隐喻式作品有关。

从接受美学的角度来说，作品一经完成，通常就不受作者控制了。我虽然觉得《阿Q正传》还不错，但并不喜欢鲁迅对它的解释，诸如刻画"国民性"云云。如果只是将阿Q及其精神胜利法当作嘲讽中国人的手段，这小说就是失败的。而且，对阿Q也不公正。因为精神胜利法既非阿Q所独有，也非中国人所独有，而是全人类共有。

我既已断言人是意义动物，那么人在逆境当中为自己的生活赋予某种积极意义，自在情理之中。而这也是人们在社会心理学中常常谈到的自我补偿（compensation）。比如在弗洛伊德那里，它被理解为一种心理防御机制。这是一种全然潜意识的自我防御功能，旨在免除人类精神上的痛苦、紧张、焦虑、尴尬、罪恶感，以此完成自我调适。比如，酸葡萄心理（把得不到的东西说成是不好的）、甜柠檬心理（如果手里只有柠檬，就说柠檬是甜的）以及幻想（fantasy）等。当一个人遇到现实困难而无力应付时，就利用幻想的方法使自己获得某种心理上的平衡。这既能让相对弱小者获得某种自尊，也会增加他的安全感。

近百年前，奥尔特加在《社会心理学》一书中特别谈到这种心理：

> 大凡身体孱弱的人，都把理智生活看做是一种伟大的事情，以为哲学家的生活高过普通群众的生活无限倍。有一种蹉跎半生的人，总以为他们是"穷而不滥"的人，那意思就是说，一有了钱，钱便染上不正的颜色。大凡身体有缺点的人，往往生出极有趣的理由化的现象来。

阿Q造出与赵太爷是本家，和中国人说自己是炎黄子孙并无本质区别，都是在伟大的人或者事物上附着意义。而这种虚荣也不是中国人所独有。为自己的祖国感到自豪，每个国家都大有人在。

只要没有破坏群己权界，这种所谓的精神胜利法是无害的。我想起某些启蒙派知识分子的自傲。当他们群起嘲笑其他人愚蠢，以此合理化自己的进步事业之时，是不是也有些精神胜利法的意味呢？

鲁迅在《俄文译本〈阿Q正传〉序》中说，写阿Q是为了画出沉默的中国人的灵魂，而事实上阿Q精神乃人类共有之特性。在此意义上，鲁迅的这篇小说是超国界与超阶级的。只是鲁迅自己可能并不买账，尤其是二三十年代他彻底向左转，并且否定了"第三种人"的文学以后。

同样有趣的是，在以阶级斗争为纲的年代，许多人不得不为应该把阿Q的这种精神胜利法归类于哪个阶级而感到苦恼。有人声称，无产阶级是没有这种坏毛病的，如果有的话，那也是资产阶级、统治阶级长期驯服的结果，所以这种精神胜利法本不属于阿Q，而是属于资本阶级。当说，该想法也是一种精神胜利法。

鲁迅胜利法

以上是我对阿Q的精神胜利法的理解。接下来我说一说鲁迅的胜利法。

先引用《两地书》里的一段内容（实话说，在《鲁迅全集》里我最爱看的是许广平的文字）。

鲁迅在回许广平的信中说，走人生的长途，最易遇到两大难关。一是歧路，二是穷途。如果遇到歧路怎么办呢？鲁迅说他自己不会像墨子一样恸哭而返，而是——

> 先在歧路头坐下，歇一会，或者睡一觉，于是选一条似乎可走的路再走，倘遇见老实人，也许夺他食物来充饥，但是不问路，因为我料定他并不知道的。如果遇见老虎，我就爬上树去，等它饿得走去了再下来，倘它竟不走，我就自己饿死在树上，而且先用带子缚住，连死尸也决不给它吃。但倘若没有树呢？那么，没有法子，只好请它吃了，

但也不妨也咬它一口。

这的确是战士的鲁迅、赞美斯巴达的鲁迅、睚眦必报的鲁迅、爱憎分明的鲁迅。但是，在这段话里，爱却是没有的。否则为什么要夺老实人的食物呢？这是人性的幽暗吗？我这样说，有的读者也许会认为我咬文嚼字，太过苛刻了。

当然，没有人需要以身饲虎。但这段文字还是让我不由自主想起了胡适改写《西游记》，唐僧取经回来在天上割肉度群魔的章节。在胡适的那些文字里，我是真的读出了菩萨心肠。然而，我不得不遗憾地说，在鲁迅的小说里虽然有慈悲，但是在他与人论战的时候，求胜心似乎压倒了一切。当他以梁实秋"构陷"他为理由痛骂梁实秋是丧家的资本家的乏走狗的时候，他其实也同样构陷过胡适。

1933年3月26日的《申报·自由谈》发表了一篇署名"何家干"的鲁迅的文章。标题是《出卖灵魂的秘诀》。胡适反对日本侵略中国，说了一句"日本只有一个办法可以征服中国，即悬崖勒马，彻底停止侵略中国，反过来征服中国民族的心"。而鲁迅却抓住这么一句话，将胡适骂成"日本的军师"，说他是在给日本人上条陈，出卖自己灵魂。

彻头彻尾的断章取义。事情的来龙去脉是，胡适有感于中日之间的仇恨日深，正好日人室伏高信发表文章批评中国搞"以夷制夷"，不奉行"中日亲善"，于是胡适连写了三篇文章作了回应。胡适认为在日本铁拳的压制下中日断无亲善可讲。如果日本想要亲善，征服中国人的心（获得中国人的友谊，不去仇恨日本），那么就应该结束武人专政，停止对中国的侵略。胡适警告日本侵略中国,实际是带着日本人走上全体自杀的道路。

透过所有这些文字,我怎么也不明白有"文豪"之称的鲁迅会将胡适视为日本"陛下的臣子"。就事实而言,胡适很早就提到要警惕日本的侵略,待二战爆发,若不是胡适在美国积极斡旋,促成美国在日军偷袭珍珠港后卷入太平洋战争,中国战场究竟会打成怎样,蒋介石是否守得住重庆,就真不好说了。

我读20世纪中国一些政治精英、知识精英的文章,常常难免痛心。他们年轻的时候,都曾有些文字,让我击节赞叹。有些政治精英的早期文稿,鲁迅写在1907年前后的几篇论文,我在其中读得到满腔的赤诚。而一旦卷入斗争,有了一定的权力、地位和所属的社团,有了具体的你死我活的斗争的对象,就纷纷变得陌生起来了。

从雨果到加缪

鲁迅早期是个坚定的个人主义者,在某种程度上说也曾是人道主义者。他怀疑民主,警惕多数人的暴政,这无可非议。直至今天,就是在西方世界,也有很多关于民主的质疑。鲁迅的小说里当然是有人道主义的。只是到了30年代,当鲁迅慢慢成为多数人中的一员,人道主义似乎又被他抛到了脑后。

说到这里,我先讲讲前面提到的雨果和加缪。

雨果反对暴政,理解法国大革命,甚至还为反对独裁用自己的稿费捐了一口雨果大炮,但是雨果并不赞美暴力。有两个细节尤其值得一提。一是他通过小说《九三年》表达了在绝对正确的革命之上，还有一个绝对正确的东西，即人道主义。二是巴黎公社革命中，当巴黎公社试图以三比一的杀戮来对抗政府的暴行时，雨果通过一首诗表达自己奉行人道主义的决心。雨果说："被我所击败的人，我不会拳打脚踢。我以自己的权利去衡量他们的权利。如果我看到敌人被绑，我自己不感到自由。如果我用敌人的做法去还敬敌人，我要请求他的饶恕，把膝盖磨破三分。"

这是雨果和他一生践行的人道主义。

接下来说加缪。加缪曾经有过一段时间的迷失，但是他很快意识到问题。当他的论敌，萨特及其支持者梅洛·庞蒂滔滔不绝地对他说"暴力是政治所固有的，因此共产主义的暴力要优于资本主义，因为它至少承诺了一个更好的未来"时，加缪的反驳是，"任何属于集中营的，哪怕是社会主义的，都必须称之为集中营"。加缪无法容忍这种荒诞的事实：一边是四海皆兄弟，一边又在大张旗鼓地杀人。

这是加缪和他努力做到的明辨是非。

然而，抱团站稳了苏俄的立场后，鲁迅的人道主义到哪里去了呢？20年代以"费厄泼赖应当缓行"反对林语堂的公平竞争与宽恕论，而在彻底奉行了阶级斗争理论之后，鲁迅的人道主义似乎完全让位于"同道主义"了。简单说，此时的鲁迅有怜悯，但不是放在普遍的人的意义之上，而只把眼泪洒向同一战壕的人。而这些人，有时候也只是抽象意义上的"工农"二字。至于具体的人，则"一个也不宽恕"。

而那时候也的确是个混乱的年代，就像我们在今天时常看到的。鲁迅同样受到来自各方的批评，甚至恶语中伤。比如因为对文学的立场并不完全相同，郭沫若在《文艺战线上的封建余孽》一文中说鲁迅是资本主义以前的封建余孽——"资本主义对于社会主义是反革命，封建余孽对于社会主义是二重的反革命。……以前说鲁迅是新旧过渡时期的游移分子，说他是人道主义者，这是完全错了。他是一位不得志的 Fascist（法西斯谛）！"萨特曾经说，"杀死一个欧洲人，这是一举两得，即同时清除了一个压迫者和被压迫者"。当年的中国人似乎也可以用类似的句子来针对自己及他同时代的人。

被解放的堂·吉诃德

上世纪 80 年代的中国有过一段有关革命与人道主义的争论。本质上说这是对革命的反思。和雨果不同的是，鲁迅曾在他的文章中公开鄙夷人道主义。1933 年，在《〈解放了的堂·吉诃德〉后记》中鲁迅写道："对于慈善者，人道主义者，也早有人揭穿了他们不过用同情或财力，买得心的平安。这自然是对的。但倘非战士，而只劫取这一个理由来自掩他的冷酷，那就是用一毛不拔，买得心的平安了，他是不化本钱的买卖。"

这样的说辞，我第一次读到它时已觉毛骨悚然。因为鲁迅不只是否定了人道主义，甚至也否定了"非战士"。如果不站在他一边就是冷酷的，接下来的问题是，个体没有不参加革命的自由吗？鲁迅的这番说辞，和罗伯斯庇尔时代的"你不要自由，我强迫你自由"有什么本质区别吗？

而对于人道主义，鲁迅不只是给予了否定，还加上了自己的诅咒。

《解放了的堂·吉诃德》是由瞿秋白译介的卢那察尔斯基的戏剧。在革命之前，堂·吉诃德出于人道主义立场救出了革命者。然而当革命者大权在握，专制者入了牢狱，这位人道主义者又对新的被压迫者表达了同情，并希望结束新的压迫。在鲁迅看来，堂·吉诃德是愚蠢的，因为这样的人道主义者只会被奸人利用，帮着使世界继续留在黑暗中，他放蛇归壑，使敌人又能流毒，焚杀淫掠，远过于革命的牺牲。在这些说辞里，阶级性彻底压倒了人性。

我不知道，在戏剧之外，在中国20世纪的若干场革命当中，对于那些被革命侮辱与损害的人，那些被打倒的地主和资本家，鲁迅是否会为他们流下一滴同情的泪水。

在《解放了的堂·吉诃德》中，实施革命专制的德里戈是这样为自己辩护的："是的，我们是专制魔王，我们是专政的。你看这把剑——看见罢？——它和贵族的剑一样，杀起人来是很准的；不过他们的剑是为着奴隶制度去杀人，我们的剑是为着自由去杀人。"对此，鲁迅不但没有任何质疑，反而指责像剧中堂·吉诃德一样行事的托尔斯泰派、罗曼·罗兰、爱因斯坦等人——非议当年革命的残暴，帮助反动派出国与安身——犯了堂·吉诃德式的错误。

而鲁迅1930年的《对于左翼作家联盟的意见》，给我的印象是他已不再是个作家，而是一个指导作家冲锋陷阵的军官。如果从前他还信奉个人主义，而现在完全是另一副模样。

站定了立场后，鲁迅能否接受新的批评？在《林克多〈苏联闻见录〉序》中，鲁迅指责时人对苏联的批评，说"中国人实在有一点小毛病,就是不大爱听别国的好处,尤其是清党之后,提起那日有建设的苏联"。鲁迅赞美苏联的革命,将资本家与地主视为敌人。他相信在苏联"工农都像了人样,于资本家和地主是极不利的,所以一定要先歼灭了这工农大众的模范"。

鲁迅赞美的苏联是这样的——"那就是将'宗教,家庭,财产,祖国,礼教……一切神圣不可侵犯'的东西,都像粪一般抛掉,而一个簇新的,真正空前的社会制度从地狱底里涌现而出,几万万的群众自己做了支配自己命运的人。"任何关于苏联的批评,在鲁迅那里,都是带有恶意的。"他们是大骗子,他们说苏联坏,要进攻苏联,就可见苏联是好的了。"

而在1932年写的《我们不再受骗了》中,鲁迅也一再强调:"帝国主义及其奴才们,还来对我们说苏联怎么不好,好像它倒愿意苏联一下子就变成天堂,人们个个享福。现在竟这样子了,它失望了,不舒服了。——这真是恶鬼的眼泪。"

同样是在这篇文章中,为了论证帝国主义的害处,鲁迅用了"敌人的敌人是我们的朋友"的逻辑:"帝国主义和我们,除了它的奴才之外,那一样利害不和我们正相反?我们的痈疽,是它们的宝贝,那么,它们的敌人,当然是我们的朋友了。"

许多人为鲁迅的《战士和苍蝇》叫好。实话说,我读到这篇文章时感觉有些糟糕。战士为什么不能被批评?批评者又如何该被矮化为苍蝇?

还是前面那句话,人若是进入战斗状态,理智就会慢慢丧失。

否则,怎么会有这样奇怪的逻辑呢?在这里,我看到的不是守卫某种价值观或理性,而只是守卫自己的爱憎以及附着其上的观点。

如我前面说的,阿Q的精神胜利法只是限于己域,于人无害,而鲁迅的胜利法,则在某种程度上将中国人的时代理性越推越远。

背叛与回归

为什么知识分子会狂热地痴迷于一种意识形态?雷蒙·阿隆在《知识分子的鸦片》中有很好的解释。在这本书里,阿隆看到了狂热的政治信仰给知识分子带来的虚妄,同时振聋发聩地指出——右派与左派,或者说法西斯伪右派和苏联伪左派难道没有在极权主义中相汇合吗?一个精英集团通过暴力取代另一个精英集团,这样的革命并未呈现出任何非同寻常的特征,能使人借此欢呼"史前史的结束"。

这里我还要说另一本书,朱利安·班达的《知识分子的背叛》。班达认为知识分子的知性在于提供三种东西,即正义、真实和理性。在他看来,知识分子的活动本质不追求实践目的,只希望在艺术的、科学的或形而上学沉思的活动中获得快乐。简单说,他们旨在拥有非现世的善,即人类的普遍的价值。作为一种知性的存在,当他们盲目地听从政治的激情,漂浮于时代的巨流,最后就难免背弃知识分子的责任,而充当革命战士冲锋陷阵。

这样的时代是有诸葛亮而无知识分子。真理不再重要,重要的是战胜远在天边的敌人。就像巴雷斯所宣称的,"即使祖国错了,也一定要把它说成有理"。

> 在今日的欧洲,已没有一颗心灵不被种族的激情、阶级的激情或民族国家的激情所感染,而且常常是被这三种激情同时感染……即使在拥有庞大人口的远东,看上去似乎与这些运动无关,也产生了旨在羞辱他人的社会仇恨、政党精神和民族精神。政治激情在今天达到了一种前所未有的普遍性。

《知识分子的背叛》写于1927年,这也是班达对他所处的时代提出的最严重的警告。而它对于今日世界与中国同样具有深刻的意义。

可叹的是,自柏拉图以来,知识分子总有按捺不住的充当帝王之师的激情,背叛自由与独立研究的理念,一次次踏上自我毁灭的叙拉古[①]之路。

法国真正走出大革命,和其后几代知识分子的反思是分不开的。回到今日中国现实,以我目力所及,有关中国革命的反思还远远不够。前面我谈到,决定一个国家过去、现在与未来的,不是草根阶层的素质,而是精英阶层的素质。等有了时间,我会在后面的文章里展开来谈。

[①] 叙拉古,古希腊城邦。主张"哲人王"思想的柏拉图曾受邀去当地教化僭主,很快被"热爱哲学",且以哲学家自居的僭主驱逐,甚至一度沦为奴隶。

至于这篇文章，就先写到这里吧。如果需要一个总结，那就是相较于鲁迅胜利法，我更喜欢阿Q胜利法。我不忍心去批评阿Q，是我对自己的慈悲，而我忍不住去批评鲁迅，则是希望我们这一代人能将鲁迅那一代人所丢掉的对普遍意义上的人的慈悲捡起来。当然，这也许只是一种虚妄，我的精神胜利法。

被遗忘的人

2016年的胜选感言中,特朗普提到这样一句话:

Every single American will have the opportunity to realize his or her fullest potential. The forgotten men and women of our country will be forgotten no longer.[①]

被遗忘的人(the Forgotten Man),在美国的文化史上有其特殊的内涵。第一次提到它的是威廉·格雷厄姆·萨姆纳。

萨姆纳是美国第一代社会学家。有人甚至这样称赞他的成就——是他将社会学的种子从欧洲带到了美国。通常,人们会认为社会学家较经济学家更注重效率而轻视公正,不过萨姆纳并非如此,毕竟他是经济社会学教授,同时兼顾公平与效率。在1883年(英文维基百科上有说是在1876年)发表的一次演讲中,萨姆纳非常简练地指出存在于社会生活中的一种现象:

[①] 每一个美国人都将有机会充分挖掘自己的潜力。那些在我们国家被遗忘的人们,再也不会被忘记。

大多数博爱或人道主义的方案有样式和公式如下：A和B共同决定应该让C为D做什么。从社会学观点看，所有这些方案根本的恶是，C在这个问题上没有发言权，他的地位、性格和利益以及通过该利益对社会产生的最终结果，都完全被忽略了。

萨姆纳的这个观点，后来还有一个版本，只是D被改成了X：

当A看到一件对他来说是错误的事情，并发现X正在受其煎熬时，A就与B谈论这件事，接着A和B提议通过一项法律来纠正这种错误，以帮助X。他们的法律总是提议决定A、B和C能为X做什么。但是C是谁呢？A和B帮助X没有错。有错的是法律，错误的是用契约的形式将C约束在这件事情上。C就是被遗忘的人，就是花了钱的人，就是"从没有被考虑过的人"。在某种程度上这里的X是改革者、社会投机者和人道主义者的受害者。

无论D，还是X，这里最关键的是他们的权利都没有得到体现。在重新分配财富的过程中，不管是通过法律还是政治的手段，他们只是无权决定自己命运的无权者或局外人，却又不得不为此支付成本。

不能简单说萨姆纳没有同情心，或冠之以"社会达尔文主义者"一走了之。这注定是一种"不完整的慈悲"。它涉及一个古老的问题，即在两难选择中何者优先。萨姆纳反对的是将道德目的和实际后果混淆起来。如果只有心灵的激情，而无理性的头脑，无论是革命者、改革者还是人道主义者，都可能由于迷失而难以抵达彼岸。

在《被遗忘的人》一文中，萨姆纳倾向于认为勤劳者更富有，而懒惰者更贫穷。所以他相信救济懒惰者是一种肤浅的仁慈，会伤害勤劳者。如此断言当说不无偏见，毕竟在社会生活中还有一种"结构性的贫困"。比如中国农民虽然勤劳，但曾经是中国最贫穷的阶层。

此外，萨姆纳也谈到另一种几乎不可克服的社会偏见：给予乞丐一美元的人是大方、好心的，而拒绝乞丐并把钱投进储蓄银行的人是吝啬、自私的。萨姆纳接着说，当百万富翁给乞丐一美元，乞丐获得的功用是巨大的，而百万富翁丧失的功用是微不足道的。一般来说，讨论被允许停留在这儿。但是，如果百万富翁利用这一美元用于生产，它将有利于提供生产服务的人。

而这背后，同样也是观念的博弈。19世纪后半叶，美国资本主义的发展有"野蛮"之相，许多人认为贫穷是资本家剥削工人的结果，与此相反，萨姆纳认为贫穷主要是基于"自然的匮乏"。这种想法与农学家董时进的非常类似。20世纪初，当梁漱溟、晏阳初、毛泽东等许多知识分子主张回到农村去改造农民的头脑，甚至鼓动对地主进行斗争时，董时进却看到了另一面，比改造农民的头脑更重要的，是改良地里的种子。尽管那时候的中国也有贫富分化，但并不能掩盖整体贫困的事实。而这也正是几十年后袁隆平及其献上的杂交水稻的意义。最理想的革命不是赌博或零和游戏，而是一加一大于二甚至等于三。

对于董时进而言，他所努力保卫的地主，也即是萨姆纳笔下的 D 或 X。为了一个更公平的社会，这些小心翼翼积累了一些土地与财富的人，被动地卷入了革命的浪潮，毫无征兆地成为被消灭的对象。

而事实上，一部人先富起来对整个社会是有益的。这也就是通常所说的涓滴经济学（trickle down economics）。里根政府执行的也是这一政策。该政策认为单纯的救济穷人不是解决社会问题的最好办法，而是应该通过经济增长促进财富总量增加，优先发展起来的群体或地区可以通过消费或就业惠及落后地区与贫穷的人群。改革开放以来中国在物质上的成长，同样受益于这一涓滴经济学。至于后来出现严重的贫富分化，那不是一部分人先富起来的问题，而是另有原因。我只能说是过对了河，却上错了岸。

回到萨姆纳所处的美国，它同样面临许多艰难的问题，如内战的创伤、大量欧洲移民的涌入、不平等所带来的工会的压力等。爱德华·贝拉米在其乌托邦小说《回顾》里甚至断言美国正处在大灾难的边缘。贝拉米的建议是以基于兄弟情意的经济体系取代竞争性的资本主义。对此，萨姆纳是不以为然的。在他看来，推动经济发展的是那些聪明而勤劳的个人。要想让这个国家渡过难关，最紧要做的还是促进生产力的发展，将社会经济纳入到充分的竞争当中。萨姆纳不认为经济上的不平等是一种社会的祸害，同时看到政府经济干预的后果。这种经济干预要么是政府追求一种特殊的经济利益，要么可能只是基于某种腐败。

如前面所说，萨姆纳并非不同情底层，而是思考那一美元的效用。正如陀思妥耶夫斯基的"被侮辱与被损害的人"并不局限于一个阶层,萨姆纳"被遗忘的人"这个概念后来被泛化为各种权利被忽视的人。

在20世纪美国的大萧条时期,几十年前的这个词开始出现在总统候选人罗斯福的竞选演讲中。1932年4月7日的广播讲话中他谈到将不顾一切帮助"经济金字塔最底层被遗忘的人"(the forgotten man at the bottom of the economic pyramid)。在萨姆纳那里,被遗忘的人是C,而此时被遗忘的人变成了前面的D或X,也就是那些原本被萨姆纳所拒绝的需要接受政府救济的人。

无论罗斯福,还是特朗普,他们都属于萨姆纳意义上的A+B,即这个国家的政治精英。如果考虑到权力必须被监督,他就是另一种意义上最不该被遗忘的人。

大地上的玫瑰

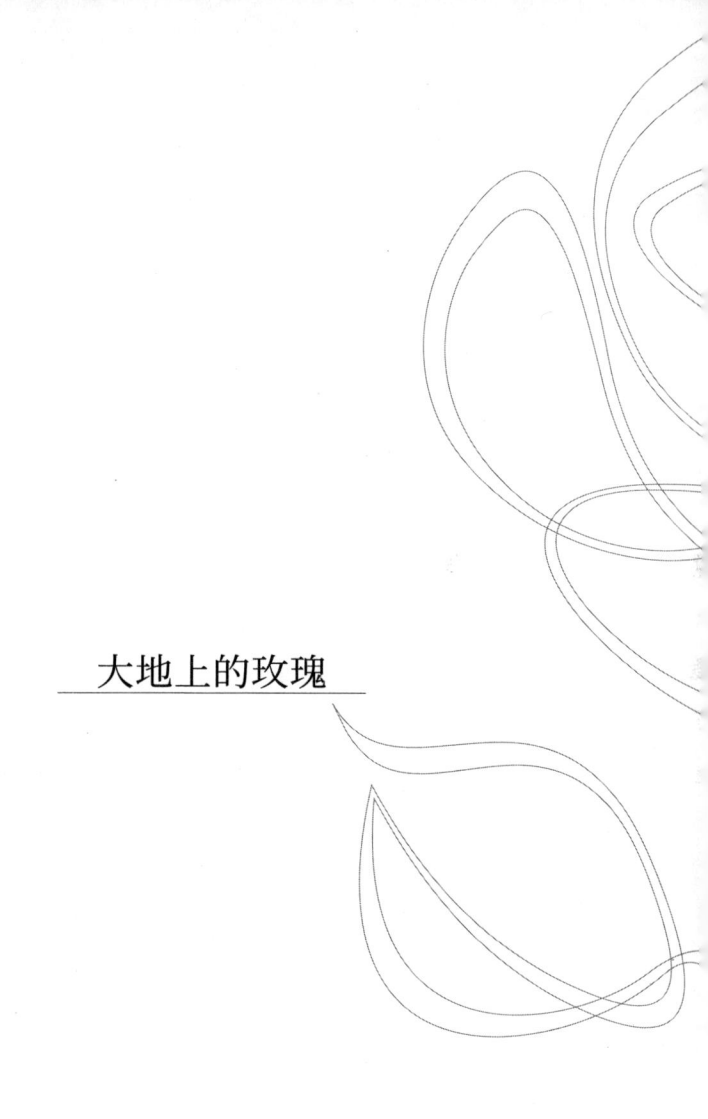

运气和情绪统治着世界。
　　　　——拉罗什福科《道德箴言录》

没有生之绝望,就没有生之热爱。
　　　　——加缪《反与正》

自私的蜜蜂

谈到群己权界，我们知道人与人之间有一种相互制衡的关系。所谓"你挥舞拳头的自由以不碰着我的鼻梁为界"。

还有一种制衡源于我们自身，这是一种欲望对欲望的平衡，也是阿尔伯特·赫希曼在《欲望与利益——资本主义胜利之前的政治争论》中着重讨论的。

人背负欲望生活，即使是一个清心寡欲者，维持清心寡欲的生活也是他的欲望。而这种欲望，有的客观上向好，有的客观上向坏。而为了使人的欲望中的破坏性因素得到扼制，前人想过很多办法。比如儒学以及活跃于世界各地的各种宗教。

然而，人的破坏性欲望并没有因此被驯服。就宗教而言，很多战争便是以宗教的名义被挑动起来，甚至因此血流成河。由此，思想家们开始寄托于外在强力的束缚。比如圣奥古斯丁便是这种思路。而霍布斯也由此提出国家理由学说，在人与国家之间缔结契约，以结束"人对人是狼"的困境。

随之而来的是另一种困境：如何保证国家不对内或对外作恶？当文化与政治都显得力不从心的时候，商业就成了人类最后的救命稻草。唯有商业，将人从野蛮的边缘拉回到文明的中

心。这里有一个本质的东西,即商业符合人逐利的本性。而且,在此基础上,那破坏性的欲望神奇地变形为美德。正如维柯所说:

> 社会利用使全人类步入邪路的三种罪恶——残暴、贪婪和野心,创造出了国防、商业和政治,由此带来国家的强大、财富和智慧。社会利用这三种注定会把人类从地球上毁灭的大恶,引导出了公民的幸福。这个原理证明了天意的存在:通过它那智慧的律令,专心致力于追求私利的人们的欲望被转化为公共秩序,使他们能够生活在人类社会中。

作为一种"合理的自爱",自私自利并非必然带有不道德倾向。在为私欲正名方面,最简洁有力也最具争议性的是英国古典经济学家伯纳德·曼德维尔的《蜜蜂的寓言》。1723年,《蜜蜂的寓言》出第三版时,英国一个郡的地方法院还专门为此书立案,判定它"扰乱社会秩序",是一种"公害"。

《蜜蜂的寓言》的核心主张是"私人恶德即公共利益"。曼德维尔坚信人是自私自利的。无论是追求财富,还是追求荣誉,都是出于一种自私自利。而如果想以道德说教为手段并以"公共精神"为基础来建立一个所谓充满美德的繁荣社会,那纯粹是异想天开。这就是著名的曼德维尔悖论。

尽管他生前死后背负了许多骂名,但不得不说曼德维尔是位伟大的经济学家。即使他没有洞察人性的全部奥秘,至少指出了至关重要的一环。在《蜜蜂的寓言》中,我们可以看到曼德维尔的一些经济主张，诸如人的自利促进经济繁荣，提倡社会分工，主张消费，等等，这些都直接或间接启发了后来的亚当·斯密。亚当承认改善生活的欲望是人类与生俱来、至死方休的欲望，尽管一般而言它平和而冷静。此后，哈耶克也从不讳言他提出"自发社会秩序理论"是因为受到了曼德维尔经济学的影响。

"如果蜜蜂从地球上消失，那人类只能再活四年。"这段难辨真假的话据说来自爱因斯坦。背后的逻辑是，没有蜜蜂，没有授粉，没有植物，没有动物，也就没有人类。

人类无疑受惠于蜜蜂的私欲。蜜蜂每日忙忙碌碌，并没有哺育人类的目的。如果我们承认农民种地首先是为了自己讨生活，当我们吞下他们打出来的粮食，我们也是在将自己的幸福建立于他人"私欲的延伸"。在此意义上，且不说现实中蜜蜂的消失对人类社会的存亡有多大影响，可以肯定的是，人性中私欲的蜜蜂一旦消失于天际，人类文明会在顷刻间崩塌。

"曼德维尔悖论"洞悉了人性中幽暗的一面。它更有利于建立起一套行之有效的政治与经济制度。斯宾诺莎曾经批评一些哲学家"不是按人的真实存在，而是按他们所喜欢的样子去理解人"。维柯在《新科学》中也谈到直面"真实的人"的重要性。

哲学按照人应该有的样子看人，因此只对那些想生活在柏拉图理想国中的极少数人有用，它不想把他们放回到罗慕路斯[①]的人渣堆里。立法则是按照人本来的样子看人，它力求使人在人类社会中发挥有益的作用。

而前半部分正是革命年代制度与人性脱节的原因。直到今天，钱理群等知识分子仍在怀着道德激情，贬低人性中的利己主义，也是忽略了利己主义光明的一面。

阿尔伯特·赫希曼在《欲望与利益——资本主义胜利之前的政治争论》一书中对人的欲望做了深情的辩护，并承认满足某方面的欲望是阻止人类的破坏欲的有效手段。这也就是说，用一种欲望去平衡或者制止另一种欲望。

阿马蒂亚·森打过一个比方：

你被一群歹徒蓄意追杀。这时你一边逃一边扔下一些钞票。每个歹徒都会盘算捡起钞票这件大事。你逃脱之后，你的好运气可能会让你觉得，歹徒的利己之心是件好事。

类似的"赎买"桥段在好莱坞大片里司空见惯。从表面上看，这是歹徒们贪图钱财，"忘记初心"，但往深层次看，这里还有人性内部的一套平衡机制。当获取财富的欲望驯服了暴力的欲望，从本质上说，也是让人在利弊权衡中"自己制衡自己"。

顺着这个思路，也就不难理解为什么许多先哲会赞美自私自利甚至奉其为救世主了。学会盘算自己的利益是重要的。孟德斯鸠说，人有作恶的欲望，但如果不合他的利益，他不会去

[①] 罗慕路斯与雷穆斯是罗马城的建造者。在罗马传说与神话中他们是一对喝狼奶长大的双生子。

作恶。其所谓"哪里有商业,哪里就有良好的风俗"同样是基于人们可以从持久的商业中获取利益的判断。甚至,汉密尔顿在为总统连选连任制辩护时还谈到"贪婪是贪婪的卫士"。他的意思是说,一个人如果对未来有所求,那么他就不会在当下为所欲为。同样意味深长的话来自詹姆斯·斯图亚特,他说利益是驯服专制主义蠢行的最有效的缰绳。

中国有句古话叫"无知者无畏",其实更可怕的是"无私者无畏"。无论是手握权柄者还是反叛者,当这些人抛弃了人性中的利益,被所谓大公的狂热所左右,实际上他们也就失去了上苍安置在他们自身的制衡。当他们奋不顾身的时候,有可能成为圣徒,有可能成为暴徒,而历史似乎并不热爱背离本性的人,因为它更倾向于成就后者。

疯狂的蚂蚁

人类为什么有疯狂的群体性行为？先来分析一种自然现象。

有这样一群蚂蚁，当它们一只跟着另一只前进时，没什么问题。最可怕的灾难是，它们一只跟一只，最初那只带头的蚂蚁又反过来跟了走在队伍最后的那一只。于是乎，行进的队伍变成了一个个圆形。蚂蚁们一直这样走下去，直到最后都累死了。

这都是些行军蚁，它们既无开阔的视野，也没有良好的视力，最擅长的是行军。有分析认为之所以形成这样一个死循环，是因为前面带路的行军蚁留下了一种特殊的信息素——踪迹费洛蒙（trail pheromone），指引后面的蚂蚁前进，而后面的蚂蚁也会留下相同的信息素，一旦形成闭环，悲剧就随时可能发生了。

这种现象并不仅仅发生在蚂蚁世界。如果你让毛毛虫连成一个圈，它们也有可能死于精疲力尽。这方面，法国昆虫学家法布尔（Jean-Henri Caslmir Fabre）曾经做过一个著名的试验。法布尔在一只花盆的边缘上摆放一些毛毛虫，让它们首尾相接围成一个圈，结果这些毛毛虫绕着花盆走了七天。

很多人会将上述悲剧归咎于从众现象，这固然是有道理的。在此我想做进一步的思考。比如，为什么一个闭合的意见群落会演变成"死亡漩涡"？为什么尊重异端的权利可能会给我们带来意想不到的生机？我相信上述诡异的自然现象已经给出了部分答案。

什么是闭合的意见群落？简单说就是没有反对意见的地方。首先是自己模仿别人，赞同别人，然后是自己成为被模仿者。在那里，每个人活得都一样，按部就班，没有一点逃出，也没有一点质疑。更严重的可能是——谁提出相反的意见，谁就会被碾压。这是一个神奇的意见场，其强大的压力会淹没很多新加入的原本有独立精神的人。

不管是孤独一人，还是身处集体之中，人有自我强化的倾向。而意见闭合的结果，就是将某种思想与行为极端化。那些时刻强调万众一心、去除一切杂音、摧毁独立思考的政治行为与群体行为，都是十分危险的。

在人类生活中，我看到许多与上述行军蚁遭遇类似的"死亡漩涡"。比如在传销队伍里，大家都在维持一个一夜暴富的谎言，于是互相带领。在一个原教旨主义的社团，人人相信一种主义，于是互相带领。在一个沉默的国家，人人都觉得一言不发更好，于是互相带领。街头上的群体暴力，虽然只是一时的闭合，但同样是在此逻辑下展开，他们互相带领。

王尔德说，你只要做你自己，因为他人已经有人做了。然而在这里，每个人都活成了他人，而自己又是他人的一部分。

你跟着人群走，人群跟着谁走？当"死亡漩涡"开始形成，不仅个人融入了集体，集体也变成了个人，而个人却又停止了思考……表面上是从众，实际上是在跟从自己。与我通常提到的 follow your heart[①] 不同的是，它不是迈向旅程的终点，而是不断地原地打转，起点就是终点。严格说，在那里既没有了个人，也没有了集体，有的只是一个强力的漩涡结构。如果时势需要，它就有可能吞噬卷入其中的一切灵与肉。

　　人有合群的倾向，需要在群体中生活。在此我并不反对群体生活，包括我常常谈到的"以独立之志，做合群之事"。我对自己的告诫是——既不拒绝与我相反的声音，也不会让它们来淹没我。我时而独自求索，时而成群结队，但如果我不小心像一只行军蚁一样走进了某个黑色的"死亡漩涡"，我希望自己能够立即或等待时机逃出来。

[①] 追随你的内心。

巨龙与沙砾

生活在这个国家，见惯了以多欺少、以强凌弱的事情。此前也在网上看过不少触目惊心的视频，比如校园暴力中一群女生扒光某一位女生的衣服殴打并羞辱她。很难理解的是，一个个原本活得小心翼翼的孩子，一旦开始参与群体作恶，便满脸麻木不仁。

而近日引起舆论广泛关注的苏银霞案，同样涉及群体作恶。在其子于欢举刀刺向敌人之前，那群恶棍一定以为天下就是他们的——因为他们一度掌控局面。

按弗洛伊德的理论，人人皆有"生本能"和"死本能"。就"死本能"而言，既然人有破坏与施虐的倾向，他就会努力为此寻找出口。但与此同时，他又有求生的倾向，所以安全感又是必需的。而个体终究孱弱，最好的办法是参与群体去施虐，同时将自己隐藏起来。

施虐者可以通过群体借船出海，以满足他们内心中的幽暗和隐秘的愿望。为此，他们通常需要两样东西，一是"师出有名"（如苏银霞案中的讨债），二是人多势众（可以控制局面）。两个条件一旦具备，剩下的就只要领头人吹口哨了。

依我之见，集体作恶之所以诱惑人，是因为它可以更好地满足作恶者对外的"死本能"与对内的"生本能"。在此，我准备用一个简单的字母N来加以解释。

一、N的乘数效应：(1乘以N)

当一个人开始成群结队的时候，个体的力量被强化，变成了1乘以N。在那里，N的数值越大，群体人数越多时，个体被赋予的力量也就越大。

正如古斯塔夫·勒庞在《乌合之众》中所说，如果只是一个人，他即使有作恶的念头也会存在心里，但是一旦加入群体，他就有可能胡作非为，由此产生焚烧宫殿、抢劫商场的具体行为。

更别说，人具有模仿与竞争的倾向，在同一群体中，作恶者甚至会在作恶时产生无谓的炫耀与攀比之心，恶行也因此愈演愈烈。

与此相伴的是作恶者四肢越来越发达，大脑越来越萎缩。也就是说，个体在进入群体之后，暴力倾向与行动能力得到了增强，基本的理性与良知却有可能削弱甚至完全丧失。这种削弱与丧失，同样会增强其破坏性。

值得注意的是，一个封闭性的群体（意见高度一致）针对个体作恶时，群体会形成一种自以为无所不能的气场，他们之间互相激发，使恶行放大。集体暴力的逻辑是，只要其他成员在场，为作恶互相背书，任何一个作恶者的作恶都是群体作恶的持续。在集体作恶之时，一个人的加害，逻辑上也可被视为一群人的加害。

当一个人被一群恶人包围,也因此更容易陷入绝望,并产生可能的过激行为。正是考虑到背后的因果关系,有些国家的刑法会理解被侮辱与被损害者当时的精神状态,甚至支持其采取"无限正当防卫"。我也是如此理解在当时的特殊情境下于欢"失控伤人致死"的原因。这既是正当防卫,也是合乎人情的正当反应。

于欢所面对的不是一个人,而是一条由 1 变成 N 的恶龙。如果说他起了杀戮之心,我宁愿相信他不是为了杀人,而是为了屠龙。因为他所面对的不是一个具体的作恶者,而是一群人组成的巨兽,而这个巨兽正在食人。

也是这个原因,为了将这一巨兽关进笼子,我主张法律要从重处罚那些群体针对个体的犯罪。而这一犯罪类型,在极端情况下甚至可以成为大屠杀的基础。

二、N 的除数效应:(1/N)

集体作恶的诱人之处还在于它同时具有 N 的除数效应,即在面对道德和法律的责难时,参与作恶者会隐藏在 N 当中,也就是说其道德责任与法律责任均被除以 N,变成了 1/N。道德层面,个体良心上的责难让位于"大家都这样做"。法律层面,因为人多,也有法不责众的心理。在这里,N 越大,作为 1/N 的个体的责任也被认为最小,小到如同一颗沙砾。而这也是二战结束后许多纳粹分子为自己脱罪的理由。

上述 N 的乘数效应与除数效应解释了许多群体之恶因何发生,它的确满足了作恶者的趋利避害的心理。他们幻想自己作恶时力大无穷，被追究责任时又可以逃之夭夭。这既有利于损害他人的"死本能"，又有利于自己的"生本能"。

当然，这只是一种幻觉。这个世界上最朴素的真理是，没有谁能好事占尽，只赚不赔。

毕竟这个世界上还有法律。当法律不彰，还有世道人心。当人心无力，还有以牙还牙的最后的报复（暴力平衡）。凡对他人施以"死本能"攻击的人，同样可能遭受被攻击者的"死本能"攻击。当侮辱与损害超出了世人包括受害者所能承受的极限，也是乌合之众与暴力团体崩解之时。

在只有直线的世界里

一群"观点暴力团",在光天化日下张扬它们的暴力。

任何一个人,只要他不是过于闭目塞听,就不会否定这样一个事实,即今日中国话语暴力流行,戾气弥漫。

林语堂在《中国人》中强调中国人注重人格培养、和平主义、知足常乐、稳重、耐力等构成中国人"老成温厚"的性格。在他看来,中国人欢乐、幽默、大度、心平气和,具有那种在艰苦环境下也能找到幸福的无与伦比的天才,正是这些精神使他们得以享受平凡的生活。而这一切,恰恰是当年欧洲人所欠缺的。

然而环顾当下,人们不再就事论事,动辄暴戾相向。那个曾经谦谦君子、温润如玉的中国,在大革命与大建设之后消失了。

为什么社会戾气弥漫?讲到当今社会戾气的形成与发展,除了受革命年代的种种暴力思维和暴力行为的影响外,权力的不受约束与社会公正的长久缺失也是重要原因。当强者继续肆无忌惮的时候,弱者隐蔽的暴力倾向也被刺激。其极端形式为"见官即仇""逢官必反"。

与此同时，在横向关系上互害型社会成形，社会一分为二，没有中间地带。独立表达意见的中间阶层，也难免被贴上各种标签被污名化加以声讨。这也是我强调中国不仅需要中产阶级，而且需要中间意见阶层之重要原因。

为什么会有那么多人对自己不同意的人喊打喊杀，破口大骂？这是近百年来极化思维与暴力行为不断熏染教育的结果。套用扎米亚京的话说，在一个只有直线的世界里，所有曲线都是有罪的。

每个人都急于表达，而非倾听；急于说服，而非交流。在这个嘈杂的时代里，"汉奸""走狗""卖国贼""爱国贼""五毛党""美分党"等各种帽子满天飞舞。前几年，有好事者甚至成立了清算网站，虚拟了一个个沾着血迹的绞刑台，声称要绞死他们所要反对的人。而我也曾被列入其中。

这不是简单的价值观冲突，更有可能是因为空虚。有些人习惯从寻找敌人的过程中赋予自己人生以意义。而当戾气变成了一种没有方向的愤怒，每个人都可能变成受害者。

所以，即使像当年锤杀数位同学的马加爵那样的，也被有些人视为"底层英雄"。事实上被杀的同样来自社会底层。有些人一厢情愿地将社会暴戾化视为对吏治腐败、公权暴力化的一种回应与反制，却忽略了这背后的自暴自弃。

在一个充斥病态的社会，反抗是可贵的。从习惯反抗到热爱自由，这恰恰是一个社会由传统走向现代的关键。真正有价值的反抗，不是为了报复，而是为了自由；不是为了推动永不停歇的"臣民—暴民"的钟摆，而是为了建立一个自由人的国家。

有些东西是经不起分析的。比如当有人高喊口号"谁反对甲就是人民的敌人"时,换成等式是"人民 = 中国人 − 反对甲的人",而这里的"甲"是一个变量,随时可以被重新定义。正因为此,这里的"人民"也就具有了伸缩性。

当然,这些喊着口号以为自己绝对正确的人,更真实的想法可能是"人民 = 中国人 − 我们反对的人"。

顺着这种极化思维,"我们反对的人"会不断扩大,而"人民"的数量将远低于国民的数量。

当他们说"人民 < 中国人"时,他们在说什么?

而当一群人举着条幅开始围攻一个意见表达者的时候,我感觉到自己正生活在另一个巨大的荒谬里——那些连自己都控制不了的人,却总想着去控制他人。

人类理想总司令

傍晚时分，在肯德基吃了点晚餐，随手刷了下微信。读到这样一段话：

> 理中客是无耻的乡愿，是我们这个社会近十年来涌现的丑类。

这不是我第一次看到类似的话了。不知道从什么时候开始，理性、中立、客观在这个社会成了贬义词。我知道许多人有推动社会进步的热忱，并希望自己身边能有更多志同道合者，但只是因为别人立场与你不同就恶言相向、大加讨伐，这不就是在思想上"抓不到壮丁就骂街"吗？回到我前面批评的"鲁迅胜利法"，这不还是阶级斗争年代追剿"第三种人"的重演吗？

汉语里已经越来越没有好词了。在一个连可怜的植物都不放过的社会，我并不意外。

奥威尔在《一九八四》揭露独裁者的手腕——删除旧词，取而代之的是"新话"（Newspeak），于是民众失去了正常思考与表达的能力。奥威尔忽略了另外一种针对语言的戕害形式，这就是我在今日中国看到的——通过污名化（stigmatization）消灭异己。而且这种污名化往往是以缩略词的形式完成的。比如把"公共知识分子"变成"公知"，把"理性、中立、客观"变成"理中客"。

这个社会至少有两种显要病征：一种是斯德哥尔摩综合征，关于这一点我在十几年前就已经写过文章，诸位可以参考《人质为什么爱上绑匪？》

此外就是强迫综合征。区别于心理学上的强迫综合征（针对自己的强迫），我这里讲的主要是指针对他人的强迫。

我常遇到两种人，一种骂我不爱国，另一种骂我不爱自由。我想说的是，这两种东西。我其实都爱的。前提是：我只爱我所认同的国，我只爱我所认同的自由。如果你非要我爱你的国，我希望你尊重我的国。如果你非要我爱你的自由，我希望你尊重我的自由。国家和个人有边界，你和我也有边界。

当爱国主义者开始监督他人是否爱国，自由主义者开始监督他人是否爱自由时，他们都走到了自己相信的价值的反面，因为他们都因为鼓吹集体主义而失去了个人主义的立场。不尊重个体对人生意义的抉择，不体谅人世的艰辛而奢谈集体正义，是对正义的亵渎。

有些人喜欢发号施令，看到别人不跟着他走，他就会指斥别人是愚民。他忘了自从来到这个世界，每个人都苦难深重，每个人都有自己的当务之急，每个人都有生死之外的事情，凭什么一定要跟着你的号子走？你又不是人类理想的总司令。更何况，把批评他者的"懦弱"当作自己的勇敢，也不是真勇敢。

基于上述理由，我很少去批评他者的懦弱。人既然有选择的权利，就有权懦弱。

最后对比一下斯德哥尔摩综合征和强迫（他人）综合征：

前者把绑匪当恩人，后者把非自己战壕里的人当敌人。凡不听其灵魂号令的，就是"无耻"的。两种人都是假装爱自由，观念却又都停在法国大革命时代。

或者说前者是吾皇天下第一，后者是老子天下第一。要么心中无己，要么目中无人。其共性乃是皆不知自由为何物。

芸芸众生，各取所需。不要指望别人和你的立场完全一样，也不要指望一个社会非黑即白。人世间的真理不是科学真理，它往往生长于灰色地带。如果你希望你所追求的社会是一个具有丰富性的社会，那就从现在的丰富性开始。

真正的自由社会，是人们既有积极自由（如"说不的自由"），又有消极自由（如"不说的自由"）。而今日社会最糟糕的情形可能是由于上述两种综合征的存在，该争取的积极自由不去争取，该捍卫的消极自由不去捍卫。

与此相反，最好的状态则是，勇敢者推动积极自由，懦弱者捍卫消极自由。二者相加而不是相减。如果我们承认集体并不必然优先于个人，那么也应该承认这里的勇敢与懦弱原本无所谓道德高下，因为它们所指向的都是人的基本自由。

可怜天下父母心狠手辣

晚上八点钟,和一位兄弟下馆子。这是县城里非常普通的一家餐馆。看它的名字,像是外地人开的。老板娘30多岁,在她边上还有两个小男孩。

第一道菜上来,我正准备动筷子,突然听到了一声严厉的呵斥:

"给我跪下!"

循声望去,老板娘在教育她的大孩子。孩子长得面目清秀,七八岁左右。他很乖顺地跪下了,头和桌子差不多高。

接下来是他妈的各种话语暴力,最狠的几句话是:
"再不说我要用刀子把你的嘴割开。"
"你怎么不去死?!"
"不要脸……"

甚至,她假装打起了电话:
"喂,是派出所吗?快来把我儿子抓走关起来……"
与此相伴的是殴打,用的除了巴掌,还有铁制的衣架。

过了一小会儿,我实在看不下去了,便过去劝她,希望这个发了疯的女人能扼住自己内心的那只狮子:

"您别打孩子了。有什么话好好说。您这样只会有两个结果——要么让孩子胆小怕事,什么事也不敢做;要么让他遇事简单粗暴。"

屋里还有另一桌人在吃饭,时而哄堂大笑,完全没有理会眼前的事情。一种绝不干涉他人家事的气氛。

我的话让这位母亲有些惊讶:

"没事,没事,谁让他不听话……"

由于不明就里,我只能点到为止,退回了自己的餐桌。显然,我的介入无济于事。没过两分钟,女人越说越气,开始正反手扇孩子耳光。她大概也知道我在看着她,所以我们不时有目光对撞。

匆匆吃完,兄弟示意这个女人前来结账。出乎意料的是,她表现得极其温柔:

"143 块,给 130 就可以了。"

"孩子究竟犯了什么错?"我问。

"我让他不要用自动铅笔,因为自动铅笔写字不好看,他偏要用。我刚发现他从家里拿了两块钱,买了一支。"老板娘像是在为自己诉苦,觉得我刚才错怪了她用心良苦。

可怜天下父母心固然没错,但是不是也要可怜一下跪着流泪的孩子?

此刻我坐在宾馆里写下上面的文字,我不知道那个小男孩是不是还跪着。他只是想要一支自动铅笔。就算从家里拿了两块钱,这算得上什么过错,以致要在众目睽睽之下接受生母的辱骂、恐吓和殴打?

而当我和另一位朋友聊起这件事时,那位朋友说——"她那样打孩子，你为什么不报警？"

我听完一愣。是啊，我为什么没有选择报警？我甚至完全忘了有报警一事。

而刚才和我坐在一起吃饭的兄弟就是警察。当我问他为什么没想到管一管时，他一连给出了五个原因：

"一是这是家事；二是大人管小孩没有恶意；三是我觉得她打得不重；四是警察来了也没法管；五是我老婆比她凶多了……"

的确，见怪不怪。这不是电影《刮痧》里的国家，大家已经习惯、理解甚至参与了一切。而我当时忘了有报警一事，大概也因为自己没有觉得事态很严重，甚至我也能够在那个气急败坏的女人身上看到生活的艰辛。而我内心又分明知道，正是这些散布于大街小巷的日复一日的侮辱、损害与暴力训练，在一定程度上决定了这个国家与社会的未来。

恐惧症与媒介素养

有人在《人民日报》上发表署名文章，批评豆瓣恶评伤害了国产电影。对于这篇完全逻辑不通的评论，我一笑置之。没想到的是，这事在昨天刷了屏。"必须保卫豆瓣"之声不绝于耳。

这些年很少用豆瓣，也从未靠着它的大众评分来选择自己该看什么电影，但我尊重它。而且，作为资深影迷，我经常写文章批评电影。

但我伤害了中国电影了吗？没有。稍明事理的人都知道，真正伤害中国电影的，不是还在看电影的我，也不是还在评电影的豆瓣，而是不让人拍好电影的各种禁忌与敷衍了事。

任何消费者都有消费者主权，可以评论自己的消费品。对于文艺作品，同样具有审美自治与意义自治。这些都是常理。

我大概有20年没有见过《人民日报》了，有两次例外还是前几年在国外访问的时候。那还只是在图书馆里，它和各国报刊放在一起，让我觉得中国与世界格格不入。

为什么很多人表面上赞同观点自由市场，另一方面，又对《人民日报》上的文章战战兢兢？

想来想去，这个社会还是没有从"《人民日报》恐惧症"中走出来。背后是一个反应链：

第一步，普通读者日常对《人民日报》有着双重印象：它虽然不好看，但代表国家意志。

第二步，当《人民日报》对豆瓣提出了批评，读者心理上认为是《人民日报》代表国家批评豆瓣。

第三步，普通读者由此产生恐慌，《人民日报》的权威性再次得到确认，并且成为一个事件，变成了国家与社会之争。

第四步，相关政府官员因《人民日报》和事件的出现而产生恐慌，认为《人民日报》上的批评是对其职责的催促，于是开始介入事件，事态由此进一步升级。

简单说，这种恐惧既包括普通读者，也包括相关官员。所以紧随其后的新闻是，豆瓣、猫眼因评分过低被电影局约谈，猫眼69位专业影评人已经接到通知，专业影评入口将要调整。而猫眼购票应用程序的"猫眼专业评分"这一功能也在首页下线。

以我在报刊行业的从业经验，我知道有关批评豆瓣的文章，也许只是一篇日常评论，但是它很快被上升为"国家意志"，使"《人民日报》恐惧症"再次蔓延。

想起大概十年前，《人民日报》评论版的主编还找我约过评论，只因我那时候太忙，所以一直没有写。假如我那时候写一篇批评某网站的评论，是不是就代表国家意志了呢？我相信我和编辑都没有那个想法，但是读者（包括官员）对这份报纸的恐惧会形成一种合谋。他们会认为国家对这个网站有意见，所以必须表态。

为一篇逻辑不通的评论举社会之力为豆瓣申辩,而有关部门也开始煞有介事地介入。而我之所见,是读者的恐惧而非文章的内容放大了《人民日报》的影响力,这才是对时局最大的反讽。

一个好的社会,必有好的媒介素养(media literacy),也就是针对媒体及其信息的辨识能力。如果你真想改变这个国家,希望它朝着宽阔而开放的路上走,就请遵从你内心的是非,从你不再在意那些让你恐惧的事物开始。

他们来了，如蝗虫过境

早上，一个研究生来看我。他是我从本科带上来的学生，相处有五六年时间。毕业后在深圳工作，刚从南方报业跳到了一家地产公司。

一起吃完了早餐和午餐。其间聊了聊我最近将出的诗集、刚开通还未认证成功的"思想国"微信公众号，以及他对未来生活的打算。最后我送他去机场。在路过一个停车场时，他说他打算买辆车。只因为刚刚毕业，还没有什么积蓄，买个十万左右的就可以了。

我说那就买吧。他说是啊，深圳最近限购传得厉害。我说那就别犹豫了，回去就买。我想起我所在的城市一年前限购时的情景。现在一个号已经涨到了三万。

两点多，我把他送到机场，然后回家睡了一觉，醒来时已是五点来钟。刷微信，深圳决定在今日下午六点限购。我看到这条消息的时候，离六点只有半小时。我的这个学生，还在飞机上呢！

"去买车了吗？"我在微信上问他的女朋友，她也是我的学生，两人一起在深圳打拼。

她说刚刚知道消息，正在提升信用卡的信用额度。一句话听得我竟有些心酸。

这点应急的钱，我借你们就好了。

我想如果他们手头富裕的话，车子恐怕早就买了。我担心的是，剩下短短二三十分钟，够不够一姑娘家赶到4S店买一辆车。

限购房子，限购车子，限制互联网，一个个活得诚惶诚恐，什么都限制，唯独不限制出台限制的各种权力。事实是，真正有钱有权的人可以养很多的房子，很多的车。而穷人的孩子，眼巴巴看着美好生活拂袖而去，一步一步地总也跟不上。

另一个事实是：我在东京待的几个月，发现许多人家根本就没有汽车。有的买完了多年闲置不用，最后还卖掉了。为什么？这不是因为他们不喜欢私家车或买不起，而是在东京公共交通实在太方便了。

城市如互联网，最需要的是合作。现在中国的问题是，面对社会在互联网方面的合作，有关部门常去拆台，而在城市交通合作方面，又不真正加大力气。在这里，城市像蜘蛛网一样一环环无限扩大，却没有配套的公共交通，你能怪老百姓有买车的欲望？甚至，为了应付限行，不少人家为此多买几辆车。

没有便利的公共事业，人们就会投身于私人交通，凡事亲力亲为，美其名曰自救。和限购一样，当城市缺少合作精神，个体的欲望都被大大激发。历史会怎样记录我们这一代人？——他们来了，如蝗虫过境。

我不反对私有制，我反对的是公共性缺失所带来的焦虑与凡事亲力亲为的举步维艰。

当然我也不赞同限购，深圳是一座我喜欢的城市。不幸的是，在今天它也沦陷了。

孤独的私有制

前面说了,原则上我并不反对私有制,而且坚定地认为它是人类文明得以延续的重要基石。尤其是在对抗来自暴政与暴民的外部压力时,私有制厥功至伟。正如那句古老的"风能进,雨能进,国王的卫兵不能进"所揭示的,私有财产神圣不可侵犯也是我们精神自由的一大保障。

所以,我以下将要谈论的并不涉及产权制度,而是社会文化与心理。私有制很有价值,但是也不必为私有制所累。

一个时代背景是,几十年前的中国是"狠斗私字一闪念"、"大公无私",而今经济有所发展,消费主义、物质主义流行,许多人总是忙着把世界买回家。甚至,在一些人看来,没有所有权的物质是没有意义的。比如租来的房子不是家,只有买来的房子才是家。

所有权在这里是关键。我承认所有权高于使用权。但就我们的人生而言,所有权其实只是一种虚妄。既然生命最终都将飘散,我们如何拥有那些比我们留存于世间更久的东西?在此意义上,所有权之于我们有生之年的用处,其实仍在于使用权。这一点,在没有安全感的国家尤其是有意义的。但是,没有安全感的国家，对于所有权的保障同样是非常有限的。

为什么很多人反对公有制？原因也是公有制本身具有的某种虚妄。如果国家财产名义上属于国民，而使用权却在某些官员手里，由他们任意支配，那么你喜欢虚无缥缈的所有权，还是唾手可得的使用权？

读杰里米·里夫金的几部著作，如《使用权时代——整个人生皆为付费体验的超级资本主义新文化》《零边际成本社会———一个物联网、合作共赢的新经济时代》，很多想法在心头凝结。我不认为所有权应该成为历史，但相信使用权应该提到更高的高度，并受到前所未有的重视与尊敬。

卡耐基说，一个人带着巨额财富死去是可耻的。其实，带着巨额财富死去也是孤独的。试想一个人生前应有尽有，死时赤条条而去，一定有许多不舍吧。拥有越多，割舍越难。也许他还会有一些悲伤——拥有那么多的钱财，却没有使用它们，那只是银行或股票市场里的一堆数字。

有一段时间，我很想拥有一个上接天下接地的房子。但是又担心我在给自己买一座监狱，终日将自己关在家里。我的意思是我不想反过来被我的所有物占据。后来我还是放弃了。我还年轻，还想着周游世界，丰富我的经历。同时我也在想，那些终日住在几层楼的大房子里的人，也一定会很孤独吧。

什么才是人能永远拥有的东西？无外乎个人的经历、感受与思考，是它们构成了我们存在的基础。也就是说，我们拥有的只是存在本身。读一本书，听一首歌，看一场戏剧，与人交谈或者出门远行，都是为了丰富你内心的持久的私，而且这是一种自足的与世无争的私，也是任何人夺不走的。

我所拥有的，就是我所经历的一切。

萨德与马索克

这些天，很多人在谈论抵制韩国乐天的事情。我在网上偶尔也看到一些"仇恨言论"（hate speech）。这样的时候，我会宽慰自己说，极端的声音与行为总是更容易被听到或看到，但这些人喊得再响，为仇恨思维推波助澜的人毕竟是少数。

生活在这个国家，我已经见证了太多的抵制。这些抵制通常都发生在政治或者社会出现危机之时，背后有勒内·吉拉尔所说的古老的替罪羊机制。当一个社会或群体发生整体性危机时，需要有一个有特别标识的人或物（无论来自内部还是外部），为其赋予一种罪性的意义，并施以严酷的惩罚包括死刑。当此人或物被消除后，这场危机也就消退了。

甚至，到最后人们会忘记当初为什么有这场危机。就像现在很多人记不起近十年前为什么有针对家乐福的抵制一样。

当然，抵制萨德这次可能不一样，由于涉及面广，动员力量多，连乐天都被惊动了，大家记忆会更深刻一些。但说实话我并没有投入太多精力关注此事。前几天当有学生突然和我谈起萨德时，我首先想到的是法国作家萨德（Sade）以及他的《索多玛的一百二十天或放纵学校》。

现代人谈论比较多的SM（虐恋）这个词，其中S（施虐）就是来自萨德。至于M（受虐）则是来自另一位具有严重受虐倾向的作家马索克（Masoch）。马索克的梦想即使在今天看来还是有些惊世骇俗。比如他希望穿着皮毛的女人对他搞性虐待，或者逼迫自己的女人出轨，并因此获得快感。

两位作家谈论更多的是性，我不想用一个全称判断说每个人都具有受虐与施虐的倾向。但我相信两位SM作家如果愿意走得更远，他们会发现这种受虐与施虐的倾向深植于人性之中，而有关性的行为只是其中一种。而这也是弗洛伊德在萨德身上获得灵感的原因所在。

我多次推荐丹麦电影《狩猎》，是因为该电影深刻地指出了潜藏于人性与人群中的施虐倾向。一个表面上人人都是正人君子的社会，里面却跳动着一颗颗施虐的心。谁暴露了道德上的伤口，谁就有可能被或明或暗的子弹狙杀。

说到仇恨言论，我看过有些视频是关于中小学生的。在大人（是他们的老师吧？）的带领下，当这些孩子们异口同声、血脉偾张喊着口号时，我真的觉得毛骨悚然。

关于最近的中韩冲突，我的观点是：

首先这是两国政治上的冲突，它需要政治智慧来解决。直接诉诸民众之间的对抗并不明智，因为这样不但解决不了问题，反而会激发两国的极端力量。做不了朋友，还可以做普通人，最糟糕的是互相仇恨，直接升级为敌人。

其次是在动用社会力量方面，应该遵守自愿的原则。我不反对民众自愿自发的抗议，这属于个人的政治自由。只要这种自由不越界伤害到他人的基本自由，就不能简单以"蠢货"一言以毙之。但是，我反对有些成年人对未成年人的越界。

未成年的孩子之所以没有政治上的选举权与被选举权，是因为他们在政治上不成熟。老师们可以有自己的观点，但不能将自己的观点变相地强加给孩子，让他们为这些老师的政治观点背书。

今人言必称"大国崛起"，大人担不起保护孩子的责任，反而要让少年儿童冲锋陷阵，我看到的不是良心上的勇敢，也不是正常的教育，而是彻头彻尾的欺负小孩。

我经常生活的这座城市，据说是中国最幽默的地方。印象中在打架方面这里也是很幽默的。

我亲眼见过的场景是，当两个人准备动手的时候，一个人会和另一个人商量：

"我打你，你信不？"

如果对方不信，这人还会加上一句——"你真不信？"

这样的时候，大家只当听相声，这架基本打不起来。

还有一种打不起来的架是斗狠。这方面有许多逸闻。两个要打架了，通常不是互相扭打，而是折磨自己，看谁对自己更狠。脑门上拍砖，大腿上扎刀，吞掉自己割下来的手指，如此等等，五花八门。明理的人知道，这威风凛凛的背后，其实都是自我伤害。

可怜那些人，活在众目睽睽的舞台上，演的却是自己或者"自己人"的悲剧。只是因为带来了一些围观者，他们便以为听到了凯歌。

弹钢琴的男孩

早起，一位孩子的母亲给我发来几段微信：

昨晚给儿子讲垃圾中国（指《塑料王国》）的那个视频，刚讲了几句，他就问我，这样的东西网上没被删？我说删了。我继续讲，过了一会儿，他又问我，这个作者会不会被抓起来，能安全吗？

这位母亲接着说：

我平时很少讲社会上的一些事情，我认为他还小，应该觉得这个世界很美好，可是不知道他从什么途径知道的，居然非常忧虑地问了我上面这两句话。

想起了电影《美丽人生》里的那位父亲，不过现实并不那么浪漫。我在微信上查了一下，上述视频的确是没有了。这位母亲是我的好友，所以我多少了解这个孩子。一个刚满11岁的小男孩，不仅弹得一手好钢琴，而且英语演讲也在省级比赛中拿过名次。没想到的是，在他幼小的心灵里竟然装着如此深重的忧虑。

我说我在这两个问题里听到了有关这个社会的更可怕的东西：

其一，孩子的内心正在生长某种基于日常的恐惧，尽管有些夸大其词；其二，这也表明他在一定程度上接受了那些施加恐惧者的行事逻辑或者思维方式，也就是林语堂所说的"统治者思维"。凡遇到点事情，首先想到的是掌权者会如何反应。

朋友叹道："我也是倒吸了一口凉气。"

我理解这种突如其来的无能为力，于是接着说："我们能做的，也许只是提醒自己的孩子要学会明辨是非，克服心中无谓的恐惧，并且知道这个国家或时代有些事情是不对的。这才是一个社会进步的源泉。"

与此同时，我也因此更清楚一个时代为什么会止步不前。我们希望一代更比一代强，但是又不得不面对这样一个尴尬的事实，即类似恐惧与来自社会的规训无时不在腐蚀这个国家未来的根基。

我丝毫没有责备孩子的意思。他们的恐惧不是从娘胎里带来的，甚至也不是父母教的，而是这个社会剧场一次次灌输给他们的。那是一个他们每天都要面对的世界。在那里，他们必须学得乖顺，就像林语堂当年所说，"身处一个法律不保障个人权益的社会，不关心公共事务总是比较保险……"。

突然想起许多中年人与老年人，他们总是热心地批评年轻人如何成为"精致利己主义者"或者"青年人消失了"。而我在这方面从来不敢理直气壮。因为我清楚地知道，这分明是一个被许多中年人与老年人掌握的世界。而且是我们这些中年人与老年人抛弃了自己改变社会的责任，却把责任推给下一代，甚至还想从他们的"不利己"中得到某种好处。

问题是，上一代人责备下一代人"利己"，和一个人责备邻居"卖国"有什么本质不同吗？我相信这样一句话："一个民族的落后首先是其精英的落后。而其精英落后最显著的标志就是他们经常指责人民的落后。"当然，这也包括上一代人指责下一代人没有担起时代责任。

是我们钉起了一米二的牢笼，让年轻人直不起腰来。是我们这一代人继承甚至扩容了这个垃圾遍地的世界，我们有什么理由责备从里面走出来的孩子满身污泥？当孩子们司空见惯了这个社会的种种不正常，我们应该满怀愧疚，而不是责备他们。

责人不如责己。现在，当一个社会再次走到分水岭上，最可怕的不是年轻人消失了，而是手握各种资源的中年人和老年人消失了；不是年轻人理性与自救的利己，而是中年人与老年人不受约束的利己；不是年轻人的手无寸金的懦弱，而是中年人与老年人不知轻重的凶蛮。

诗人辛波斯卡说，这个世界从来没有为一个孩子的出生做好准备。而我们，为孩子准备了一个肮脏的摇篮。现在，更让我不安的是，这个摇篮里正在生长石块与荆棘。

光荣时刻

晚上闲聊完,将一位老教授送回住处,我沿着外环开车回家。这条路平日限行,过了 19 点,货车开始充斥其中,显得格外拥挤与繁忙。

半路上,在我的右边车道上突然闪出一辆小卡车,上面装着几辆三轮小汽车。虽是在茫茫夜色之中,但看得出这些三轮小汽车是刚刚出厂的,外表崭新而洁净。

也许因为独自一人,又听着歌曲,见到这样的场景,我的心弦突然被拨动。于是紧踩油门,跟了两百米,直到在一个红灯路口停下了,并顺手给它们拍了一张照片。

平日里,我也看到过不少三轮小汽车,它们或东倒西歪,或狼奔豕突,生活在社会的底层。我竟忽略了它们也曾像初生的婴儿一样来到这个世界,也曾如此风华正茂。

这或许是这些小三轮一生中最光荣的时刻吧。它们成群结队,像几个兄弟,骑着高头大马,被人们从一个地方接到另一个地方,得见沿途的山川,游览了一座座城市。而此后,它们会被当作货物卖到各个买主手里,可能从此再也不会相见了。

我为什么远离了文学？

最近抽空收拾书房，找到一个旧日记本。这是一个不大的本子，只写了前面二三十页的内容，后面就荒废了，时间跨度为1994年5月到8月。我几乎彻底忘记了它。昨晚在图书馆看书时喝了些浓茶，半夜醒后全无睡意，索性通读了一遍。

那年我21岁，差不多已经走出了内心的苦境。日记写得蜻蜓点水，读起来还算是比较轻松的。有时候甚至像个伟人，一天只记上一两句话。偶有涉及某个只有一面之缘的人物，我现在完全记不起来。

不过细读下来，里面还是记录了我年轻时的几件重要的事情。比如我的老师叶振华先生突然失踪了一个多月，我四处打听他是否平安；因为辅修了法律，我报名参加了律师资格考试（不过后来还是放弃了从事法律这个行当）；等等。

深夜，翻看自己20多年前的日记，仿佛在听一位久违的故人在说他的遭际。而我印象最深的是6月10日的那一篇。它在一定程度上为今天之我解开了一个谜团，即大学毕业后为什么我一直没有写小说。如果不是刻意去想，这件事我也差不多忘了。而我曾经那么热爱文学，为此我在中学和大学都办过文学社，按说不至于在相当长的时间里对文学失去兴趣或者热情的。当天的日记是这样的：

我的文学路是越走越艰难了，艰难于我并不陌生，而且我也不害怕，只是这种艰难让我黯然神伤。Z编辑（隐去姓名）自己也承认他们编的《××文学》没有质量，编完了他们自己也不会理的。而他为此能过上（每月）500大毛的日子，主编也乐哉游哉。没有建设什么，他们的现存任务只是一种维持，所以他们的生活也不会有多少磨难。而刻骨铭心的磨难，恰恰是我珍惜的。流浪的脚步，驿动的心都会记下一切。

"我们这是党刊，不能有低沉的调子。"很久以前我便听过他这样挽救我的话，这次他真的要挽救我了。他语重心长，也许我们只能做生活上的朋友，后来我想。

"假如我年轻时有你这样的灵性，我不会只是一个平凡的编辑的。所以我还是劝你珍惜下你的才华，随一些大流，先得弄点名气，才能有所影响。而现在，即便是给你发了，除了给我们工作带来不方便，引起麻烦外，还会有什么呢？我们每年受30万俸禄，说白了……一切得听婆婆的。"

"我建议你先造几篇简单的东西吧。模仿着写。"说到"造"字时，他脸似乎有些红。见我正盯着他看，他猛地尴尬地笑了起来，然后挪了挪身子；"简单些，我一定帮你发的。"

哎，这简直是在杀我，这简直是一个阴谋，使我平庸，老Z啊老Z，你是要我凤凰涅槃变成鸡啊！

法语考完后,发觉只要好好学会达到中级水平的。努力吧,法国是艺术之国,是罗曼·罗兰的故乡。晚上情绪糟糕,将选学法语的原因告诉了老六,文学上的伤感似乎已经淡了些。

　　文学是我的一种抒情方式,正如对未来的情人说我爱你一样,来自生命的直觉和内心的喜悦,而不是卑怯的企求。我的路到处都是,我没有绝望的时候。

　　J'enverrai une lettre à mes parents. Il fait du vent.[①]

接下来是隔天的日记:

　　周末,宁静的夜。我买了第三盘《命运》,这盘钢琴曲我会听一辈子的。总是感觉听到它时,我内心一切都宁静下来。我仿佛坐在天国的船上,每个音符都是阳光中的荡桨,如羽滑翔。

　　sol–sol–sol–mi

　　贝多芬说:"命运是这样地来敲门的。"

这两天的日记勾起了我很多回忆。我的大学生活乏善可陈。上面提到的稿子,是我19岁时写的中篇小说《火焰)(奇怪这几天我在找它,竟然找不着了)。有个细节我此时慢慢想起来了。我去《××文学》杂志社,是因为前面提到的恩师叶振华先生看了我的小说,他觉得很不错,于是将我介绍到天津文联

---

① 我打算给父母寄封信,外面起风了。

他的一个朋友那里，也因此辗转认识了Z编辑。我很感谢他没有将我这个涉世未深、藉藉无名的学生拒之门外。不过由于小说不合要求，未能发表。

后来的故事是我把小说里的主人公彻底给写死了，就是自杀的那种。据说歌德把维特写死了，歌德自己活了下来。我想我也是如此吧。我苦闷的生活的确也随之结束了。

这是我20岁前后的一段经历。再后来，当然还有一些其他或大或小的原因，比如作为长子需要率先担起老家的责任，我慢慢地疏远自己有关文学的梦想，而去做一些立竿见影的事情。毕竟那时候还年轻，人生有很多种可能。就像水漫过石头，文学的道路不通，我还有其他很多选择。只是，人生的紧要处的确只有几步，而这一别就是20年过去了。

说回那段经历，其实至今我也不清楚Z编辑那段推心置腹的话对我造成了怎样的影响。我想简化一下，他的意思大概是这样的：你有才华，但你必须改变，否则你的理想是无望的。对于一个不谙世事的年轻人而言，这种推心置腹也许是致命的。它让我仿佛看到全中国都站在他后面，都在非常诚恳地对我说："年轻人，要么按中国的规则来，要么就放弃吧。"而我当时认为改变自己就意味着我将失去自我与理想，所以我拒绝又同时接受了这种无望。

我知道，那时我真正的无望是——为什么中国的文学杂志不鼓励作家们按照自己的内心去写作？

不幸的是，我也因此信以为真，暂时选择了放弃或者延后自己对梦想的追逐。

而这种无望，在最近有关方方小说的批判中我再次看到了。

想起上世纪30年代胡秋原、苏汶等人对文学独立性与主体性的坚持，以及鲁迅、瞿秋白等"无产阶级文学派"对他们的攻击。80年过去，这个国家发生什么变化了呢？当年的那场笔战尚属民间争论，可谓见仁见智，而现在仿佛变成了"官民之争"，一种胜负已分的格局。

　　好了，我不想展开说政治性的话题了。不是我惧怕，而是政治对于一个作家而言没有那么重要。我甚至希望把它降到微乎其微的地步。我不能说方方写出了我理想中的小说，但我知道此刻我和她的差距。无论方方个人和小说遭遇了怎样的批判，她终归是完成了她自己想写的小说。而我的写作，始于当年的那次失望，至今还没有真正开始。当然，因为这场事后张扬的搁置，我对自己的人生怀抱着一些希望。

身体下坡，灵魂上坡

大年初一，赶巧是我的阳历生日。

除了阴历与阳历两个生日，我还有一个单独的法律上的生日，也就是印在身份证上的那个。乡下人办事粗糙，早先登记生日时用的多是阴历，通常并不认真核实，所以我就有了第三个生日。

和很多在农村长大的孩子一样，我没有养成过生日的习惯。我在老宅过的唯一一次生日是在满周的时候。当时外婆家里送来了些蜡烛、衣服、鞋子和糕点。据说糕点寓意"步步高升"。至于是否给我抓过周，母亲已经完全没有印象。那个预言孩子一生命运的浪漫仪式，通常都发生在伟人的传记里。如果哪一天我拿了诺贝尔文学奖，有人就会杜撰说这孩子抓周时就抓了一支笔。当然这不会是我的命运，因为我满周岁的时候，家里根本就找不出一支笔。

我第一次过生日是在高二的时候。那是腊月二十四，南方的小年，我和几位兄弟刚从云居山上下来，当时天色渐暗。一位兄弟说，今天是云弟的生日（我在几个兄弟里年龄最小），给他庆祝一下吧。于是我们三五个人，来到周田镇的一个小卖部，买了几瓶啤酒，在路边喝了起来。写到这里，我突然想起电影《肖申克的救赎》里一群囚犯坐在屋顶上喝啤酒时的情景。那时我们虽然坐在冬天里，但内心还是春光明媚的。

这只是突发奇想，几个空虚的穷孩子找个理由喝点酒而已。事实上，这一天也不是我的生日。我名义上是过小年那天生的，但实际上是出生在转天凌晨。当时母亲因为与父亲发生了争吵索性回了娘家，于是我就出生在外婆家里了。

我知道自己的阳历生日，是大学一年级的时候。如果没有记错，是因为选修了"中国古代文献检索"这门课程。那时候还没有互联网，正是在这堂课上我学会了阴阳历的换算方法，由此知道了自己的生日是1月28日。随之而来的是一种奇妙的感觉——我终于知道自己的阳历生日了，我仿佛踏入了现代文明的门槛。

再后来，听到郑智化的歌曲《你的生日》：

> 你的生日让我想起，一个很久以前的朋友
> 那是一个寒冷的冬天，他流浪在街头
> 我以为他要乞求什么，他却总是摇摇头
> 他说今天是他的生日，却没人祝他生日快乐
> …………

还是在上大学的时候，这首歌让我的内心五味杂陈。如前所述，我从来没有把过生日当回事，所以过不过原本是无所谓的事情。然而按郑智化歌中的情感逻辑，我这没人祝福生日快乐的日子近乎可怜。于是这歌也就顺理成章变成了对我的某种

"安慰"。就此细节而论，人世间的确有一些痛苦只是模仿或者习得的。

尽管如此，我还是很喜欢郑智化的这首生日歌。只不过真正触动我的不是生日是否快乐，而是其中一句歌词——"这世界有些人一无所有，有些人却得到太多"。这句话一次次唤起年少的我对人世的同情以及对公平正义的渴望。而且，以我当时的阅历，只知道这世界有些人一无所有，如我的父老乡亲，却不太知道有些人得到太多，后者生活在我不曾接触的另一个世界里。

虽然我并没有多少过生日的热情，但对自己究竟出生于哪一天，我还是感兴趣的。几年后有了互联网，知道自己和作家罗曼·罗兰的生日只隔一天，这件事情让我高兴了许久。以各种理由与自己喜爱的人或事建立某种隐秘的联系，也算是人之常情吧。

相较于烛光摇曳、人头攒动的生日宴，我更喜欢人在旅程。而我印象最深的两次生日分别在30岁和40岁。

30岁的时候，我还在法国读书。记得生日那晚，我独自坐在大学城的宿舍里，桌上是我在旧书店里费心劳力淘来的法文版《约翰·克利斯朵夫》，以及刚从超市买来的几罐啤酒。那晚我只喝了点酒，并且在宿舍壁板上用粉笔写下了"自由、博爱、理性、独立、革新、平等"12个字。这是星相专家对水瓶座的概括。无论我是否相信星座，我喜欢这些评价。当然，这种喜欢与科学和迷信都没有关系，而是我赋予意义的结果——我宁愿相信它们和我的人生暗藏了某种关联。

十年以后，我在美国旅行。按计划那次访美是为了寻找美国非暴力运动的精神资源，为此我走访了东南西北许多城市。同样是孤身一人，我在蒙哥马利度过了自己40岁的生日。这是我有意为之。蒙哥马利是马丁·路德·金、罗莎·帕克斯等人发动黑人罢乘运动的城市。我在那里度过40岁的第一天，也算是我对非暴力运动的某种致敬。我知道那里有我的另一种人生。

以上是我对自己生日的一点回忆。

罗曼·罗兰曾经在《约翰·克利斯朵夫》里这样写道：多数人在二三十岁就已经死了，他们变成自己的影子，不断重复以前的自己。的确，很多人是20岁死了，80岁才埋。这话看似刻薄，其实十分深刻，尤其对于许多中国人而言更有参考价值。在中国，多少人在30岁时就觉得人生大局已定？而在美国，70多岁的人还在竞选总统、创办公司，仿佛人生才刚刚开始。

为什么我热衷于在旅途中度过自己的生日？除了肉体，我们还有灵魂。而每个人的灵魂里同时有故我与今我交战。理解了这一点，就会彻底明白我对那种坐等生日的按部就班为何缺少人生的激情了。无论活成怎样，生日都会在那一天到来。当我于众目睽睽下吹熄蜡烛，我只看到了自己身体的衰朽，时光的灰飞烟灭，这样的生日有什么值得庆祝的呢？

而我内心又是盼望生日的。只是，我对生日的期许不是记住某个特定的日子，也不是今我对故我的重复，更不是肉体年复一年的衰老，而是今我每时每刻的重生，是灵魂的不断觉醒。这是我的"第四个生日"，它没有固定的时辰，不拘泥于某种形式，可能发生于每日每时。

相较于"愿你出走半生,归来仍是少年"式的美好祈愿,我更愿意活在路上,既不忘初衷,也不忘未来。我相信人的一生是身体下坡、灵魂上坡的过程。当我走到时间的尽头,我愿我的一生每一时有每一时的领悟,每一岁有每一岁的江河。

一个人的电影

家里堆了很多 DVD，大多都是前些年淘来的。由于买的时候只是匆匆看了个简介，不知好坏，回家就得再淘一次。那时候为省时间，我甚至会同时打开两台电脑和一台电视。如果发现其中有好片子，再单列出来认真看上一遍甚至几遍。

我很怀念当年的淘片经历。它让我有机会接触到世界上许多优秀的影片。如美国的《肖申克的救赎》，法国的《放牛班的春天》《天使爱美丽》，伊朗的《何处是我朋友的家》《小鞋子》，意大利的《美丽人生》，德国的《窃听风暴》《浪潮》，丹麦的《送信到哥本哈根》，泰国的《十三骇人游戏》，当然还有中国的《颐和园》《鬼子来了》，等等。其中许多电影都成为我写作与思考时的重要分析工具。

尽管如此，家里还是有大量 DVD 盘没有拆封。对此，我也算心安理得。一来，买碟如买书，可以作为资料存储，以备不时之需。二来，人要保留一些未知的领域，包括在自己家里。如果你对书房里有的东西都了如指掌，什么都清楚，这不算贫瘠，多少也有点无趣吧？

近些年，由于事情越积越多，加上有了互联网，我出门淘片的次数越来越少。过去在音像店里拓荒的专注和激情，渐渐烟消云散了。偶尔停下来想想，心里便觉得发虚。我知道自己的生活中少了一件大事情，却不知道究竟错过了世界上多少好电影。

我在互联网上看的片子并不多。回想过去这一年，印象最深的是韩国电影《辩护人》。对"前轱辘不转后轱辘转"的韩语我是一窍不通。说到这里，很多国外的电影，包括前面提到的一些影片，我能看懂它们，首先要感谢那些提供字幕的人。正是这些无名英雄，丰富了我的影音世界。

尽管家里装了投影，有点小电影院的味道，但我还是没少去电影院。这几年，在电影院里我也能看到一些好片子。如《钢的琴》《让子弹飞》。在那里，国外的好电影反倒不多见。无论是国内的还是国外的，每次看完一部差评的电影，心里难免觉得空虚。

这样的时候，我又会怀念起自己淘片时的日子。在音像店里，每张盘都是平等的。尽管也会淘回一些垃圾片，但是并没有受到导演或影评家们的蛊惑。我曾经因为轻信了一些赞扬，错进了影院，也因为一些批评，差点错过类似《一九四二》那样的好片子。

《一九四二》是部非常好的电影，我是在上映近一年后才通过 DVD 看到它的。主题同样是逃，如果需要在《逃离德黑兰》和《一九四二》之间做一个选择，我会将票投给《一九四二》。前者是一部反映主流价值的电影，后者是一部伟大的电影。前者是历史，后者是史诗。《一九四二》实际上写了两次逃亡，一为活（西逃），二为死（东归）——"没想活着，就想死得离家近些。"后者虽然着墨不多,但奇峰突起。而这句话的价值,不亚于影片《颐和园》里的"人人死而平等"。忽略了这一点,恐怕不能真正理解这部影片。

所以后来,当有人批评《归来》的时候,我还是自己去看了。有人说张艺谋只会讲一条线索的故事。问题是,讲一条线索的故事不可以吗?以我的理解,《归来》讲述失忆年代人们所面临的双重困境:在现实中无家可归,对苦难又无处追问。唯有漫长的等待,无所谓绝望,无所谓希望。这是一部关于等待的电影,结尾更显意味深长,答案(陆焉识)就在问题(冯婉瑜)身边,但答案不得不屈从问题,一起等下去。剧中"很多年后",暗指苦难与等待延续至今。

我在这里怀念的不仅是我的淘片时代,还有我一个人不接受旁人指指点点的淘片心境。影评家们的七嘴八舌、媒体的鼓噪、观众心急火燎的点评,常常使电影变得面目全非。所以我说,不要带着对导演已有的期许去看一部电影,也不要轻信影评家和观众的点评去考虑是否看一部电影。这是我的一点经验。看电影如过一生,终究是一个人的事。有时候我们要学会远离人群,因为人群能让我们找到方向,却找不到美。

我的命运是一座花园

夏多布里昂说他一生主要做了两件事：一是文学上的事情，二是政治上的事情。前者心想事成，后者一无所成。究其原因，文学决定于自己，政治决定于他人。

回想自己这些年的过往，也是如此吧。在完全决定于自己的事情上，我想做的基本都做成了。而在决定于他人的事情上，我则一事无成。这不仅包括政治，也包括我的生活。

如亡国之君，带着我如花似玉的汉语，在世上漫游。

想想人世真的是充满了荒诞，我们历经千辛万苦，只为在最后抵达死亡，还奢求对自己说一声问心无愧。

有人在纪念某人逝世多少周年，我对此毫无兴趣，而且我也不曾原谅，想给其他死去的人留点尊严。

而我最想纪念的是在我人生的旅途，曾经并且正在死去的多少个血气方刚的菩萨心肠的进退失据的我，以及一次次被摧毁后的新生与复活。

前几天看《爱乐之城》，见男女主人公在星空中飞舞，有了一种久违的感动，突然想说一声："亲爱的地球！"

在亿万颗星球中，我尚可以在这颗星球上容身。虽然人生多艰,有暴乱、疾病与生离死别,却还是值得过的。

我读过的小说不多,难得的是总有一些印象深刻。譬如爱伦·坡的《威廉·威尔逊》,小说讲的是主人公威尔逊和另一个威尔逊的故事。他们不仅拥有相同的名字与面容,而且出生于同一天。他们朝夕相处,互相竞争。而当一个逃跑,过起了花天酒地的生活时,另一个没多久也来了,目的是劝说前者改邪归正。不幸的是,前者不堪忍受,竟然将后者杀死了。

最精彩的是小说结尾,倒在地上的威尔逊对另一个威尔逊说:"你赢了,我败了。不过,从今以后,你也死了——对人间对天堂对希望来说,都死掉了。我活着,你才存在;我死了,看看我吧,这正是你自己,看你把自己谋杀得多彻底。"

据说这是一部有关双重人格的小说,而我更愿将两个威尔逊视为正常人的两端:一个正一个反,一个零一个一,一个幽暗一个光明,一个污泥一个莲花,一个油门一个刹车,正是它们演绎出人生的丰富性。

我的命运是一座花园。这里不曾阳光普照,但所有的欢欣与痛苦,在我回首往事的时候,都是我生命里的一草一木,都有着相同的重量。

明日的世界

逐渐失明并不是悲惨的事情。就像是夏季天黑得很慢。

——博尔赫斯《另一个人》

人这种卑鄙的东西,什么都会习惯的。

——陀斯妥耶夫斯基《罪与罚》

琥珀社会，城堡落成

上完课，半路上读到一篇文章，标题是《城堡的落成：上升通道即将关闭的中国社会》。据说该文在知乎上"获得三万赞同，上百万阅读"。其核心观点是，一个"阶层固化""上升通道关闭"的社会是正常的社会，是"社会原本的常态"。而如果你不愿意接受这个结果，那么就是"精英阶层的洗脑产生了效果"。

首先说，我部分同意该文的论述，但并不认同其结论，尤其是某些价值判断。

印象最深刻的是该文将今日中国社会比喻成一个落成的城堡：

> 一切权力的核心，是规则制定权。只要规则制定权和暴力机器两手在握，留给后来者的腾挪空间就基本没了。
>
> 精英阶层在历史上名头多变，无论你管他们叫什么，豪强、士族、门阀、权贵、集团、二代，当他们作为一个整体出现的时候，首先是一座城堡。
>
> 城堡的第一功能，是防住别人再进来。所以先进来的

人，会不断地增加城墙的高度，以阻拦尚未进来的人挤来摊薄自己的特权和福利。

....

城堡总会住满，城堡住满了，吊桥就会升起、

我们这代人刚好处在城堡大门刚刚关上的时代。

这些话的确会引起很多人的共鸣。对于精英（上流社会）与中产阶层，作者继续说道：

如果精英是躲在高高的城堡里，中产阶级就是拱卫着城堡的一圈外城。

外城依附于城堡，但又优越于再外层的乡野。把城堡、外围、乡野这3层社会模型落实到今天的中国社会，那就分别对应了：

1. 既得利益集团；
2. 寄希望通过学历之类个人奋斗进阶的群体；
3. 手头没有任何资源的平头百姓以及迷茫无助的草根群体。

作者认为："中产作为城堡的外城，也有自己的城墙。中产阶级的外城墙是学历，而城堡的内城墙是血缘，这是最最核心的区别。"而且，中产阶级的这个外墙不同于血缘，是最容易被翻越的。

我同意作者所述，在阶层固化的前提下，"最终导致的结果就是，精英越走越高，平庸者越陷越深"。需要注意的是，该文

所提到的"精英"定义混乱,一会儿是既得利益集团,一会儿是各行各业的精英,但又将中产阶层隔离于这个群体之外。我个人并不认同这种精英的分类。我认为中产阶层与精英有重合之处。

在此我想补充的是,今日中国虽有"阶层固化",并不代表着中产阶层会是一个稳定的阶层。最有可能的情况是:底层向中产或上层走时很是举步维艰,但是中产滑向底层却易如反掌。换言之,今日所谓的阶层固化,是向上走的固化,而非向下走的固化。向上走要撞破钢筋水泥板,向下走则只需滑进沼泽。在特定的时代格局下,相较于文中的上流社会,中产阶级终究是被动的。他们不仅无法教自己的孩子在上流社会的孩子争抢金子时捡走钻石,而且无法抵挡自己已经到手的金子随时变为破铜烂铁。

如前所述,我承认该文在一定程度上反映了今日中国阶层固化的现实,但它也有诸多结论是自相矛盾或似是而非的。比如,作者断定:

> 这个"城堡体系"不是被某个人或者某个组织"设计"出来的,而是通过人类有社会性之后数万年的发展淘汰,被证明有利于人类继续发展的体系。

这仿佛是另一个版本的"历史终结论"。如果上述结论成立,当今等级森严的朝鲜岂不是"最有利于人类继续发展的体系"了?

此外,作者称传统中国为"内儒外法",显然与事实不符。

恰恰相反，熟悉中国历史的学者更愿意称之为"外儒内法"。而这里的"法"，所显示的恰恰是统治者的绝对意志。在此核心之外，其他皆为虚饰。认识不到这种建立于暴力之上的"法害"，就不能真正理解中国的历史，更不可能理解中国的现实。

一个稳定的社会固然是迷人的，但作者忽略了发生于中国历史上的真正的"常态"，即在私权未得到真实保障的中国，阶层并不稳定。且不说有改朝换代一说，就算是寻常精英人家，中国也素有"富不过三代"的说法。除了庶子均分的继承制度瓦解财富外，还与公权（实则为皇帝及其他官员的私权）对私权的侵犯有关。在一个流行抄家甚至满门抄斩的城堡，谁能说这个城堡是稳定的？此外，当然还有邻里之间的互相侵害。

直至今日我们也不能说完全去除了上述"法害"，至少不彻底。读者若有疑问，不妨回顾前几年发生的袁宝璟雇凶杀人案。

所以我说，只有私权真正得到保障，"法害"去除，建立起一套真正的基于起始公平与底线保障的制度，才有可能使这座城堡里各阶层的"固化的生活"不至于毁于一旦。

至于作者谈到"人就是要分等级的，没等级谁还愿意奋斗？"，这话同样似是而非。如果阶层固化天经地义，结论似乎更应该是——既然人是分等级的，那么为什么还要去奋斗？

我曾赞美大自然缔造的"不平等的乌托邦"。就个人而言，我爱自由先于平等，所以并不追求一个所谓完全平等的社会。我相信那样的社会将是无比乏味的，也不会有什么发展。简单说，我赞美的是基于平等的权利而生长出来的不平等，而不是基于不平等的权力放大的不平等。

最后说说我理解的"琥珀社会",当我创造这个概念后,发现之前已有人用到了它。真是英雄所见略同。在我看来,那不仅是一种完全固化的存在,而且还保留着某种虚饰的纹理。而现实的逻辑是,如果城堡的落成意味着个体成为关进琥珀的昆虫,那么这样的城堡色泽再光鲜,也会失去生命力与创造力。

半数人暴政

特朗普当选后,美国陷入了某种程度的混乱。有反对者上街了,有的州甚至要闹独立了。最积极的是德州和加州,这两个州的独立运动由来已久。自英国公投退欧成功后,"dexit"(德州退出美国)和"calexit"(加州退出美国)也成了热词。

只是因为厌恶特朗普吗?不是。

早先奥巴马当选时,也有很多反对派表达了独立的倾向。奥巴马的诸多政策,尤其是医改方案让相当一部分美国人反感。说到美国医改方案,"奥巴马保险"最让人无法接受的是"不买保险就属于非法"。在反对者看来,如此强制国民购买保险侵犯了公民最基本的权利,即自由权和财产权。与此相反,支持者则认为奥巴马的医改方案如天降甘霖。

为什么闹独立?如果用手投票不能给自己一个好的预期,那么用脚投票,小则一家移民,大则一群人独立,说到底都是为了挣脱一种政治关系。然而这一切并不那么容易。

托马斯·伍兹在《另类美国史》里提到这样的细节,当年弗吉尼亚、纽约和罗得岛这三个州在签署宪法的时候,附加了一个条款:"如果这个新政府变得具有压迫性,那么它们就可以从联邦中退出。"正是在这个基础上,这三个州才加入了联邦。弗吉尼亚在1861年退出的时候,援引过该州批准宪法时的这一条款。在林肯那个时代,许多人都认为各州脱离联邦是理所当然的权利。但是当南方要求独立时,联邦政府开始了镇压,于是有了血流成河的南北战争。

相较而言,今日世界变得宽容,似乎更相信好聚好散。英国的几次公投也因此被世人引为典范。但无论是怎样的公投,都不会彻底解决"他人即地狱"这个问题。

比如说英国全民公决脱欧,当赞同脱欧的人举起香槟欢呼他们的胜利时,反对脱欧的人走上街头抱头哭泣。为什么这一半人决定那一半人的命运?再投一次又如何?就算结果有变,也只是换一群人笑、换一群人哭泣而已。

"他人即地狱"出自萨特的经典作品《监禁》。三个死去的人在地狱里,那里没有刑具与烈火,唯一折磨和约束他们的便是他们互相的关系。

"何必用烤架呢,他人即地狱。"

不过,萨特的本意并不在于强调"他人即地狱"——那是死人的活法,我们这些活着的人和他们不一样,因为我们可以选择。而人一旦可以选择,他就是自由的。

但是,一个人或许可以如此,人拥有自由意志,没有人能限制你做白日梦。不幸的是,我们无不生活在由群体集结的"地狱"之中。如果每个人都自由选择,也意味着每个人都不能自由选择。

同样可怕的是"少数服从多数"这个概念,在历史书上它被描绘成人类进步的源泉,公意即由此产生。但是它对人的奴役同样是有目共睹的。在此,且不说多数在很多时候与真理、正义无缘。既然人是自由的,凭什么要少数服从多数?以赛亚·伯林的消极自由论并不能安慰那些在践行积极自由时失落的人。

更糟糕的是,谁来界定这个多数以及怎样的多数合法?为什么有的多数是过二分之一,有的是过三分之二,有的是过四分之三?既然都是商议出来的一个含混的数字,可多可少,就说明它们并不具有真理的普适性,而只是一群人图方便搞出来的权宜之计。"嗯。就这样吧,我看差不多。"于是各位与会代表匆匆回家抱老婆睡觉了。

我并不怀疑民主的价值。2016年的大选,支持希拉里的人之所以愤愤不平,还有一个原因,按选举人票数特朗普胜出,但是按投票人的票数,希拉里反而占了多数。如果不考虑"程序正义"这个词,究竟谁当选更公平,恐怕谁也说不清楚。

有一点可以肯定,无论谁胜出,最后的结果都可能是"半数人的暴政"。如果说专制的问题是所有人都在哭泣,那么民主的优势则是至少保证一半人在笑。当然它的问题同样存在,即有可能有一半人在哭。

然而,有比民主更好的方式吗?

美国大选结果出来后,有朋友对比说,希拉里是旧媒体、官方、高冷、精致,特朗普是新媒体、作秀、情绪化、标题党。谁胜谁负,一目了然。那又怎样?无论两位候选人质量禀赋如何,结果是重要的,因为这个世界信奉了"多数教"。

"多数"是人类发明出来的另一个利维坦,它和政府一样,是一种"必要的恶"。我们常常想着远离人群,就是想逃离"多数教"的统治。

我们无法孤身生活,只能随时寄身于某一个群体之中。每个人都有自己的利益与选择。他人心中的光明对我也许是黑暗。既然你无法代替别人选择,那么民主所遭遇的困境就不是民主的困境,从本质上说是人类永恒的困境。

王尔德说,人生有两个悲剧:一个是想得到的得不到,一个是想得到的得到了。

人类乐意群居,同时互为缺陷。有时候也会让我陷入一种感动——不完美的人类,既无力创造也不配享有一个完美的世界,却又无时无刻不在为一个完美的世界努力。问题是,既然无法打破"他人即地狱"与"半数人暴政"的困局,这种努力会是一场西西弗斯式的徒劳吗?

悲观的理由

心事重重的早晨，八点之前进了图书馆。可我不是到图书馆里避世的，更难免受到现实生活的影响，所以在开始今天的阅读计划之前，决定简单写上几句。

近几年来，我对于很多事情是悲观的。有人说我跟从前判若两人，其实不是我变了，而是我眼里的社会发生了一些变化。我相信，任何一个对现实不那么那麻木的人，都会有所体会吧。

因为这种现实的变化，有些词义的色彩也在转换。比如说"不确定性"吧。当一个时代朝上走的时候，人们担心不确定性会毁灭自己的未来；而当一个时代朝下走时，不确定性又仿佛变成了救命稻草，他们会说——不至于那么坏吧，也许还有转机。

回想历史，许多国家往往也是在这种"忐忑不安的乐观中"慢慢滑向深渊的。

我相信大多知识分子都是与世无争的。正如我最有激情去争取的是自己大脑里的理性与独立，能够洞察世界与人生的真相，也愿意为此孜孜不倦地努力。

知识分子似乎注定是现实的局外人，他们生在此世又不属于此世。知识分子的苦闷往往也在于此——他们对现实的苦痛有着超乎常人的敏感，也知道自己的无能，却无法排解深藏内心的羞耻感。比如，当他看到一个社会正在滑向深渊，而自己却无力尽到一个知识分子该尽的理性的职责时，他的良心无法安宁。

也许只是做了一个梦。口袋在扎紧，青蛙们徒劳地在里面跳。时空倒错之感。

我常常渴望自己真的是生活在幻象之中。正如贝克莱所说的那样，不被感知的东西就不存在。

然而，这种想法实在是太奢侈了。就算我此刻闭上眼睛，我也无法说服自己发生在这片土地上的苦难是一种虚幻。无论是在历史当中，还是在现实或未来。

历史不过是时间轴上的因果。历史是公正的，它没有怠慢过任何人。无论是生活在哪片土地上的人们，记不住历史的教训，历史就会让他们再复习一遍。如果你怀念几十年前那个广场上高喊口号，暗室里告密成风，充满所谓正能量的时代，那个时代就有可能卷土重来。

前不久，一位同事说看你最近两年的文章，悲观得很让人心疼啊，以前那么乐观的一个人。其实，我在心灵上一直是乐观的。

那个心灵的我常常劝慰我：若世界是虚妄，绝望亦是虚妄。

而另一个理性的我则在说，悲观不只是一种反抗与自尊，也是面对现实的理性。

没有悲观是危险的，正如一辆车没有刹车。在一个充满"正能量"的社会，当有人劝你不要悲观的时候，他也可能只是让你不要有自尊,并放下自己的理性,去做他乐观的奴隶。

　　不确定性是这个世界运行的法则。将来会如何,无人知晓。我唯一确信的是,这个社会可能回到过去,而我不可能重获年轻。我愿意看到的是这个世界的新生,在我老之将至。

那些不能写给今天的，就写给未来

上篇文章里我写了些悲观的话，后面有不少留言。有一些读者知道我在说什么，有一些则完全不理解。他们以为我在感叹自己生活的艰辛。我不是在谈自己的私生活。就个人而言，我每天花十几个小时读书或写作，悲观不到哪里去。

抽空在写一篇有关茨威格的长文。我承认，近几年我的内心与茨威格的晚境有太多的共鸣。这一点让我有些透不过气来。其实，如果能与自己的家园故土做一个精神上的切割，茨威格会在巴西颐养天年。就像他说的，可以安心地读书、写作，带着小狗散步……但是他做不到。正如我还做不到与我所处的这个时代进行切割。如果我还爱着它，我就不得不每天都要面对它给我所带来的痛苦。最糟糕还在于，现在不是具体的某种反对——就事论事的时候已经过去了——而是一种整体上的"审美不接受"。

午间，有朋友转来一条有关特殊时期禁看古装戏、偶像剧等等的新闻，不辨真假。

我理解的美好生活，应该有面包、马戏、玫瑰和星辰。初等的生活，只有面包。次等的生活，吃饱了还可以看看马戏。

当然，这样的需求在古罗马时代就可以满足了。那时候的角斗表演相当于现在的足球比赛。玫瑰代表生活中的美好事物，较前一阶段提出更高的要求。所谓"要面包，还要玫瑰"，这是中产阶级的追求。至于星辰则更绚烂而高远。那是一个充满智性与灵性的世界，人在精神上至少是彻底自由的。

我不必担心自己。当我坐在家里的时候，我觉得自己什么也不缺。凡我所拥有的，就是我全部的世界。而当我走出家门，发现曾经的马戏不是正在消失，就是变得单调起来。

就说到这里吧，继续看书去了。昨夜重读茨威格笔下的伊拉斯谟，难免再生感慨。这世间不只有功利的马基雅维利和战斗的路德，还有喜欢沉思的伊拉斯谟。后者一生都在寻找内心的安宁。而此刻，我也只想在一张书桌前度过余生。愿文字是我最初与最后的避难所。那些不能写给今天的，就写给未来。

因为无法改变，索性一事无成

好几天没写文章了。有时候因为有话难说，有时候是觉得不值一说。而我内心却有个声音——越是在世界迷失、时代倒退的时候，越要有强壮的灵与肉，越要照顾好自己。

上午又去医院看牙，将《夜空中最亮的星》（这是我的麻药）塞进耳朵，继续任医生"嗞嗞嗞"了。过去一个月，坚持去了四次。还有一次，就大功告成了。

而在灵的补给方面，除了阅读，最近还着重补看了几十部电影，我仿佛重新回到了90年代满大街淘碟的日子。20多年来，最应感谢的是互联网开阔了我的世界，让我有机会看到了世间无数优秀的电影。

而我想要的生活，总是和创造美、传播美或享受美有关。只要每天能够写点东西，看上一部好片，或读到一首好诗，我就觉得这一天是值得过的，就对得起这一天的粮食和蔬菜。更不会垂头丧气，哪怕这一天我什么也没有创造，只是领略了他人的创造，我也会为生活里的这些美的际遇心存感激。

有时候也难免惋惜。有些电影完全可以成为经典电影，只是因为用力过猛或者止于肤浅半途而废。那时候我便想，如果自己来做会如何。

可惜我从来没有真正尝试过,这不得不说是我理想生活中的一大遗憾。我活了很久,发现自己最想做的事情还没有开始。我不知道这种感觉是希望多一些,还是失望多一些。失望在于过去的日子很多是不值得过的;而希望在于余生还有盼望。

这些年,看了那么多的电影,感触最深的还是伊朗电影的品质。20年前,我曾问过这样一个问题——伊朗审查制度不可谓不严,为什么那里好作品迭出?无论是上世纪90年代的《小鞋子》《黑板》《樱桃的滋味》《何处是我朋友的家》《生生长流》,还是后来的《背马鞍的男孩》《乌龟也会飞》《一次别离》等等,都给我留下了深刻的印象。

审查制度固然是中国缺乏好电影的重要原因,但比审查制度更可怕的是缺少对电影的热爱。当然这也适合解释文学。我相信,如果中国作家多一些加缪或陀思妥耶夫斯基式的品质,也会写出与之相称的作品。

有位编剧朋友,前几天和我谈到与中国电影有关的两件事:

一是有外国演艺人士访问北京时提到一种担心,即中国相对低端的电影市场可能拉低世界电影的整体水平。

二是大陆演艺圈的混乱。据这位编剧朋友说,现在有不少明星演员根本不背台词,拍片时只用数字来代替。简单说,如果台词是五个字,他就念"1、2、3、4、5",八个字就念"1、2、3、4、5、6、7、8"。具体内容全靠后期配音完成。多么滑稽的场面,一个女演员痛哭流涕的时候,嘴里却在念着"1、2、3、4、5、6……"后来我在网上查了一下,才知道相关丑闻早已广为人知。与此"数数演员"相关的还有"替身偶像""抠像剧"……

而这些问题，关乎堕落，而不是审查制度。

回到前面的问题，推动审查制度的变革是这个时代的当务之急，它能否立竿见影，不是某个导演所能决定。但是，拍一部对得起自己的好电影，却是每个导演最有能力决定并担负的。正是这种热爱和担负，使如初生牛犊的毕赣可以拍出《路边野餐》那样的作品。看到年轻一代拍出这样的好电影，真的是一种欣慰。

时代的局限就像一块巨石落在草地上，在时间将巨石挪走之前，你可以在其他地方种花。可怕的是你眼里只有石头，而无视其他可以播种的土地。因为"巨石问题"没有解决，你天天忙着卖塑料花，并且心安理得，以为假花遍地就是我们这个时代该有的样子。

说这些话，不是说中国完全没有好的电影作品。我只是想强调，以爱与美的名义，在这个时代我看到了不应有的荒芜，而这些荒芜也在不断地败坏这个时代。

镜与刀

早起,许多人在朋友圈欢呼马克龙当选法兰西历史上最年轻的总统。

65.1 比 34.9。

这位中间派青年才俊以压倒性多数的得票率击败了极右翼国民阵线候选人小勒庞。

大家松了口气——"欧洲还有回转的余地。"

如我所料。

早先,自从菲永爆出那令人难堪的"空饷门"丑闻后,我便在不同场合和朋友们谈到马克龙将复制2002年法国大选的模式在最后胜出,即马克龙将与小勒庞一起进入第二轮选举,而其他候选人的支持票绝大多数将流向马克龙。

在某种程度上,这将是一场没有悬念的选举。所以,这些天我甚至懒得写一篇预测有关法国大选的文章。如果非要我关心,我更愿意谈谈马克龙和大他25岁的中学老师的爱情故事。法兰西在情爱自由方面总是迷人的。时任总统奥朗德和罗雅尔生了四个孩子,但两人一直没有结婚。也就是说,罗雅尔与奥朗德先后参选总统时,背的都是许多中国人所谓的"未婚同居"

的名分。而这次马克龙更是惊世骇俗。当他牵着夫人出双入对时，更像是牵着自己的妈妈。所谓浪漫，一切都是自由的浪漫。

说回大选。15年前的法国没有让我失望。早在2002年，时任总统希拉克、社会党候选人若斯潘和国民阵线的老勒庞一起参选。出人意料的是，在第一轮投票中，老勒庞打败了"要市场经济，不要市场社会"的若斯潘，进入第二轮选举。这个结果让当时的法国与世界哗然。这不只是法国社会党人的惨败，更是欧洲右翼力量崛起的一个关键点。记得大选结束以后，在我路过的一座桥上，还时常会看到一些"法国是法国人的法国"的小标语。

当年的阻击战也令人动容。记得很多媒体都站出来大声地对老勒庞说不。《解放报》的头版就只一个词——NON（不）！尽管许多人也不那么喜欢希拉克，但在第二轮投票时，还是毫不犹豫地将票投给了他。在自由的"多和少"与"有和无"之间，他们选择了前者。当然，以目前的宪政框架，即使是一个极右翼政党上台，我也不相信它能剥夺法国人的自由。毕竟，这还只是左和右的争执，而非上对下的剥夺。而且，也没有当年支持希特勒破坏民主的民意。

对于绝大多数法国人来说，大小勒庞的胜出都太难看了。那将意味着法国迎来他们喊出"自由、平等、博爱"之后的又一次惨败。法国大革命终于误入歧途、拿破仑恢复帝制等等，都可以说是"法国的惨败"，但那不是今天的选民能够控制的。而现在，决定能否维持现代法国立国之本的"自由、平等、博爱"等价值观的筹码就在法国人手里。如果这些东西都没有了，活在政治正确中的法国人将失去他们的骄傲。

基于首轮投票结果，这次大选最值得关注的可能是"共产主义者"梅朗雄的崛起。

在第一轮投票中，前四名分别是埃马纽埃尔·马克龙24.01%，马丽娜·勒庞21.30%，弗朗索瓦·菲永20.01%，让-吕克·梅朗雄19.58%。

令人不安的是，最近五年来法国的极左与极右支持率都在增长。两者加起来，超过了40%。

这个"社会党叛徒"和极右派小勒庞相比，属于极左派。与小勒庞相比，大学读哲学、从政前当过教师的梅朗雄形象较为正面。民调显示多达68%的受访者对他抱有好感，而小勒庞只有32%。

梅朗雄的有些主张具有以前社会党的色彩。比如将法国的每周工时再缩短三小时。不过就我个人而言，我一直不太理解法国人的35小时工作制，尽管它有极其美好的动机及制度尝试的一面。毕竟，额外的工作时间会增加而不是减少一个社会的整体性财富与工作机会。

早在30多年前，自由派思想家雷蒙·阿隆就在《错误思想的力量》一文中批评密特朗的平均主义。在他看来，这一政策不仅减少社会劳动总量与财富总量，不能真正解决失业问题，反而令法国冒出一批"职业失业者"，使劳动在许多情况下非法化了。而前总统萨科齐也在其自述中感叹："法国人并不是不再热爱劳动。相反地，他们从心里感到愤怒，因为今天的劳动报酬还不如救济费多。"

有些主张匪夷所思。最具争议的是，梅朗雄主张对个人收入高于全法国收入中位数20倍（约为月薪3.3万欧元）的富人，征收高达100%的税。如此打劫富人，慷他人之慨，笼络民心，最后摧毁的必然是法国的自由、经济与创造力。

法兰西真正的危险可能不是来自勒庞家族所代表的极右翼力量，而是来自梅朗雄这样执迷于公平正义的平等主义者。坏人的害处太过明显，人们会事先防范，而好人的坏处显现出来往往需要时间。是的，法兰西没有让我失望，和15年前一样。但是梅朗雄此番异军突起，同样是一个令人不安的信号，如15年前一样。

毕竟，这也是一个曾经让萨特拥趸无数，而让雷蒙·阿隆默默无闻的国家。那句"宁要萨特的错，不要阿隆的对"，换一个说法就是"宁要社会主义的草，不要资本主义的苗"。

对于法国的社会的极左或极右，我也不想简单地贴上一个道德标签，毕竟这里所谓的"极端"并非"伊斯兰国"里的杀人如麻。在民主社会，每种声音的背后都是具体的有利益要求的人，这些要求应该得到尊重。只是在理智上，我希望被冠以"极端"之名的声音能够成为社会走向公正的明镜，而不是一把把明晃晃的刀。

讲故事的人，今在何方？

几天前在北大参加了两个活动。一是胡适诞辰125周年的纪念会议。会议规格前所未有，国内外研究胡适的许多重要人物都来了。美中不足的是，会议地点选在第二体育馆的一个地下阶梯教室。校方代表在会议开始时做了简短发言，并说所谓"北大精神"，一是找北，二是很大。大固然是不错的，不过一个连先校长胡适先生的雕像都不立的大学，能找到什么北呢？我心中一笑。

上述会议只是客串，在一路之隔的中关新园，还有另一个活动在等我。这是我全程参与的小猿搜题全国作文大赛。经过几个月的初赛和复赛，12月17日上午40名决赛选手在这里现场作文。

比赛请了止庵、张悦然、姚海军和我做导师兼评委。初赛是让全国各地的中学生以"时间指向了X点"开题，写一篇5000字以内的文章，在小猿搜题网站上发布，最终选出1000位学生进入复赛。随后，进入复赛的学生被平均分配到四位导师名下，再由各位导师出题选拔出十位学生进入决赛。

寻找会写作的孩子，这是一个非常愉悦的过程。11月28

日晚，我发了条微信："读到几篇小孩子投来的小说，喜不自禁。也好想知道他们将来会如何。"

由于好文章比较多，那天我近乎艰难地挑出了我名下进入决赛的十位学生。Y同学让我印象深刻，我给了小组第一名的成绩。想到过些天能够在决赛现场见到他，心里终归是高兴的。

在胡适纪念会上打了一个照面，我就匆匆赶往中关新园。半路上还觉得有些遗憾，我安慰自己说："胡适的时代已经过去了，希望在马路对面的孩子们那里。"

赶到中关新园时，来自全国各地的中学生已经开始伏案写作了。在门口站了会儿，小猿搜题的工作人员小唐过来和我打招呼，并告诉我有两位高三学生没有来。我听完一惊，忽然有一种不祥的预感，于是连忙问她：

"Y同学有没有来？"

"他来了……"小唐边查名单边说，我刚松了口气，她又接着说，"哦，他没有来。"

从紧张到失望，甚至没来得及问另外一位同学为什么没有来，我找小唐要了Y同学预留的电话。据小唐说此前Y同学是答应了要来参加决赛的，但后来再也联系不上了。

"也许是因为高三了，怕耽误高考吧！"小唐解释说其他组也出现了类似情况。

给Y同学拨了几次电话，对方一直关机。回到给评委提前订好的房间，坐在沙发上，我又试图通过微信和微博寻找到这位学生的班主任。这些努力对于比赛已经无济于事了，但我想知道Y同学为什么没来，而且至少我要确定他平安无事。

遗憾的是，到晚上我都没有联系上他的班主任，其间我给这位学生发了条询问短信，并且打了若干个电话，除了"关机"偶尔也听到"对方在通话中"的忙音，但都没有联系上他。心想以后再说吧，就算我爱才心切，也不能一厢情愿或者急于一时。

下午和晚上，几个评委认真地阅读了每一篇现场作文，并且各自打出了分数。虽说是作文大赛，最后交上来的几乎是清一色的小说，而且多在四五千字。让我不得不惊叹，在短短三个小时里，有几位学生写出了构思巧妙、文采斐然的小说。以我的写作经验，人一旦进入了状态，就会身不由己，不可预期了。这些学生也一样。

选出哪篇该获一等奖并不容易。写作是赋予意义，而不是一个二二得四的过程。同样一篇文章，从不同的角度看可能也会有不同的结果。转天上午，我们几位评委在第一会议室里认真地讨论了所有入选的文章，其间也有不少争论。当一个选手靠着才华走到了最后这一步，多多少少还得靠些运气。比如评委的人员构成与审美倾向，等等。但无论如何，才华是必不可少的。

经过一上午的讨论，最后评出了十个奖项，其中一等奖及十万元奖金给了武汉一位高一学生。在下午的颁奖典礼上，这位学生在上台领奖时已激动得说不出话来。而她的父亲当时也在现场，他对孩子的才华似乎并不十分了解。父亲说，女儿每次给他看文章时，都说是同学写的。从这位父亲的即兴发言，我知道他也是有些写作天赋的，不过早年上学时流行"学好数理化，走遍天下都不怕"，他的父亲让他放弃了。

在接下来的"讲故事的人，今在何方"的沙龙上，我谈到一位教授朋友的悔悟。他女儿初中时非常喜欢写小说，也写得非常好，但到了高中对写作完全不感兴趣了。教授朋友的解释是，女儿的语文老师责备孩子的写作没有按"套路"来，所以作文得不了高分。教授朋友觉得女儿被学校耽误了，向我惋惜了好几次，语气里充满了自责。

看着在场的30多位学生及其家长，我心里不时想起Y同学，虽然联系不上他，此刻我最想告诉他的是他在写作方面是有才华的，而且复赛时我给了他第一名的成绩，希望对他有所鼓励。

几天后的一个下午，我突然接到一个电话，是Y同学打来的。他知道我在找他。我问他为什么没来参加决赛。他给出的理由让我有些惊讶——班主任说可能是"骗局"，所以没同意他到北京来。因为班主任的担心，起初支持他的父母也反对他继续参赛了。

"我知道他们的判断是错的，但我无法说服我的班主任。"

我听得出电话那头的哀伤与失落，急忙说大赛已经过去了，结果没有那么重要，没参加决赛也没有关系，就算是拿了十万元奖金，平摊在你漫长的人生中也是微不足道的。重要的是你确信自己有写作方面的才华，这是能够陪伴你一生的东西。

"接下来好好应付高考吧，在将来的日子里也要好好地呵护自己的写作天赋。"最后我说。

不到两分钟，电话又响了。这回是Y同学的母亲，语气里充满了责备，大意是说现在孩子的心情不好，作文大赛干扰了他的学习，"孩子的成绩一落千丈"。同时她也讲了班主任认为是"骗局"的理由。

这些理由完全不值一驳，因为整个作文大赛都在网上公示，小猿搜题与几位评委的真实性随时有据可查。然而，无论是班主任还是父母，只是以"骗局"的名义把孩子的愿望打发了。

这个电话打得有点糟糕，一方面我不得不接受这位母亲的责备，对她讲明了一些事情，另一方面我又要平复她孩子的情绪。我说大赛已经过去了，孩子没有损失什么。您知道自己孩子有写作上的天赋，就是他这次参赛的最大收获。孩子的母亲说她并不知道孩子作文写得好，只是希望他好好考大学，让我不要再联系他了。

我能理解这位母亲的焦虑甚至蛮不讲理。大概她也觉得我并没有做错什么，想给自己此前的失误找个台阶下，所以语气并不严厉，甚至有些软弱。

偶然想起胡适在《四十自述》里谈到他年少时去上海求学时的情景。胡适说他带了两个防身之具：一是母亲的慈爱，二是一点点怀疑的精神。胡适的幸运是，他从来没有怀疑过自己的才华。而我自小生活在农村，读高中之前几乎没有看过课外书，倘使我还有点幸运，就是我在初一全校作文竞赛时发现了自己有写作方面的天赋，并且持之以恒。而我父母也相信这一点，他们从来没有阻止我做自己想做的事情。

也是这个原因，在那天的沙龙上，我特别谈到：为人父母者有责任发现并保卫孩子的才华，身负才华者同样有责任保卫自己的才华。

　　文无第一，我无第二。才华也许不能给你带来荣华富贵，但一定可以是你一生最大的兴趣与慰藉。你要相信你的才华是属于你的，再小也足够装下整个宇宙。

教育的心灵

（一）

今天讲座的题目是《教育的心灵》。什么是教育？古往今来世人看法不尽相同，但有一点似乎是一样的，那就是人有教育的激情。

一方面，人是意义动物。每个人都渴望自己能够在意义共同体里找到安全感和存在感。另一方面，人也是向死而生的存在。为了抵抗死亡，他希望能够在精神和思想上复制自己，以使自己活下去。这也算是对道金森"自私的基因"的另一种解释。

孟子有一段话很能说明这种教育的激情：

> 君子有三乐，而王天下不与存焉。父母俱存，兄弟无故，一乐也；仰不愧于天，俯不怍于人，二乐也；得天下英才而教育之，三乐也。君子有三乐，而王天下不与存焉。

孟子的意思是，"得天下英才而教育之"是人生三乐之一，就算是以王道称雄天下也不能与之相比。我在南开教了十多年的书，不仅相信而且见证了"得天下英才而教育之"也是现在很多老师的理想与心愿。

同样，孔子也讲过一句很有名的话——"朝闻道，夕死可矣"。大意是说一个人如果在早上寻得了真理，就算是在当天晚上死了也无所谓了。问题是，如果一个人以寻得真理为终极快乐，孔子为什么不直接说"朝闻道，朝死可矣"？为什么孔子要在这里打一个时间差？究其原因，也是因为孔子有教育的激情。

人有探索真理的热情，还有传播真理的热情。一个人对真理的态度，直接决定了他对教育的态度。比如柏拉图，他把真理交给了哲人王。哲人王是理想国的统治者，被认为是最有智慧的人。如此政教（育）合一，事情就会变得很微妙。就像柏拉图所宣扬的，为了城邦的利益，教育者可以撒谎。在那里，哲人王不只是掌握了"已有真理"，而且还可以不断地"发明真理"。柏拉图甚至还主张把诗人和艺术家们赶出城邦，理由是这些人对现实的模仿扭曲了真实的世界，妨碍雅典的公民接近真理。

在柏拉图那里，普通人是愚昧的，他们不得不被动地接受来自统治者的教育。在此意义上，柏拉图的哲人王思想从本质上说就是一种愚民思想。关于这一点，卡尔·波普尔在《开放社会及其敌人》一书中曾经做了非常深刻的批判。

通常，我们把教育与启蒙联系在一起。柏拉图的愚民政策在康德那里同样受到了批判。康德主张"人是目的，而不是手段"。在《答复这个问题："什么是启蒙运动"》一文中，康德道出了教育的真谛：

> 启蒙运动就是人类脱离自己所加之于自己的不成熟状态，不成熟状态就是不经别人的引导，就对运用自己的理智无能为力。……要有勇气运用你自己的理性！这就是启蒙运动的口号。

与此同时，康德也看到人性中的惰性。那就是人既有运用自己理性的倾向，也有不运用自己理性的倾向。康德说：

> 处于不成熟状态是那么安逸。如果我有一部书能替我有理解，有一位牧师能替我有良心，有一位医生能替我规定食谱，等等；那么我自己就用不着操心了。只要能对我合算，我就无需去思想；自有别人会替我去做这类伤脑筋的事。

这是阻碍人们运用自己理性的内在因素，正像心理学家弗洛姆在《逃避自由》中所说的，人有逃避自由的倾向。
除此之外，还有外因：

> 这一启蒙运动除了自由而外并不需要任何别的东西，而且还确乎是一切可以称之为自由的东西之中最无害的东西，那就是在一切事情上都有公开运用自己理性的自由。可是我却听到从四面八方都发出这样的叫喊：不许争辩！军官说：不许争辩，只许操练！税吏说：不许争辩，只许纳税。神甫说：不许争辩，只许信仰。

这些都是外在的对自由的限制。所以卢梭说，"人生而自由，却无往不在枷锁当中。"这是一种双重枷锁，既来自外界，也来自我们自身。

即使是高歌理性的启蒙运动，到了20世纪也走到了它的反面。表面上，启蒙运动是为了给人带来光亮，但就像我从前说过的，如果你直接拿手电去照人的眼睛，最后会导致这个人"在光明中失明"，除了你手电射出的光芒，那个人什么都看不见。亨利·梭罗也有类似的表述——"那些使我们失去视觉的光明对于我们来说是黑暗"。

问题出在哪里？关键还是如何确定教育的主体性。如果父母教育孩子只是为了让孩子成为父母人生的附庸，老师教育学生只是为了学校的升学率，国家教育国民只是为了便于统治，那么所有受教育者都变成了教育的奴仆，而不是学习的主人。在此情形下，他们也不可能像康德所说的那样"运用你自己的理性"。

我非常赞同德国哲学家雅斯贝尔斯在《什么是教育》里所说的——"教育的本质意味着：一棵树摇动另一棵树，一朵云推动另一朵云，一个灵魂唤醒另一个灵魂。"雅斯贝尔斯认为教育的本质是"自由生成"，而不是灌输和压迫。一棵树与另一棵树，一朵云与另一朵云，一个灵魂与另一个灵魂，它们之间没有高低贵贱之分，在这里所有教育者与被教育者既是平等的，也是自由的。摇动、推动与唤醒都是影响，而不是压迫。

这是我所理解的好的教育、有希望的教育。追求真理但不强加于人，也是富兰克林当年组织秘密读书会最看重的原则。

（二）

早先接受记者采访，我自诩在农村接受了中国最好的教育。这样说并非自欺欺人，而是强调自由给我带来的好处。在乡村，每天生活在大自然的怀抱里，浪漫一点说，可以接受大地山川日月星辰的哺育。因为贫穷，父母对我的人生没有太多要求，不会在给我提供条件时也给我提供逆境，让我按照他们的要求去选择大学和专业。因为学校师资差，我也没有经历什么题海战术。最重要的是，在几乎完全自由的状况下，我在初中的时候找到了自己一生的兴趣，并且在高中时候读到了可能影响自己一生的书籍。我的灵魂的教育不是来自父母，也不是老师，而是来自偶然读到的书籍。

黑塞有句话说得非常好——世界上任何书籍都不能带给你好运，但是它们能让你悄悄成为你自己。没有哪一本书强迫我去阅读，我只是无意中发现并走进了里面的世界。在那里，我渐渐听到了自己内心的声音。当然，我也没有盲目地跟着别人走，我只是被外在的神灵唤醒内在的神灵。就像前面提到的，"一棵树摇动另一棵树，一朵云推动另一朵云，一个灵魂唤醒另一个灵魂"。

什么是好的教育？我认为主要有三点可以衡量，一是灵魂的培育，二是思维的培育，三是长处的培育。

灵魂的培育大家已经谈得比较多了，我在前面已有所涉及。它属于道的层面。接下来我就术的层面着重谈后面两点。

首先是思维的培育。几个月前，我在《锵锵三人行》做了几期节目，其中一期是关于中国诗词大会。我谈到中国教育中对学生加害最深的就是推崇记忆之学。我这样说不是完全否定记忆，而是强调为何记忆。如果只是为了记忆而记忆，电脑早已经可以取代这一切了。

有一年给研究生考试出试题，当我知道按要求必须出填空题时，那一刻我内心充满愧疚，我愧疚于考生们为了牢记某些死知识而浪费光阴。如果读硕士还要考记忆能力，那直接做翻牌游戏就好了。

与之相反，我更注重思维能力的培养，所以我的课堂总是充满了问题，比如怎样理解"头条是地狱，广告是天堂"，为什么有时候黑暗值得赞美，乌托邦是不是一种末世激情……我只让学生们各自表达观点，而不设所谓标准答案。一切都是启发与协商式的。如果哪个观点被强调，那也是建立在理解之上的。

其次是长处的培育。平时考试，我给学生出题时甚至有些战战兢兢。我担心试卷考不出学生的长处，为此我给他们出选答题。

说到长处的培育，我对我的人生不是没有遗憾，正如凡·高说的，贫穷妨碍成长。我常常为自己没有接受良好的音乐教育耿耿于怀。幸运的是，我爱上了文字，这是穷人的玩具。自从我知道它是我兴趣之所在，我就从来没有怠慢过它。

我曾经在《自由在高处》里谈到两个年轻人，他们都不约而同地找到了我。一个自幼瘫痪，只靠三个手指写出了许多锦绣文章；另一个在学业上顺风顺水，却饱受所在中学没收课外书的制度的折磨。一个从来没有机会上学，却在逆境中保持乐观，很小的时候就知道自己的命运将会汇入时代的洪流；另一个却绝望到要退学，在他看来转学也只是在同一个囚牢里换上下铺。对比两人，一个是顺着自己的兴趣生活，逆境变成了顺境；另一个是逆着自己的兴趣生活，顺境变成了逆境。

中国的古人追求见贤思齐的美德，按说这是有希望的好事情。遗憾的是，很多家长热衷于让孩子"去自己之长，补自己之短"，他们看到别人家的孩子学这学那，心里就有说不出的焦虑。他们担心孩子输在起跑线上，而且是输在很多条起跑线上。

在此背景下，一个孩子如果想停下来散步，或者对路边的某个东西表现出兴趣，都是有罪的。这种教育方式唯一的好处是给家长们某种安全感，但是这也意味着拿孩子的未来在冒险。当一个孩子在对庸众的学习中泯灭了个性，只是跟着大多数人来成就自己，就算是将来成为所谓的社会精英，也逃不出精致的平庸。因为从一开始，他就不被鼓励具有创造性。

同样危险的是，背离孩子的特长与兴趣，还有可能给孩子带来灭顶之灾。如果老兔子天天逼着小兔子学乌龟游泳，最后小兔子不但学不会游泳，甚至对生活充满厌倦。

我们来到这个世界上，没有谁是谁的附庸，每个人都是独立的个体，有自己的利益、思维与灵魂。教育不是为了完成上一代人对下一代人的奴役，而是为了让下一代人有更多的创造与自由。教育不是为了实现上一代人的理想，而是让下一代人能够寻到自己的理想并有机会实现理想。

今日中国教育仍有很多问题，相较于家庭教育与学校教育，社会教育的问题其实更为严重。据我所知，这几年有些学校甚至鼓励学生告密，这涉及人格教育、美的培育。如果这种行为得到鼓励，并且将这个社会重新拉回窃窃私语的过去，我想这不只是学校教育与社会教育的失败。真正的教育是一束光交汇另一束光，而不是矛与盾的互伤。我所高歌的教育的心灵，是平等的，自由的，也是慈悲的。真心的教育不是压迫，而是成全。

（本文根据2017年7月作者在合肥大剧院新安读书论坛上的演讲整理）

每天向每天告别

早起去了图书馆,回到家里,已经晚上 11 点了。

一位朋友给我转了篇名为《马里兰的中国姑娘》的文章。我回复说,这个社会最悲哀的事情是,完成议程设置的往往是一些愚蠢、偏狭的事情,无谓的口水之争。

在一个正常国家,谁会为一个学生说美国空气好而吵成一个事件呢?如今所谓网络之争,何处不是一地鸡毛?浪费了多少人的多少时间和精力?

如果精英阶层跟着去吵这些架,去讲这些毫无价值与意义的道理,那真的是更大的悲哀了。

以前说人没有想法是随波逐流,而今有想法的人都只是去追逐口水了。

所以类似的争论我是真的连看也不想看了。如果我的生活总是被一些愚蠢而破碎的事情牵着走,并且还不厌其烦写文章指出其是如何愚蠢与偏狭,我这一辈子还有什么希望呢?

我的意思是,不要在一些无谓的事情上浪费时间,在他人的口水里撑船,就算开了个泰坦尼克号也是注定要沉掉的。

晚上 7 点多我发了条朋友圈:

不知不觉，暮色降临。一生不过一天长，时间永远不够用。我每天醒来啊，只为向每天告别。

因为车要限号，明天又要早起了。匆匆写下这些文字，是想和关注"思想国"的朋友们共勉：好好完成自己的议程设置，安心做自己的事情，不要只是跟着人群走，不要在日复一日的热闹里播种一生的荒凉。

消散的精英

前几天读到李炜光教授所揭示的"死亡税率"问题，颇有共鸣。按炜光兄的意思，中国企业的税率太高，如果让这些企业老老实实交税，它们基本上都处于死亡的边缘。他认为，这是必须要解决的，否则企业全跑了。

事实上，在我们私聊时，炜光兄还有更忧虑的事情。

我并不觉得这些话完全是危言耸听。联想到目前中国的经济形势，以及特朗普就任后可能采取的变革及连锁反应，中国经济恐怕真的像有些悲观经济学家所说的那样——未必是个L型，甚至可能是个"倒L"型。所以，改变是必需的。

我不是经济学家，我的分析更多来自我对社会与历史的观察。告别极端的年代，中国在上世纪80年代初开始韬光养晦，大力发展经济，才有了其后30年改革开放的成绩。这方面，特朗普与邓小平的确有些神似。80年代的中国是从理想主义回到实用主义。而现在特朗普准备收缩美国在全世界的版图，全力发展美国经济，也是从理想主义回到实用主义。如果顺着这个逻辑分析下去，特朗普上台对于美国人来说真的未必是件坏事情。

人往高处走，税往低处流。不要轻视人的趋利避害的行为。我虽然心存善意并与人为善，但在分析社会问题时，从来都是以人的理性利己主义为起点。这同样包括对社会精英的分析。倘使人不为自己着想，人类早就毁灭了。每个人都是人类的一部分。在此意义上说，所有的自私自利都暗含着对人类的保全。

让许多中国人不甘心的是，就在特朗普试图以减税和降低成本等方式希望美国海外企业回归本土时，来自中国的著名慈善家、企业家曹德旺也表示将在美国扩大投资。因为宣布将投资十亿美元到美国建厂做汽车玻璃，曹德旺在接受记者采访时直言不讳：中国实体经济的成本，除了人便宜，什么都比美国贵。

很多人都在说，不要让曹德旺跑了。其实，真正让我担心的不是曹德旺跑了，而是一种基于生存环境恶化的更全面的溃退，即整个精英阶层的消散。

这是正在发生的历史。想起几年前我在美国观摩大选，当时的最大感受是那边的华人朋友越来越多了。我甚至听人说，他在美国的华人朋友比他在北京时还多。这些人大多都是来自中国的精英阶层，他们不仅带去了技术和资本，还有独立的思想。这些都是一个社会得以繁荣的宝贵源泉。

而最近两三年，我听到最多的话题无外乎"有的人进去了，有的人出去了"，或者"你会不会进去？你什么时候出去？"虽然我对这些话都不以为意，但是如果我以这些问题来思考中国社会，我也会在夜深人静时问自己——我是不是正走在一个漫长的"the lost 10 years"（失落的十年）或"the lost 20 years"（失落的二十年）的历史进程之中。

美国人类学家玛格丽特·米德说过："永远不要怀疑一小群忠诚的有思想的公民可以改变这个世界。的确，这是唯一不变的真理。"和米德一样，我从来不轻视或怀疑精英的价值。如果没有一个高质量的精英阶层，就不会有美国的制宪会议及一锤定音的美国宪法；如果有一个高质量的精英阶层，中国社会恐怕早就走出了改朝换代的历史怪圈。

回望历史，这个国家的出路总是在所有人都没有出路的时候才会出现。然而真到那个时候，其高昂到甚至可以夺命的成本，无一人可以承受。

上世纪中国为什么充满了腥风血雨？一个最主要的原因就是精英阶层在暴力裹挟下被消灭或遭受严重挤压，他们包括地主、资本家、知识分子、技术精英和政治精英等。

改革开放几十年来中国取得了举世瞩目的成就，我认为首先得益于各行各业精英的成长。而这方面首屈一指的就是民营企业与互联网行业的大发展。这是所有人都见证了的。只要时代给出合适的土壤和气候，中国人就会有与此相称的创造。

而当越来越多的精英开始选择离开这片土地，我看到不只是同时代的人各奔前程，还有各行各业的精英阶层在这个国家溃退与消散。

是时候反省为什么越来越多的人离开这个国家了。有人可能会说，这个国家离了谁都可以。但这个"中国逻辑"不能循环运算，否则这片土地上将会空无一人。

重要的不是治愈,而是带着病痛生活

(一)

我是在大学学习《合同法》时第一次接触到"不可抗力"这个词,当时觉得神奇,并为之肃然起敬。一场突如其来的洪水,会改写人与人订立的契约。它让我看到了人的局限。

在时代的重轭中,和很多人一样,我的内心时常充满了无力感。无力之外,是挥之不去的荒诞。当这种荒诞将我压得快要窒息的时候,我会想起大自然和它的不可抗力。

最后的希望在大自然那里。人世间运转不灵了,就只能靠自然规律去推动。大自然有兴衰枯荣,人类有生老病死。既然欲望是无限的,那么死亡就是大自然给人类最后的节制与最大的慈悲。

(二)

生命如昙花一现,除了美的经历,我们无所拥有。

想起米沃什的《非我所属》，相信它道出了许多人的心声：

  我整个一生都在谎称这属于他们的世界是我的，并深知如此伪装并不光彩。

回首往昔，我并不为此感到尴尬。就算此刻我深知自己无能为力，也能笑着保持安静，但我从来没有颠倒是非、粉饰太平。

（三）

昨日来了两位朋友，带了几瓶酒。因为聊得尽兴，我破天荒多喝了几两。想当年读大学时我也过过数月刘伶式的生活，大学毕业后却差不多是滴酒不沾。因为写作的缘故，我不想让自己处于一种晕晕沉沉的状态，所以当别人劝酒时，我通常都会婉拒。

过惯了这样节制的生活，偶尔也会觉得生命中还是少了些什么。几杯酒下肚，我突然怀念起年少时的快意平生与深夜饮酒。彼时虽然瘦弱贫寒，却是这一辈子身体最好的时候。

近年陆续听到一些年轻的朋友离逝。我还算幸运。虽然身体和这个世界一样在走下坡路，但对写作尚无影响。我自责过去没有照顾好自己，也感恩未来的生活仍为我留有余地。

当厌倦了这个世界，我会彻底回到自身。总有一天我会活着离开这个世界，并且走进自己的一生。

（四）

又去看了一次牙。怕疼，逃了一周，今朝鼓起勇气再去医院，心中难免感慨。

可怜曾经一口铁齿铜牙，如今为之无言独下地狱。那"滋滋滋滋"的声音，如眼镜蛇吐着舌信，每一秒都让我毛骨悚然。由于去牙神经时麻药对我作用有限，所以当医师拿着小钢针在牙腔里不停鼓捣时，我痛彻骨髓。

我想象自己是一截被孩子扭断了的蚯蚓，挣扎在手术台上。真是一报还一报。小时候我不仅伤害过蚯蚓，还伤害过其他昆虫。记得大概是在夏天的时候，我曾和村里的孩子们一起在野外抓螳螂。最残酷的一幕是撕下螳螂的一条腿，然后扯动大腿根儿露出的筋，好看它如何向我们这些罪恶的小人类打躬作揖。

我的原罪，不是来自伊甸园里的那只分辨善恶的苹果，而是因为无知而犯下的罪错。

（五）

加缪，一个挥之不去的名字。他说："L'important n'est pas de guérir, mais de vivre avec ses maux。"

是的，重要的不是治愈，而是带着病痛生活。而且，死亡就是这样一种不可治愈的疾病。尽管如影随形，不可抗拒，我们还是满怀热情地生活。

加缪：对未来的真正慷慨，是把一切都献给现在

（六）

又到夜深人静时，这一天就要过去了。我的耳畔再次响起《天堂若比邻》：

> Heaven is a place nearby
> So I won't be so far away
> And if you try and look for me
> Maybe you'll find me someday[①]

生而为人，满身疲惫。所幸我的生活里还有世间无私的爱护与情意，让我觉得自己的受苦背后仍有甜蜜。

---

① 天堂很近，我离你亦不遥远，若你果真想来寻我，某天必能寻到。

活着的人看见活着

[真理]

以前读房龙的文章,很少注意他其实专门提到了人的局限性。今夜重读,刚一翻开便发现了《宽容》中序言里的这句话,他用知识来代言真理的狭隘、人的局限:

A little stream of knowledge trickled slowly through a deep worn gully.

It came out of the mountains of the past,

it lost itself in the marshes of the future.

译文:

知识的小溪穿越破败的山谷,

它源于昔日的荒山,

消失在未来的沼泽。

我们来自荒山,归于沼泽,身处破败之中。只有山谷可以让我们坐井,望见真理的一点天光。我们骄傲什么?

[打天下]

村里的孩子要远征了。他们要去打天下。

母亲说,天下都这样了,还打它干什么?

母亲又说,天下也是孩子,天下也怕疼。

[放火]

读《凡·高自传》:

"一个人不要让灵魂之火熄灭,但也不能让它烧出来。"

读中国历史:

一把大火湮没了另一把大火,所以阿Q说我们家先前也阔过。

[善良]

据说镇压斯巴达克斯的大奴隶主苏拉在涉足政治以前是个心地善良的青年,古希腊传记作家普卢塔克在他的《希腊名人比较列传》中说,年轻时的苏拉天真活泼,脸上挂着笑容,极富同情心,常常会因为同情而潸然泪下。

罗伯斯庇尔在掌权之前,也曾坚持废除死刑,并为有人被判死刑寝食难安。

[快乐]

在《约翰·克利斯朵夫》中,有段梦想中的巴黎的描写:

在巴黎谁都是自由的,并且巴黎人个个聪明,所以大家都运用自由而不滥用自由;你爱怎么做就怎么做,爱怎么想就怎么想，爱信什么就信什么，爱什么就爱什么，不爱什么就不爱什么：决没有人多句话。那儿，决没人干预旁人的信仰，刺探别人的心事，或是管人家的思想，那儿，搞政治的决不越出范围来干涉文学艺术，决不把勋章、职位、金钱，去应酬他们的朋友或顾客。那儿，决没有什么社团来操纵人家的声名和成功，决没有受人收买的新闻记者，文人也不相轻，也不互相标榜。那儿，批评界决不压制无名的天才，决不一味捧成名的作家。那儿，成功不能成为不择手段的理由，一帆风顺也不一定就能博得群众的拥戴。

就这样，法兰西成了德国人彷徨无主时候的救星，像多少德国音乐家在痛苦绝望的时候一样，约翰·克利斯朵夫总远远地眺望着他梦想中的城市——巴黎。

罗兰还说，当一个人看透了自己国家的愚钝与无可救药后，他也会渐渐心胸开朗起来。

你开朗了吗？

[温暖]

狼对羊说，天冷了，到我肚子里来吧！

[本分]

有朋友从图卢兹来，说到这代人的责任。我说，我没有什么大的抱负。只是想，父母在劳动，劳动是他们的本分。我是读书人，思考也是我的本分。

如果我对社会不尽批评之责，就等于我在剥削父母，吸父母的血。

[活着]

法德电视台播放《十七岁的单车》。结束曲里，连贵扛着自行车，满身尘土血迹，穿过人影车流，就像福贵牵着他的耕牛，走在小说的结尾。

埙音响起，泪流满面。活着的人看见活着。

[未来]

偶然的机会，读 Philippe Geluck。

Geluck 说，人类从树上下来的，我是从公交车上下来的。

Geluck 又说，Dans le passé, il y avait plus de futur que maintenant.

过去有比现在更多的未来。

（本文节选自作者 2000 年前后撰写的短章集《长夜与词语》）

附　录

茨威格的星空

对于中国读者来说，斯蒂芬·茨威格这个名字并不陌生。在诸多有关他的介绍中，有些内容几乎千篇一律：

> 1881 年 11 月 28 日出生于维也纳，父亲是犹太人，经营一家纺织工厂，母亲出身于犹太银行世家。优渥的家庭条件不仅让他有一个幸福的童年，并且培养了他对文学与艺术的热爱，17 岁开始发表诗歌，从此走上了写作的道路。大学时攻读的是哲学和文学史。接下来一战爆发，在短暂的平静之后，欧洲再次战云密布，纳粹上台。身为犹太人，他此后的日子注定颠沛流离……

（一）

有人证实，当悲剧在萨尔斯堡上演的时候，茨威格已经预言一场人类史上最惨烈的屠杀即将发生。1934 年，也就是纳粹德国吞并奥地利的四年前，他就开始收拾行李。当奥地利警察搜查他家的时候，他决定必须走了。或许他是第一个逃跑的维也纳人。第一任妻子弗丽德莉克甚至嘲讽他患上了"逃亡臆想症"。

像易卜生所说的那样，一艘船要沉了，最紧要的是救起自己，他开始逃，先是英国，然后是美国，最后逃到了巴西——一个故国沦陷者横跨三大洲的流亡地理。

从此，巴西成了他名副其实的第二故乡。就在欧罗巴慢慢消失，变得"和中国一样遥远"的时候，他在巴西看到了人类的希望：

> 如果按照欧洲人的思维模式，这里的每一个群体都会对其他群体保持敌意，先来者反对后来者，白人压迫黑人，巴西人驱逐欧洲人，白种人、土著人和混血人一同对付黄种人，多数派与少数派冤冤相报，为捍卫自己的权利不断争斗。然而，在这里的所有种族，尽管肤色不同，却能和睦相处；虽然出身各异，但却齐心协力。他们致力于尽快消除彼此的差异，成为完完全全的巴西人，共同建立一个团结的新国家。（茨威格，《巴西：未来之国》）

这里在外交上很少诉诸武力，据说佩德罗二世访问欧洲时，曾经在面对巴斯德、雨果等人道主义者时抬不起头来，因为他的国家还存在着奴隶制。1888年5月13日，在这位国王的主导下巴西废除了奴隶制。在茨威格眼里，那是一位仁慈的君主，"被束缚在王位上的学者与藏书家"，而且紧接着他又废除了君主制。帝制废除而没有发生流血。1889年这位末代皇帝回到欧洲，从此不再踏入美洲，而巴西也成为一个联邦共和国。

了解这些"光荣革命"的历史，对比当年的德国，读者将更能理解为什么茨威格会热情地赞美巴西。

（二）

然而，和许多人一样，茨威格终究是"故乡的囚徒"。身体可以逃走，但是心还留在原地。在灵与肉的长期分裂中，故乡变成一个既回不去又走不出的地方。而且，流亡的时间越久，这种分离的痛苦就越炽，直到将他推进抑郁的深渊。

在并不漫长的人生里，他经历了两次世界大战，同时还不得不面对自己与自己的战争。正如他在写给前妻的最后几封信中提到的，在巴西隐居的日子，尽管可以阅读、工作，带着小狗散步，但内心却是孤独的，"信件越来越稀少，人人都有自己的烦恼，没有重要的事情就没有愿望写信"。更让他痛苦的是，书籍也少得可怜，以至于他无法完成必要的写作。

而且，巴西虽然没有参战，但有自己的立场，它禁止外国人在公共场合说德语和意大利语等轴心国的语言，以及随身携带这些语言的印刷品。

1942年，这是茨威格生命中的最后一年。里约狂欢节奇幻的游行没有让他动心。他写信对前妻说，"我抑郁，因为仍然看不见真正的决定和最终胜利的希望，因为在两次世界性的巨大灾难中，我们这一代人将要失去最好的年华。"而已经消失的过去不会复返，过去他们所拥有的，未来不会还给他们。最关键的是，这场战争"还没达到最高点"。茨威格说："我太累了，承受不了这些。"

2月15日，新加坡沦陷的消息成了压垮他的最后一根稻草。日军的石油之路从此打开，而德军也打通了苏伊士运河，纳粹还将长久地占据着这个世界。在极度悲观的情绪下，几天后他与第二任妻子仰药自尽。

茨威格最后留给世界的，是一封感伤而平静的遗书：

在我自觉自愿、完全清醒地与人生诀别之前，还有最后一项义务亟须我去履行，那就是衷心感谢这个奇妙的国度巴西，它如此友善、好客地给我和我的工作以憩息的场所。我对这个国家的热爱与日俱增。

自从操我自己语言的世界对我来说业已沉沦，而我的精神故乡欧罗巴也已自我毁灭之后，我在这里比任何地方都更愿意从头开始，重建我的生活。但是，一个人年逾六旬，再度完全重新开始，是需要特殊的力量的，而我的力量，却由于常年无家可归、浪迹天涯，已经消耗殆尽。所以我认为还不如及时地、不失尊严地结束我的生命为好。对我来说，脑力劳动是最纯粹的快乐，个人自由是这个世界上最崇高的财富。

我向我所有的朋友致意。愿你们在经过这漫漫长夜之后还能看到旭日东升，而我这个过于性急的人要先于你们而去了。

没有一点挣扎的迹象，也抛弃了一切琐碎。

相信每一个愿意在死前认真留下遗言的人，即使是在此最后的艰难时刻，也是深爱着这个世界的。也正是这种深爱最后让茨威格无法承受。和24年后被逼自杀的中国翻译家傅雷不一样，在巴西的茨威格是自由的。如果他能够与故乡切割，他或许可以在南美颐养天年。然而他做不到。不是绝望，只是失去了耐心，他想早点休息。终于，在漫漫长夜里，他主动熄灭了人生的灯盏。他带走了自己的肉身，但把光明继续留在了这里。他在遗言里宣告黑夜终将过去，太阳照常升起。

这不仅仅是遗言，更是一个失意者留给世间的最后的慈悲。

（三）

此前不久，茨威格刚刚完成最后的著作《昨日的世界：一个欧洲人的回忆》。

在这部半自传的回忆录里。他将欧洲的一战前比作"黄金时代"。那时候的人们正沐浴在世界博览会的种种惊喜与人类理性的光辉之中。接下来的这段文字描述了他曾经见证的那个太平盛世：

> 在我们那个几乎已有一千年历史的奥地利君主国，好像一切都会地久天长地持续下去，而国家本身就是这种连续性的最高保证。国家赋予自己公民的权利，是由自由选举出来的代表人民的机构——国会用书面文件确认的，同时，每项义务也都有详细的规定。我们的货币——奥地利

克朗，是以闪光发亮的硬金币的形式流通的，因而也就保证了货币的不变性。每个人都知道自己有多少钱或多少收入，能干什么或不能干什么。一切都有规范、标准和分寸。拥有财产的人能够确切算出每年盈利多少，公职人员和军官能够有把握地在日历中找到哪一年他将擢升和退休。每户人家都有自己固定的预算，知道一家人食住要开销多少，夏季旅行和社交应酬要花费多少，此外还必须留出一小笔钱，以敷生病和意外的急需。自己有住房的人都把一幢房子看作是为子孙后代留下了万无一失的家园。庭院和商号都是代代相传；当一个乳婴还躺在摇篮里时，就已经为他以后的生活在储蓄罐或储蓄所里存下第一笔钱，这是为未来准备的一笔小小的"储备金"。在这个幅员辽阔的帝国里，一切都牢牢依靠着国家和至高无上的年迈皇帝。谁都知道（或者这样认为），一旦他去世，就会有另一位皇帝接替，原先安排好的一切丝毫不会改变。谁也不相信会有战争、革命和天翻地覆的变化。一切激烈的暴力行动在一个理性的时代看来已不可能。

茨威格接着写道：

最初只有那些有财产的人为自己遇上这样的太平盛世而庆幸，但是后来渐渐扩大到广大群众。于是，这个太平的世纪便成了保险业的黄金时代。人们为自己的房屋作了防火和防盗保险；为自己的田产作了防雹和防灾保险；为防意外事故和疾病作了人身保险；为自己的晚年买好终生养老储备券；同时在女孩子的摇篮里放上一张保险单，作为将来的嫁奁。最后甚至连工人也都组织起来，为自己争得了标准工资和医疗储蓄金；佣人们为自己储蓄了老年保险金和预先存入一笔自己身后的丧葬费。只有那些把未来看得无忧无虑的人才尽情享受眼前的生活。

这一切与今日的世界何其神似。大家谈论房价、资产保值、商业保险以及最近上映了什么好电影、有什么新的发明。与此同时，强权政治也在世界各地抬头，有竞争力的大国陆续推出各种新型武器，各国民意调查机构说第三次世界大战有可能爆发……而生活在困顿或空虚中的人也在各自的绝望里集结，等待他们的大救星。

接连发生的两次世界大战让茨威格意识到，尽管生活在黄金时代的人们对生活抱着一种克勤克俭的态度，但在那些歌舞升平中深藏着一种"巨大而危险的自负"，而这种自负与科技等带来的"进步的幻象"有着极大的关联。

同时被夸大的还有人类设计历史进程的虚妄与野心。当历史决定论大行其道，人类相信进步甚于相信头顶上的星空与心中的道德律，靠着暴力攻城夺池的各式乌托邦已经在不远处张开了血盆大口。

堕入地狱之前的时代难免令人留恋，而历史却是许多条线索的齐头并进。没有哪个时代是突然黑暗的，也没有哪个时代突然变得光明。即便是茨威格所谓的黄金时代，也是黑暗与光明同在。正如没有冬日树木的隐忍与蛰伏，也不会有春天的百花盛开。如果说1914年之前的欧洲种下了恶因，而1914年以后的欧洲则是结下了恶果。

的确，茨威格深情怀念的那个黄金时代，不也是巴尔扎克、左拉、狄更斯、卡夫卡等有良知的欧洲作家深刻批评的破铜烂铁的时代吗？

但是，我却没有理由去怀疑茨威格回忆中的真实与赤诚。毕竟前一时代的光明在后一时代渐渐消失，取而代之的是各种罪恶堂而皇之地粉墨登场，而且愈演愈烈。

（四）

一个作家或思想者的幸运往往在于，即使有朝一日他离开人世，这世上还会流传他的声音。正如此夜头顶上的星空，尽管有些星辰早已经破碎并沉落于茫茫宇宙，你我依旧可以望见它耀眼的光芒。

茨威格进行的是多体裁创作，其中最负盛名的是小说和传记。前者除了广为人知的《一个陌生女人的来信》《一个女人一生中的24小时》《象棋的故事》外，还有《情感的迷惘》《一颗心的沦亡》等。《心灵的焦灼》是他的唯一一部长篇。借康多尔大夫之口，他道出了自己有关同情的理解：

> 同情恰好有两种。一种同情怯懦感伤，实际上只是心灵的焦灼，看到别人的不幸，急于尽快地脱身出来，以免受到感动，陷入难堪的境地，这种同情根本不是对别人的痛苦抱有同感，而只是本能地予以抗拒，免得它触及自己

的心灵。另一种同情才算得上是真正的同情,它毫无感伤的色彩,但富有积极的精神,这种同情对自己想要达到的目的十分清楚,它下定决心耐心地和别人一起经历一切磨难,直到力量耗尽,直至力竭也不歇息。

罗曼·罗兰称茨威格是"灵魂的猎者"。对于人类的苦难,茨威格抱有同情的态度,同时他深知牺牲的难得。就像他在小说中所揭示的,一个人可能会因为逃避生活而无谓地赴死,却不愿为了担起他人的责任而勇于牺牲。

有人也许会说,这同样是茨威格自裁时所面临的困境。既然那么憎恨纳粹,为什么要在生命的最后做了逃兵?言下之意,与其自杀,不如冲到反法西斯的前线挡子弹。这当然只是苛责。如果生是为了自由,而死也是为了自由,那么在自由面前生与死就是平等的。

茨威格一直在逃。在某种程度上,他似乎更像自己笔下的伊拉斯谟。关心人类,热爱和平,对人世有良情美意,并且试图拂去罪恶的灰尘……但他们又都是安静的,身上都缺少马基雅维利的功利主义和路德的战斗性。

为了保卫内心的安宁,他们不会和野蛮人扭打成一团,不会在深渊凝视他们的时候也凝视深渊,让自己成为深渊的一部分。他们像逃避瘟疫一样逃避所有的仇恨,即使无家可归。

伊拉斯谟最害怕狂热主义,所以努力保守自己的独立性。当别人责备他没有战斗的勇气时,他并不为此感到羞愧——"假如我是瑞士雇佣兵,这倒是一句严厉的指责;但我是学者,我需要太太平平地写作。"对于茨威格来说也是如此。身为作家,上阵杀敌并非他的本分,如殉道者一般努力写作才是他最需完成的意义。

茨威格赞叹写长篇小说的作家是百科全书式的天才,他们以作品的广度和人物的繁多构建一个完整的宇宙,用自己的星空建立了一个与尘世并立的自己的世界。"每一个人物、每一件事都浸透了他的本质。"事实上,这种本质上的探求同样体现在他的传记文学里。从为爱情憔悴了容颜的小女子到被推上断头台的两位法兰西王后,再到"在不朽事业中寻求庇护"的探险家以及卡萨诺瓦、巴尔扎克、罗曼·罗兰、司汤达、托尔斯泰、福歇……茨威格不仅长于心理描写,他还借手中的笔为世人绘制了一幅人文与历史的星空。

而他对主人公们的解读也是天才式的。比如他写巴尔扎克:

> 巴尔扎克描写的是被遗忘了的英雄,他认为,在任何一个时代里都不只有一个拿破仑,不只有历史学家的那个在1796年至1815年间征服过世界的拿破仑,而是他认识四五个拿破仑。一个兴许是在马朗戈附近阵亡了,名字是德塞。第二个可能被现实中的拿破仑派往埃及去了,远远离开一系列重大事件。第三个也许是遭受了最深沉的悲剧:此人就是拿破仑。他从来没有上过战场。他不得不隐藏到外省某个小地方去,他没有成为奔腾呼啸的山洪,不过他耗费的精力并不少,虽然用到了比较琐碎的事情上……巴尔扎克知道,每时每刻在巴黎关闭的窗子里边都有悲剧发生。这些悲剧不亚于朱丽叶之死、华伦斯坦的结局和李尔王的绝望。

至于陀思妥耶夫斯基,如果不是从内心去体验,他什么也不是,"只有在最底层,在我们永恒和不变的生存里,在根源所在的地方,我们才能够有希望与陀思妥耶夫斯基建立起联系"。在茨威格看来,陀氏不只是一位作家,更是无限的,一个有自转星球和另一个天体音乐的宇宙。陀氏的作品藏着人世一切痛苦的台阶,包括"个人的痛苦,人类的痛苦,艺术家的痛苦以及最后的痛苦,最残酷无情的痛苦——上帝的折磨。"

他说王尔德从监狱里出来就结束了,而陀思妥耶夫斯基从监狱出来才是开始。这段话解释了陀氏的名言——"我只担心一件事,就是怕我配不上我所受的苦难"。

而荷尔德林是个纯洁的人,他需要保持意志的纯洁和本质的形式的完美,他不想要毁灭性的现实。"出于对更高、更上层世界的信仰,他反抗下层的红尘世界,而这个世界他无法逃脱,除非乘着他诗歌的翅膀。"他和雪莱一样找寻一个纯洁的世界,在那里音乐、月光和感情合为一体。

……

虽然在小说中写过不少小人物,但自茨威格为群星作传开始,他的写作注定是英雄主义的。那些人都是抗争者,他们将苦难压在脚下,也因此站得更高。

这并不意味着他的写作尽在歌功颂德。在《昨日的世界》里,他特别谈到自己似乎更垂青失败者的命运。"在我的传记文学中,我不写在现实生活中取得成功的人物,而只写那些保持着崇高道德精神的人物。譬如,我不写马丁·路德,而写伊拉斯谟;不写伊丽莎白一世,而写玛丽·斯图亚特;不写加尔文,而写卡斯特里奥。"

与此同时，他深入人性，思考狂热主义、宗教迫害与法国大革命，为异端的权利与个体的独立而战。罗伯斯庇尔是一架无情的道德机器，他着迷于教条主义的强硬，容不下任何异己，"因而用冷冰冰的铁拳将每个持不同政见者像异教徒一样推入新的柴堆——断头机"。这样的革命者都有着奴隶主的气质，他们唯一能容忍的是"像镜面似的反射他自己观点的精神奴仆"。

（五）

法国作家洛朗·塞克西克在《茨威格在巴西》一书中写到，出走以后茨威格在萨尔斯堡家中什么书也没有留下。那些书的作者各奔东西、亡命天涯时，他们大多处境悲惨，失去生活的来源，灵感也日益枯竭，没有人有心思还去讲故事写文章。而希特勒却把现实当作小说来写，他是上百万部、无可逾越的悲剧作品当之无愧的创作者——"这位新的文学巨匠横空出世。"

有些历史细节耐人寻味，纳粹上台后曾公开焚毁大量"有毒的书籍"。这一切除了证明作恶者恶行累累，也间接说明此前欧洲有过开放与繁华，否则就算是希特勒上台也无书可焚了。茨威格早期的写作正是在这样明暗交接的时代里完成的，不幸的是，它们后来被抛进了柏林的劈柴堆。人类的文明也由此堕入黑暗期。诗人海涅说，一个会焚烧书籍的政府接下来也会焚烧人。

在某种意义上，希特勒的确像塞克西克所说的那样，是书写历史的"文学巨匠"。带着前所未有的破坏力，他在一定时期内超越了德国其他的作家。这也是人们通常所谓的——当一个时代下沉的时候，小说家的想象力定将输于现实。不过，在茨威格那里，情形并不全然悲观。在《人类群星闪耀时》中，他断言历史才是真正的诗人和戏剧家，任何一个作家都不可能超越历史本身。像希特勒这样的"蹩脚作家"，终究只是个过客。

茨威格还说，艺术家创作需要灵感，所以他们在大多数时间里都是碌碌无为的。而在历史这一"神明的神秘作坊"（歌德语）里，人类的群星同样要经历岁月无谓的流逝，甚至漫长的黑暗与平庸之后才得以涌现。

几十年后的今天，茨威格早已是历史中的星辰，而世界也重新走到了分水岭上，没有人知道将来会如何。不过有一点却是可以肯定的，未来还会有更多的星辰汇入人类的历史的天空。如果你我愿意相信历史自有其因果，那么就在这一个时代播种，在下一个时代收获。

［本文系作者为《茨威格作品》系列中文版撰写的总序（该系列由新星出版社于2017年—2018年陆续出版）］

断臂上的花朵

古希腊的时候，有个叫芙丽涅的人体模特，据说是雅典城最美的女人。因为"亵渎神灵"，芙丽涅被送上了法庭，面对她的将是死刑判决。关键时刻，辩护人希佩里德斯在众目睽睽之下为她褪去了衣袍，并对在场的所有市民陪审团成员说："你们忍心让这样美的乳房消失吗？"

这是古典时代有关美与正义的最动人的故事。所谓爱美之心，人皆有之。在肉体之美（芙丽涅）和精神之美（希佩里德斯）的双重感召下，雅典法庭最终宣判芙丽涅无罪。19世纪法国画家热罗姆曾经为此创作了油画《法庭上的芙丽涅》，场面香艳生动，不愧为世界名画。不过，这个英雄救美的故事实在太过浪漫，以至于让人觉得不真实。据说芙丽涅被释放后，雅典通过法律，禁止被告在法庭上裸露胸部或私处，以免对法官造成影响。

《法庭上的芙丽涅》

（一）我活下来了

本文将要重点介绍的是另一个英雄救美的故事。它发生在近几十年，而故事的主角正是《断臂上的花朵》一书的作者萨克思（Albie Sachs）。

先对萨克思做个简单介绍。

1935年，萨克思出生于约翰内斯堡一个立陶宛犹太裔移民家庭。在父亲的鼓励下，他年少立志，愿投身于人权事业。17岁，在开普顿大学学习法律期间，曾参与抵制恶法运动（Defiance of Unjust Laws Campaign）。几年后，作为人权律师，萨克思成为南非当局的眼中钉，并因此被拘禁和刑讯逼供。1966年，出狱后的萨克思被迫流亡海外。

然而厄运并未因为流亡而结束。1988年4月7日，在莫桑比克从事法律研究的萨克思惨遭汽车炸弹袭击。虽然大难不死，他却丢掉了一条手臂和一只眼睛。而凶手正是南非当局派来的情治特务。萨克思在他的自传里生动地回忆了自己醒来时的情景。他像天主教徒在胸前画十字架一样，对自己进行"眼镜、睾丸、钱包、手表"式的检查：

> ……我的手往下摸，毯子下的我光溜溜的，所以很容易就能摸到我的身体，我的阳具还在！我的老鸡鸡啊！（当时我独自一人，这么说应该无伤大雅吧。）这家伙曾经带给我许多的欢乐与哀愁，我相信往后它也会继续带给我许多欢乐或悲伤。接着检查蛋蛋，一、二，两颗都在！既然在医院中，也许我该称它们为睾丸以示尊重。我弯曲手

肘，人又有了欲望是多么的美好，其次就是能做我想做的事情……

萨克思将自己近乎荒诞的反应归功于他与生俱来的幽默感。但是，这并不等于说他对自己肢体的残缺没有一点悲伤，只是因为他知道空洞的悲伤已经于事无补。既然他以推进南非人权状况的改善为自己一生的志业，对于任何可能付出的代价也早有心理准备——"马普托墓园葬满了被南非特务谋杀的人。我们身边已经死了好多人。所以当我在马普托中央医院里暂时苏醒过来时，我感到胜利的喜悦。我活下来了。作为一名自由斗士，你每天都会猜想这一刻什么时候会到来，会是今天吗？会是今晚吗？会是明天吗？我在面对它的时候能保持勇敢吗？它真的到来了，而我活了下来，活了下来，活了下来。"

莎士比亚说，懦夫在未死以前，就已经死了好多次，而勇士一生只死一次。萨克思显然无愧于勇士的荣誉。按说，如此遭遇足以在精神上毁掉一个人，让他从此丢掉初心，陷入复仇主义的深渊。然而，这颗汽车炸弹不但没有摧毁萨克思，反而使他获得了更加平静而昂扬的生命。

我之所以说这是一个"英雄救美"的故事，是因为我看到许多心地美好的人在此打击下难免以牙还牙，甘于同流合污，与敌同沉。而萨克思几乎没有做太多的思想斗争便救出了自己。早在第一次被拘捕时，萨克思就意识到自己与南非白人政权的较量是意志与品格的较量。因为抓捕他的人对他的折磨已无关他手上的信息，而只是想打垮他。"他们的目的在于证明他们比我强大。"然而，即使是作为一个牢笼中的弱者，他也不希望与囚禁他的人互换角色。他必须将自己从复仇的野蛮中救出来，必须呵护好内心高贵的东西。他清楚地知道自己憎恨的是一种坏制度，而不是在这种坏制度中各扮角色的可怜人。作恶者人性的世界已经坍塌了，而萨克思人性的世界还在。那里绿草如茵，繁花似锦。如果他也像敌人那样以剥夺别人的自由为目的，那他就等于爬进敌人的战壕，与他们为伍了。

（二）只要我能康复，我的国家也将会康复

在《断臂上的花朵》中，萨克思曾这样重申自己的理想与道义——

> 让所有南非人民都获得自由，远比将单独囚禁与酷刑折磨施加于那些曾如此对我们的人身上，更属有力的复仇。以牙还牙意味着，我们将变成他们的同类，变成帮派分子、骗子和暴徒。虽然是为了更加高尚的目的没错，但最后我们就会和他们沦为一丘之貉，只比他们更加有权力而已。我们的灵魂会像他们的灵魂，而我们的凶残也将和他们的凶残无所区别。

虽然肉体之我被迫害者做了减法，但在遭此劫难之后，萨克思知道如何坚定信念，为精神之我做加法。

不管我怎样身受重创，我还是比他们优越——我的行为准则和价值比他们更高尚，我的信仰深度为他们无法企及，我才是真正的人类，我为正义而战，我为自由奋斗，我永远不会变成他们那种样子。某种程度上，慈悲为怀的信念，而非残忍的以暴制暴，赋予我一种道德上的胜利，让我能够坚强地走下去。

"我知道只要我能康复，我的国家也将会康复"——这是我在萨克思书里读到的最感动的一句话。我丝毫不认为这是一种狂妄自大，恰恰相反，在这里我听到的是一个人在惊魂初定后立即找回的责任心。对制度之恶不同常人的理解，对同代人苦难命运的广泛同情，对内心美好世界的坚守不移……如果不是这些观念与责任心，萨克思也不可能绕开冤冤相报的复仇，重新踏上康复南非的道路。

（三）温柔的复仇

后面有关南非转型的故事，早已广为人知。被囚27年的曼德拉在1990年被德克勒克请出监狱。同年，萨克思回到了阔别几十年的祖国。四年后，曼德拉当选总统，并指派萨克思担任新南非的宪法法院大法官。卸任大法官后，萨克思著书立说，经常去世界各地演讲，分享南非转型经验与宪政成就，为那些深陷仇恨的国家愈合伤口。

维克多·雨果说过，最高贵的复仇是宽容。一个屡遭来自祖国的恐怖主义袭击的人，没有因此憎恨自己的国家，反而不断要求提升自己的德行，并召唤同类，这在南非并不少见。南非能够平稳转型，正是有赖于那些长年斗争的人彻底放下了心中仇恨，走向和解。一个渐渐达成的共识是，南非或许需要复仇，但它指向的绝不是人，而是人心中不义的观念与现世不公的制度，包括仇恨本身。关于这一切，读者很容易在曼德拉和图图的宽宏大量中找到共鸣。

在真相与和解委员会的主导下，身为大法官的萨克思与当年安置汽车炸弹的亨利握手言和，为此亨利回家哭了两个星期。新制度将原来的迫害者还原为普通人。曾经的作恶者终于回归内心，如今眼泪汪汪。新南非无法做到将原来的迫害者统统关进监狱，也不能建立在大规模扩建的监狱之上，而应该奠基于一种全新的观念和制度。以复仇为目的的清算不仅会使新南非国父们的理想显得缺少诚意，而且会让这个国家因为冤冤相报而永无宁日。在此意义上，宽恕不仅具有道义内涵，而且是理想南非必须支付的社会成本。

萨克思曾在书中谈及自己的理想追求，"但若民主能在南非落地生根，那么代表纯洁和殉道的玫瑰与百合花将从我的断臂上开出"。在个人恩怨与理想南非之间，萨克思选择了后者。这就是他"温柔的复仇"。而且，这种"温柔的复仇"是强而有力的。"我在被监禁时所立下的誓言，现在终于实现了，但不是在意识形态斗争上击败对方，而是升华为一套哲学与情感的圭臬，勾勒出我心中的理想人格，我想要生活于其中的理想国家，以及我愿意奉行恪守的理想宪法。"

萨克思不辱天命。由于恶法和恶政的存在，他曾经由法律的研究者变成了"法律的敌人",而现在他作为大法官成为新南非法律忠实的捍卫者。在这个犹太裔南非白人的主导下,南非宪法确立了废除死刑,保障同性恋婚姻权利、艾滋病人权利等若干原则,成为"最受世界尊敬的一部宪法"。在萨克思看来,法律不是冷冰冰的机器,法律必须像人一样拥有灵魂。换句话说,我们不能一味地要求人要有法的精神,却对法缺少人的精神置若罔闻。

写作此文,并不是为萨克思歌功颂德。我更愿意将他"温柔的复仇"视作人类历史中的宝贵经验。毕竟,从远古的同态复仇到博弈论中的报复平衡,从近现代仇恨煽动下的革命、战争到今日的核威慑,我们可以找出无数例子来证明人类的历史就是一部复仇史。而萨克思"英雄救美"的意义,在于时刻提醒那些有着远大理想的人如何做到不违初衷,不借口恶人的过错而让自己成为自己所反对的人。

转型期南非的政治精英能放下仇恨,固然有时代整体氛围的影响,但这一切又何尝不是个体选择的堆积。除了从流亡者到大法官的萨克思,还有甘愿放下手中权力的白人总统德克勒克,主导真相与和解委员会的大主教图图,从监狱里走出来的黑人政治领袖曼德拉……这些新南非的国父们无一不在向世人昭示他们的意义并发问:当世界坍塌之时,个人如何守卫自己心中的世界?在死握权柄与扬言报复之间,交战中的精英该以怎样宽广的心怀去带领受伤的人民?

（四）世界之美与内心之美

最后，还是让我们回到芙丽涅的那场审判吧。人类为自己创立思想和制度，同时不得不接受它们的奴役。芙丽涅自法庭平安归来，让世人看到"渎神罪"的弹性，也看到了由此而生的种种悲喜剧——与其说它们是来自上帝的威仪与审判，不如说是来自人类的自我裁决。当然，这既包括群体对于个体的群裁，也包括个体对群体的审视和自我意义的抉择。

我不得不承认，与希佩里德斯那场古老的英雄救美相比，萨克思在20世纪的"温柔的复仇"更让我为之动容。这不是一个简单的自救救他的故事，它还有着关于人生美学的深广内涵。萨克思用他一生"温柔的复仇"，昭告身怀理想的人如何听从天命的召唤以抵抗不幸的命运。萨克思是不幸的，他因为追求世界之美而不得不面对身体的残缺。萨克思又是何等幸运！他没有因为憎恨而失去内心之美。而真正的英雄救美，就是同时对世界之美和内心之美担起责任。

最后说点感谢的话。几日来先后为曼德拉、图图和萨克思的中文版图书撰写序言，倾听他们卓然于世的心声，对我而言都是莫大的荣耀。记得昨夜，当我沉浸于这最后一篇序言的写作时，外面台风呼啸，暴雨难歇，今早醒来已是天朗气清，极目千里。大自然竟是如此应景，想必这也是读者合上"南非转型三部曲"时的感受。依我之见，无论是曼德拉、图图，还是我最后着重介绍的萨克思，他们能够在抗恶的过程中不与恶同沉，都是基于以下思想与信念：作恶者嚣张于一时，但并不掌控这个世界，包括你高贵的灵魂。作恶者表面不可一世，实际卑微十足，他们唯一能负责的只有自己的罪恶。而你真的可以和他们不一样，因为你另有乾坤，当作恶者负责恶时，你必须负责美。美到作恶者暗淡无光，美到作恶者为自己流泪，美到作恶者为你鼓掌。

2014 年 8 月 11 日

东京大学访学期间

［本文收入《自由在高处》修订版（2015 年 1 月出版），系作者为萨克思《断臂上的花朵》中文版撰写的序言］

如果一个人走了很远的路，却没有走进自己的一生[①]

时隔数年，学者熊培云再度出现在公众视野。只是这一次，他收敛起昔日熟悉的评论笔锋，转而以诗歌记录灵光一现的思维火花。回顾这些年，熊培云坦言自己似乎渐渐进入某种"无能为力且无话可说"的状态。毕竟，"一个人如果过多参与公共生活，难免会受困于一地鸡毛"。出走半生回头张望，他方才意识到自己最重要的写作还没有真正开始。

何为"最重要的写作"？在熊培云看来，这种写作应当有助于个体寻回"完整的人"。从这个意义而言，他对自己过去的思考与写作并不满意。即便那些文章可能为社会的发展进步提供某些思路，但都与真实的生命经验有所隔膜。正如他也拒绝写一些装腔作势的学术论文，生产"标准化"的文章让他警惕，"一个人走了漫长的路，最后发现走路的那人不是他自己"。

[①] 本文是《新京报书评周刊》对熊培云的专访记录，整理者申璐。原稿略长，现有删节。除了介绍新诗集《未来的雨都已落在未来》，培云还谈到了对人类命运的整体性关切。有关未来的部分内容尚待展开，比如为何作者对碳基生命向硅基生命的转向在态度上是暧昧的。

在他最新出版的诗集《未来的雨都已落在未来》中，他尝试回归本真的状态，记录下那些日常中闪现的诗意。

借新书出版的机会，我们采访了熊培云。人到中年，他正经历着人生中最重要的变化。如何完成从"众心之心"到"众我之我"的过渡？我们又该如何处理自我与外部世界的边界？用熊培云的话说，大概就是，今天我们再谈"活着走出这个现实，走进自己的一生"还有可能吗？这背后蕴藏着一种精神性的衰落。然而，在越不诗意的地方，诗意也就越有价值。

（一）我忙着耕耘现实世界而怠慢了想象世界

新京报：2017年于你而言曾是繁忙的一年，那一年你出版了《追故乡的人》与《慈悲与玫瑰》，还前往英国牛津访学，持续拓宽着自己的边界。那之后你一度淡出了公众视野，这几年主要在做些什么？

熊培云：主观上说，我并没有刻意淡出公共视野，回国后还出了一本早些年考察美国的书，但客观上又不得不承认，最近这些年我渐渐进入到某种"无能为力且无话可说"的状态。而我内心的热闹与思维的活跃一点也不比从前少。

本性上说，相较于在公共领域发言，我更沉浸其中、享受其中的是作为旁观者观察人世，我喜欢生在此世、又不在此世的若即若离。当然这种观察同样包括观察自己的命运，看自己在人潮人海中的起落沉浮。

所谓"一颗心在地上流血，一颗心在天上包扎"，有时候真觉得人生如战场，仅有先锋队是不够的，我们还要有装备精良的卫生队。或许更多时候我对自己的命运采取的是一种隔岸观火的态度，人是无法真正掌握自己的命运的。且不说许多"过对了河上错了岸"的事情说到底也是个人努力的结果，我们来到世上本来就是被动参加一场无可挑选、无可逃避的生米做成熟饭的游戏。

回想大半生我都在自言自语，有时候是在日记里，有时候在正常人或体面人不可见的朋友圈，我这样说是想强调在技术上互联网里没有秘密。在牛津访学时，我经常在咖啡馆或公交站台的长椅上坐几个小时，任凭思绪信马由缰没几天就写完一个本子。我在纸上写东西和别人掏出一根纸烟意思是差不多的。相较于万籁俱寂的夜晚，我更喜欢咖啡馆里或大街上的漫无目的的嘈杂与人来人往。

也是因为这些惯于日常的沉思，几十年间积累了大量笔记。它们无一例外既是我的财富也是负担。被疫情困在国外时，因为担心自己有个闪失就特别想与那些旧笔记"再见一面"，同时也遗憾过去那些年没有将它们整理出来。再后来回到国内，生活又堕入了听之任之的庸常，依旧是没有整理。

《未来的雨都已落在未来》的出版虽然不如想象中顺利，不过在漫长的等待中我不断丰富与提升了它。回想2023年有两三个月的时间，在书稿下厂印刷之前，我常常是夜半醒来思如泉涌，我很怀念那样的日子。你也许不会相信，这是目前为止我唯一会抱在枕边睡觉的书。

新京报：你在这本书的前言中还提到"一场预料之中的积劳成疾"影响了你对周遭境遇的看法。这让我想起那场持久笼罩的新冠疫情，它在个体和社会记忆中都留下了无法被忽视的印记。我很好奇，那场疫情会如何影响你的思考？或者说经历过那三年之后，如今你最关心的问题是什么？

熊培云：曾经说过我前半生的世界是蒸蒸日上，后半生的世界是摇摇欲坠。这种对比同样可以用来描述我们的肉身。人到中年，身体每况愈下几乎是必然的。很多时候疾病不只是疾病本身，疾病还是一味药，它能医治许多关于人生的毫无意义的幻觉，比如来日方长。回想我曾经写过的书，其中大部分都是希望国家与社会乃至整个世界朝着自己期许的方面走，然而作为一介书生，这种努力多么微不足道。突如其来的疾病像是针对人生的一场例行检查，它会告诫你还有哪些紧要的事情没有完成。而我也的确在它到来时被惊出一身冷汗——尤其是当我意识到自己最重要的写作还没有真正开始的时候。

大学毕业后留在北方工作，我曾经想着在海边支一张桌子，写一生中最伟大的作品。然而人到中年，我对自己过去的思考与写作显然并不满意。它们可能为国家的发展或社会的进步提供了某些思路，甚至我还可以借助"功不唐捐"等好词来安慰自己，但我自知辜负了自己，没有对人生充分尽力。疫情时我曾经和朋友谈道，如果生命戛然而止我会死不瞑目，因为我忙着耕耘现实世界而怠慢了想象世界。

（二）从众心之心到众我之我

新京报：尽管这本书的内容形式是诗，但这些诗歌依然延续了你此前在评论文章中的思想关切与问题意识。标题"未来的雨都已落在未来"源自书中的一首同名诗,为什么想用这个做全书标题?

熊培云:我是个头脑极度活跃的人,夜里有各种长短梦,白天有各种思绪。具体到诗歌写作有些句子也是莫名出现的,比如《霜降》那首短诗,"我来看你了/我是你月亮上/的穷亲戚/九月初十/运霜的马车/翻了一地"。我无法解释它因何出现,因为它不是构思出来的,我只是花一两分钟时间以我的视角将这个场景代为记录下来了。

而"未来的雨都已落在未来"这个句子我清晰地记得是出现在 2016 年。此前,我一直苦恼于如何精准地表达这样一个哲学上的思考——无论是历史进程还是个人抉择,一切选择说到底都是择一而从,也就是说我们只能从唯一的过去通向唯一的未来。好了,既然是一条单行线,无论它看起来有多么复杂甚至诡异,正如唯一的过去已经存在于过去某一刻,唯一的未来同样即将发生于未来某一刻。换言之,凡是即将发生于未来的都已经发生,只是尚未在我们的眼前显现而已。

这不是一种宿命论,而是哲学上的对人的境遇或历史境遇的说明。我庆幸能以"未来的雨都已落在未来"这种隐喻的方式表达了这个观念。为此我高兴了很久,并且确信有朝一日它会成为下一本诗集的书名。或许可以这样认为,有些时候我不是为一本书想一个书名,而是为一个书名去完成一本书。

新京报:你在序言中分别提到俄国诗人莱蒙托夫和秋瑾的诗,还称自己的诗歌启蒙源于雪莱的浪漫主义。对你影响最大的诗人是他们吗?最近喜欢读谁的诗?

熊培云：的确，我最早的文学启蒙可以说是来自雪莱。具体到诗歌，有《西风颂》里的纵横捭阖，也有自由无拘的云的意象。我最早读到的是花六毛九买的《雪莱抒情诗选》（1981），而译者杨熙龄先生撰写的"译者附记"对我的影响甚至可以说远远大于诗集本身。

因为我也是像杨先生所描述的那样"在冰冷的炉边度过童年，却有着一颗热烈地泛爱大众的大心"，在平庸甚至自私的人们中间生长，"却从大自然汲取了百灵光怪的幻想"，我渴望和雪莱一样"保持着灵魂泉源的澄澈"，"怀着温柔的同情，又时时忿激地抗争"，"以普罗米修斯式的坚贞，忠于人类，以幽婉的小曲安慰自己在人世遭到失败，以嘹亮的号角声宣告人类新春将到……"

其实那时候我对雪莱的生平知之甚少，更不知道他的爱人玛丽·雪莱是名著《弗兰肯斯坦》的作者，所谓"科幻小说之母"。但我还是毫不迟疑地爱上了雪莱，并将其视为人生偶像。而这多少也有摆渡者杨先生的功劳。严格说遇见雪莱与诗歌的技艺无关，它更多是来自心灵层面上的某种呼召与策应。这不是皮囊之爱，而是灵魂之爱。当然你也可以说骨子里我是浪漫主义的。

与此同时，因为长在农村，又是家中长子，必须责无旁贷肩负起救济家族的重任，这也注定我只能践行一种"脚踏实地的浪漫主义"，也就是我先要站到水稻田里才配看得见满天星斗。

世界对个人的影响是分阶段的，我想诗歌也是。如果说我早年的影响主要来自雪莱，那么最近这些年来的影响则来自葡萄牙诗人佩索阿。实话说，佩索阿慰藉了我的孤独，他对我的影响来得太晚了些。这也算是天意吧。

那是一个夏日，无意中我在学校的图书馆里翻到一本《我的心略大于整个宇宙》便立即被它吸引了，首先是书名道出了我的心声。就像早先因为唐德刚的《胡适杂忆》走进胡适之门，我是借《我的心略大于整个宇宙》进入佩索阿的世界的。

重要的是，这时候我也正在经历人生最大的转变，即"从众心之心到众我之我"。前者与雪莱相关，与中国传统士大夫的修齐治平人文理想相关，而后者则与穷尽自我相关。当我不厌其烦地声称"我们来自虚空，却又身处无穷"，说到底这种无穷也是针对生命自身的。世界固然大到无边，但在我看来领略人生之无穷远比世界之无穷更有意义与价值。这世上有一种可能的悲剧是，我们走了很远的地方，却没有走进自己的人生，那些原本我们最想要去的心底的花园，却从未涉足。

具体到诗歌阅读，我并无特别要求，也不限定于某个流派。客观地说每个流派里都有高水平与低水平的，如果一定要排一个优先级，我会更喜欢那些有天分者的诗歌，比如在李白与乾隆之间，我会选择李白。

（三）绝大多数人在成长中都丢掉了关于人生的想象力

新京报：你在这本书的前言中提到，近年来之所以花大量时间写诗，与决定寻回"完整的人"有关。怎么理解这里的"完整"？

熊培云：这个世界充满神秘，每个人一生中最大的神秘就是自己如何来到了这世上。雪莱的浪漫主义诗歌、农村的底层生存经验以及中国传统知识分子的济世精神都深刻影响了我的少年时代。那是我的人生底色，也可以说是上世纪80年代的底色。很长时间以来，我都活在那些伟大与崇高的词汇里，舍此人生别无乐趣，甚至觉得整个生命都是值得为此理想献祭的。

当然我也试图摆脱这种约束，或者说在我的身上还有其他的若干自我，试图劝说我生命可以更丰盈。而随着世事的历练与灵魂的自我磨洗，虽然那些殉道者的底色在我的内心没有完全散去，但我得承认过去这些年我的内心已经悄然发生变化。

所谓"我是杀死过多少个自己啊，才活到了今天"，这句话曾引起许多读者的共鸣。我接受自己对现实世界的无能为力，转而致力于救起自己荒芜与失火的城池，包括救起人生的种种可能性，比如我到底有多大才华去完成自己最初想完成却又耽搁了的事情，而此成败得失必不仰仗他人是否配合，世界是否倒退。

至于"完整的人"，有个说法是成为一个完整的人比完美的人更重要。具体到我自己也可以做不同层面的理解。比如在理性的人之外，我希望自己还是感性的。在济世之外，我希望自己还是自救的。我自知在成就自我方面没有全心全力，以至于多年来空有一颗济世之心，却任凭生命的花园早已生灵涂炭。

归根到底，人是要自救的，在《慈悲与玫瑰》一书中我也借着"自救乃唯一天理"反省过。虽说有些理想需要实现，有些理想需要荒芜，但我还是不想辜负自己有生以来的热情，否则我真不知道自己因何来到这世间。

新京报：为什么诗歌是通向"完整"的路径？

熊培云：相较于许多哲人或诗人对世界或彼岸的思考，这世上最让我着迷的是我们因何生而为人以及我们身处怎样的境遇。而我自己的人生跨度也暗藏着某种幸运，小时候我在农村见证并参与了始自远古的生产方式，而现在又面临着人类会不会由碳基生命奔向硅基生命的问题，这让我时常有一种穿越时空的恍惚感，这世界太不真实了，为什么在我所站立的年代左看右看都是一部完整的人类简史？为什么和我们所有卑微的个体一样，人类整体的命运也是如此单薄？

若干年前我写过一篇《你是你的沧海一粟》，因为喜欢同时收录在了新诗集里，其大意是每个人虽然原本人生无穷，但每一次的选择都是将自己逼上"绝路"，即连接我们从摇篮到坟墓的只剩下唯一的道路。如果承认"过去有比现在更多的未来"，那么还有什么选择是充满希望的呢？救妈妈还是救媳妇的拷问很荒谬吧，可人生真的像是只能从失火的宅子里抢救一件东西，任凭其他东西都被烧毁，而这就是我们所有选择的真相。每一次必然性的完成都是无数可能性的消亡，从这方面说没有谁的人生会是完整的。

想想这样的人生实在是太过乏味了。所幸人类还有无穷无尽的想象的世界。

不无遗憾的是来自各方面的教育与规训，绝大多数人在成长的过程中都丢掉了有关人生的想象或想象力。熟悉我的读者知道我身上有许多不切实际的东西，而我视之为一生的宝藏，那就是我仍拥有某种想象。当然你也可以说我是在保卫某种捉襟见肘的完整性，我希望自己走在地上的同时也走在天上。而诗歌的价值也是在现实之上提供另一种可能。

（四）如果我是一个高速公路收费员，我也希望是个诗意的收费员

新京报：这并不是你出版的第一本诗集。2015年已经有《我是即将来到的日子》在前，这本中收录的诗歌和那本只是时间上的继承关系吗？很多人觉得这些作品更像是"诗评论"，而不是纯粹意义上的"诗"。你怎么看这个评价？

熊培云：严格说，《我是即将来到的日子》和"完整的人"关系反而更密切一些。在此之前我写了很多评论，有一天发现自己在有关心灵的写作方面实在太少，所以感叹自己进城之后有些得不偿失，并决定从此不仅要重新拾起诗歌，还要拾起锄头。当然，这一切不是进城的过错，因为即便是一直待在乡下的人也未必有诗歌。

第一本诗集的确有一些与评论相关的写法，但我并不接受那些篇幅不是"纯粹意义上的诗"的评价。我承认诗歌有自己的疆界，但并不像某些评论者相信的那样狭窄。类似的批评我在其他地方也会看到，包括针对其他作者的。

苏东坡有首著名的《琴诗》，"若言琴上有琴声，放在匣中何不鸣？若言声在指头上，何不于君指上听？"前几天我偶然在老家的一个茶馆的墙壁上再次看到它，又免不了当众赞叹几句。你不能说它仅是评论或表达了哲思而不是诗。相同的例子

还有苏东坡的《题西林壁》，通常我们也会认为它是"纯粹意义上的诗"。

为什么要用自己的审美偏好去定义文学？我看过有些关于诗歌流派的争论，有些论者的倾向似乎是只有玫瑰园才是花园。

人类自古便有诗与思的争辩，它涉及感性与理性之两极，但是没有哪条文学上的律令规定诗歌只能表达感性而不能表达理性。真正爱诗的人，应该尽量去拓宽诗歌的疆界，而不是借自己唯一的审美倾向去为自己或他人的创造设定牢笼。否则，这世上也就不会有阿多尼斯和辛波斯卡的诗歌了。二者诗歌中的一些思辨性内容同样打动我。

在我看来，以诗歌之名抵制理性的人和当年苏格拉底、柏拉图等主张将诗人与艺术家赶出雅典城邦所犯的是一样的错误，那就是人为地割裂人性中的感性与理性。所以我希望诗歌既可以装得下人的心灵，也装得下人的头脑。正如前面提到的，我真正关心的是诗歌如何表达人的境遇，而人又几乎无一例外地必须在理性与心灵之间生活。

作为写作者，我很少去批评别人的写作，究其原因美好的东西只在创造中显现，我们要尽可能多地鼓励人们无拘无束地创造。此前有诗人朋友和我提到，诗集出版不要放太多首诗，那样不容易"藏拙"。而我并不主张"藏拙"。相反，在最新的诗集中我甚至有意加入了一些试验性文本，比如《一份尸检报告》《滚雪球》等等，前者正文只有四个字，它们注定会褒贬不一。但没关系，一来那是我诚恳创作的一部分；二来也是我试图拓宽诗歌的疆界或者我对诗歌的理解所做的努力。

新京报：对你来说，写诗，是评论空间不断压缩的今天，一种"自由在高处"的选择吗?

熊培云:重拾诗歌并非为了寻找避难所,也不是为了完成某种意义上的"曲笔表达"。从文体上说,有时候我们不得不承认"说得越多,表达得越少",这也决定了诗歌这种艺术形式具有某种特殊的张力。所谓三言两语胜过千言万语,这方面我算是深受其益的。另一方面,在技术泛滥成灾的今天,我还看到来自诗歌的特殊价值,那就是一个在心底热切地爱着诗歌的人,是不会认同被各种技术统治所奴役的。

与此同时,我又不得不承认在技术面前的极度悲观。当人类将自己关在一张技术的大网里,只等着有朝一日一只大手按下按钮,我相信它对人类的伤害并不亚于核武器。

不同的是,世人对核武器的危害心知肚明,但是对标榜服务的技术的危害却常常是"眼睛蒙蔽了良心"。互联网、人工智能与核武器不一样。我们知道核武器会给人类带来毁灭性的打击,所以采取一种少用甚至禁用的原则。但是互联网和人工智能表面上都是为人们提供服务的,是由巨大的民意推动的。

回顾几十年来网络技术的发展,最后完成的无非是"请君入瓮"。改变何其难哉。许多技术都在败坏我们的人生却又只能顺应。时至今日拒绝互联网几乎就是"自绝于人民",因为日常交往、支付、出行甚至信息获取都与此有关了。一个人关掉手机,便仿佛消失于人间。而后面还有强人工智能的崛起,一想到技术对人类的种种反噬,我的脑海里便会不自觉地飘过一句话——"留给人类的时间不多了"。

我们对科技的负作用实在了解或者警觉太少,为什么稍稍得了点好处就将自己完全交付出去?我常常担心人类会死于一场甜蜜而致命的合谋，即表面上在技术变革中每个人都得到了好处，到最后却收获一个巨大的灾难。或者说，那些用于改善民生的技术的确让人尝到甜头，但它可能是致命的甜味剂。

在那里我看到的不仅有"我不发展别人发展"的囚徒困境，还有人类集体理性的失败。而这一切的背后，是一场漫长的有关人的消逝与告别。从前的人类消失于尘土，未来的人类消失于沙砾，不瞒你说，对于硅基生命的诞生或转换，直到最近我的态度居然是暧昧的。

新京报：这种模棱两可的逡巡似乎是你近年来的底色。我注意到，书中大部分诗也都有些忧伤。你在书的后记中也表示，担心今天的诗歌可能会丢掉诗意本身。你说当人们在讨论什么是好的诗歌时，你更在意诗歌失去内在的精神性。这种精神性指的是什么？

熊培云：很难具体界定何为精神性，不过我想它至少与有些东西相关，比如自我、心灵、感知或者主体的在场性等等。我之所以拒绝写一些装腔作势的学术论文，也是因为这些时弊甚至排斥了作者的精神性。这是工具理性的开花结果。

举例说现在大学生写论文，他们不仅要填大量的表格，而且整个写作论文的过程也像是按部就班填一张更大的表格，诸如绪论、文献综述、研究方法、创新点……中间再穿插着若干言之无物的小表格，以及似是而非的结论，毫无情感的致谢。一切都是生产性的，标准化的。它们表面很精致实际上就像是一个个五颜六色的包装盒。

总而言之，这一论文生产的过程很像是你看一个人走了漫长的路，最后发现走路的那人不是他自己。或者至少是面目模糊的，随时可以被另一个人替换的。这样的时候我就会觉得这样的论文谁做都一样，因为表格是完整的但研究者不在场。如今很多 AI 软件都可以代人写诗，有些乍看也的确不错，如果说它们有什么问题，我想最重要的就是精神性的缺失。

今天我们谈论 Chat GPT 对人类的威胁或者说对人的替代。其实很多人在 Chat GPT 替代他们之前便已经消逝了。说到底这也是一个有关人的精神性是否在场的问题。如果教育的作用只是将一个学生培养成高速公路的收费员，那他被自动收费机器替代就只是早晚的事情。当然，这里也有一个结构性问题，我承认许多人是在特定结构中变成机器的。不同的是，如果我是一个高速公路收费员，那我也希望自己是个诗意的收费员。

（五）我们困在前所未有的结构之中

新京报：近年来，不少网友会将自己写下的诗发布在 B 站（哔哩哔哩，视频弹幕网站）等平台，你有关注过这些诗歌吗？这些文字背后是否有某种诗意的复兴？

熊培云：没有特别关注，但是在其他地方偶尔会集中读一些。相较于上世纪 80 年代可能看起来不那么繁荣（那是因为当年可以繁荣的东西实在是太少了），但说现在有诗意或诗歌的复兴我倒是认同的。

一方面这是由渠道决定的，就像前面提到的，互联网并非只有负面的东西，它也会给人带来甜头，否则不会发展到今天这个体量。有些诗刊也会找我约稿，有时候我觉得一寄一收很麻烦，如果需要就直接在自己的公众号上发表了。从这个细节可以看到我并不是反对互联网，而是反对人在互联网上的消失。

另一方面在经历了几十年的经济高增长之后，人有安顿自己内心的需要。所谓诗歌的复兴可以帮助匆忙的旅人停下来等一等自己的灵魂。

新京报：在当下的环境谈"诗意的栖居"可能会让部分读者觉得"奢侈"。不论是 ChatGPT 等技术的发展对人的主体性带来的挑战，还是工厂化对个性和个人生活的倾轧，这些似乎都与"诗意"是相悖的。你觉得，在今天我们重提"诗意的栖居"何以可能？

熊培云：或隐或现，每个时期都有无数不同的潮流，正是在此基础上一次次完成错综复杂的变迁。就像一座城市不只有一个方向的风，它的变化不会是一代人突然向左或者向右。而且，从需要的角度来说，在越是残酷、教条的地方诗意就越有价值。试想，当一个人站在黑夜里我们会认为月亮的出现奢侈吗？相反，经验告诉我们它来得正是时候。

当然画一个纸月亮送人不一定能打动人心。而那些真正心怀诗意者，一定是在心里有一轮明月的人。

前不久和住在长江边上的一位朋友聊天，偶然想到我在写作方面可能具有的几个特点，包括理性、感性、韵律和隐喻。细想起来后面三个都与诗意有关。柏拉图鼓吹理性，他的洞穴寓言还不够诗意吗？

人是想象的存在，也是诗意的存在，这是人之为人的天性。虽然我们必须依附于现实，但决不现实地附庸。当一个人声称自己"生前属于月亮，死后还给地球"，说到底还是因为人有其精神性。诗歌与艺术对于人类的价值也在于，它可以表达甚至储存那些独属于人类的精神性。

也是在此基础上，诗意的栖居不是可能，而是必要。当然，对于大多数的人而言，在各种"饱和表达"与"作者之死"的双重夹击下，同样会面临"诗意的崩塌"。比如在有些人那里，一般人建立起来的诗意他看不上，而自己却又建立或者生长不起来。

自从有了互联网，这个世界充斥着各种裁判员。而各种评分网站更是结构性地将"多数崇拜"推到极致。由此生长的庸众式审美可能是灾难性的。互联网赠予人人一把尺子，然而没有哪把尺子可以丈量诗意的心灵。所以如果服膺多数，从结构上说这又是一个越来越不诗意的世界。

我们困在前所未有的结构之中。后现代多中心化的预言至少没有完全兑现，时至今日除了人被原子化变得越来越渺小，其他政治、经济/资本、技术甚至包括社会群体都变得越来越大。人人举着手机同时举目无亲。

准确地说，手机虽然时常给人某种呼风唤雨、君临天下的幻觉，其实相较于前述几个巨大实体，个体无异于一粒尘土附着于巨兽之上。每个人都变得史无前例的渺小。而巨兽也在随时会形成巨兽联盟。个人消失的前奏是隐私的湮灭，如果按照美国学者谢尔·泽卡尔斯基（ShoshanaZuboff）监视资本主义的观点，乔治·奥威尔当年的忧惧如今已是全球化的。

（六）如何活着离开这个现实，走进自己的一生

新京报：几年前你接受采访时提到，感觉这些年自己"离现实太近，以至于常被现实的喜怒哀乐吞没"，于是想"活着离开这个现实，走进自己的一生"。我明白你所说的"活着离开这个现实"并非指彻底远离这个世界（这在如今既不可能也不现实），而是试图"抵制无意义世界对个体生命的占据"，这可能也是困扰很多人的问题，或许有些类似于今天人们常说的"内耗"。可否结合具体的事件或经历，展开谈谈这些年与此相关的感触？

熊培云：我曾经用过两个签名，一个是"入狱身先，悲智双圆。虽未能至，心向往之"。那是早先在微博上的，它在一定程度上表达了我对参与公共生活的态度。另一个是"生于虚无，死于琐碎"。主要用在微信上。细想起来这两个签名在内涵上可能是自相矛盾的。

一个人如果过多参与公共生活，难免会受困于一地鸡毛。相信这不仅是我个人的矛盾或困境——入世时想改造世界，出世时想成全自己，希望生命不为世事所累。而现实的洪流不经意间总会裹挟我们朝着自己或许并不期许的地方走。所谓随波逐流，似乎也只是生命进入舒适区的一种状态。在此状态下，人是很难说是"活着离开这个现实，走进自己的一生"的。

从更长远来看，能够消灭人类的是人类自身。具体到个体，每个人最擅长的也是消灭自己。一方面我们只能活出一种可能，这也意味着我们是决策者，无时无刻不在为了满足人性的一种欲望（也许只是短暂的有利可图）消灭其他一切可能性，日积

月累可能就是消灭最可期盼的一生。最后就像梭罗感叹的一样,到了人生的暮年才发现自己没有真正活过。

另一方面,人总是不约而同地或不自觉地跟着当下走的。就像困在一个无意义的社交饭局里,尽管到后面大家都想尽早抽身回家,但是谁都不肯首先提出来先走,每个人心照不宣地维持着毫无意义的内耗。

新京报:再进一步,一个有些宏大但我们可能都无法逃避的问题是,今天的我们究竟应该如何处理自我与外部世界的边界?或者说,这个边界的维系还有可能吗?

熊培云:记得很多年前还在国外学习的时候,我希望自己能够投身于建设一个人道的、人本的、人人皆可自由思想的世界。其后也有过不少个体汇入大潮流的美好瞬间。有一点是可以确定的,现实过于浩大,变量太多,会有各种各样我们无法纠正的错误。在此背景下,每个人守住自己的边界仍旧是重要的。而我所信奉的不过是"以独立之心,做合群之事"。当然具体到现实可能很难,因为活着并不像独自写一首诗,你只管写完放抽屉就可以了。

事实上并不热衷于远走他乡或离群索居,我年少时的梦想就是有一帮好朋友住在一起过着诗酒田园的日子,但是这个梦想因为考大学各奔东西很快消散了。说来也是一件让人悲伤的事情。有些人是含着金钥匙出生的,而我们这些农家子弟,平生第一件重要的事情是背井离乡,时至今日,就算想落叶归根也回不去了。

新京报:最后一个问题,最近一次被生活的瞬间触动是在哪个时刻?

熊培云：不瞒你说，相较于许多人迷恋的仰望星空，我更喜欢观看动物世界。一方面，观察动物的生活有助于我思考人类从哪里来，到哪里去。这也是我在新诗集中收录一辑《博物志》的原因。

我不是达尔文的信徒，但并不反对人的身上将恒久地保持着某种动物性，在特殊情境下人既可能像想象中的神明一样舍己奉献，也可能像猛兽一样互相杀戮。据说进行纪录片拍摄时有所谓不干涉原则，比如看见狮子猎杀羚羊，你帮了羚羊，狮子会死，最好的办法就是听之任之，尊重自然法则。放到生存的角度，万物是没有善恶之分的。

这时候我便会忍不住去想，如果有神明或更高维的生物在看着人类的悲欢离合，是不是他们也坚持着一个所谓不干涉人类的原则。接下来我又会想，既然上苍都无法定义人间的善恶，我们对于自己想要成全的世界更只能亲力亲为了。但愿"自助者天助之"，总之我的脑子里总会有些稀奇古怪的想法，你只当是思维的乐趣吧。

代 跋

消散的一切又在心头凝结

上网20年了。20年间,我做过个人主页和独立网站,也写了博客和微博。费力最多、历时最久的是"思想国"网站。尽管其间变换了几次域名,但它一直是我的书房和客厅,也是我的大学和自修室。

2014年,"思想国"变成了一个微信公众账号。由于诸事繁杂,一直疏于打理。直到两年后腾讯公司来信催促更新,我不得不重拾旧山河,并且很快找回了久违的写作激情。

收录进这本书里的文字,有不少是为"思想国"公号写的。除了致意留言与打赏的朋友,我还要特别感谢腾讯公司开发了微信产品,尽管近几个月来我很少更新。

人生在世,在很多方面都要妥协、退让、包容,但总有一两件事情,让你觉得非如此不可。虽然没有继续在网上写作,但在学校的图书馆里,我常常是走得最晚的人。

没有遇见神的指引,也不曾热切盼望,我只皈依那个我最看得起的自己。有人或许认为这样孤独地活着十分艰难。你看,别人都在成群结队,而我却享受着这难得的清净。穷人的孩子,总想着自食其力,既不辜负自己,也不敢接近一个可能为我替罪的神。

哪怕被天上人间一起抛弃——凡事本着自己的理性、良知与经验去生活，于此世间试试且何妨？亨利·梭罗把住进瓦尔登湖畔的密林当作一两年的实验，而我愿意把一生都置于同一场实验之中。

许多人谈到佛教的禅宗与净土宗的区别时会说：禅宗讲顿悟，所以一般人达不到其境界，而净土宗只管念阿弥陀佛，往生极乐世界。前者被称为"竖出三界"，就像一条虫子，竖着穿透一根竹子，必须咬破一节又一节（姑且也称之为"劫"）；而后者被称为"横出三界"，也就是下蛮功夫直接咬破边上的一层竹子就可以了。

佛教与其说是宗教，不如说是有关慈悲的智慧。智慧并非为人寻找捷径。无论横出三界，还是竖出三界，都得下一番苦功夫——那就是你得自己慢慢地咬啊。这些年来，我就是这样日复一日慢慢地咬着。时而津津有味，时而苦不堪言。至于最终是否逃得出这人生的竹牢，那不是我最关心的。

我依旧相信文字的价值与人心的重量。读者或许已经觉察，近几年我的内心多了点悲观。其实，悲观有时候也只是"以慈悲观世"，里面装的却是几粒理性的种子。

早些年，我的脑海里总是萦绕着一句话———一切坚固的东西都消散了。如今看到更多的却是现实的板结。那些需要改变的东西越来越固若金汤，而并不坚固的我们却一个个消散了。

真希望自己是错的。

活得越久，就越发觉得生命中充满了消散。整个世界都是如此吧。来自农村的人消散在城市，来自传统的人消散在现代，来自中国的人消散在海外，来自昨天的人消散在今天，来自今天的人消散在未来。

一切坚固的东西都消散了，消散的一切又在心头凝结。每一次时代的溃退，都会让人回到自身，并且重新出发。

当说这也是人世之常态。

也许应该拓宽历史的视界，想一想更遥远的将来。比如奇点临近，机器人崛起，人类渐渐做了人工智能的奴隶。在人类未来的大痛苦面前，今日的这些小痛苦完全不值一提。

就到这吧。夜色已深。感谢以宁和 Iris 为编校本书所做的努力，感谢所有打开又慢慢合上《慈悲与玫瑰》的读者朋友。

作者谨识

2017 年 9 月 1 日

再版后记

当红玫瑰变成黑玫瑰

《慈悲与玫瑰》出版时我正在牛津访学，还记得当时跨空连线时的热闹场面，以及嘈杂不清的小提琴曲。一晃七年过去了。回想起来那一年可以说是我在写作上的分水岭。我决定从社会回到自身。

此前虽然写过几本书，自知离理想人生甚远。唯一能安慰半生的，似乎只有"清高勤苦"四个字。我曾经在海河边的李叔同故居看到这几个字，那天站在那牌匾下停留了许久。一时的感慨是从前的人活得呕心沥血，也喜欢留下墨宝，而现在的人流行的是留下表情包。

类似的场景是在梁启超的饮冰室纪念馆，也是为了四个字——无负今日。

我意识到很多年来我走在一条错误的道路上。而人如果走在一条错误的道路上，就是再"清高勤苦"、再"无负今日"也是枉然。剩下的恐怕就只有顾影自怜的清高了。

之后，我把大部分时间都用在了文学创作上。除了诗歌，还有小说。那是我踏入社会之前的梦想。我无法挽回逝去的时光，但至少知道这些年荒芜了哪些田地。我曾经梦想在那里播种我所有奉献给人间的食粮。

而就在我迷途知返时,疾病一次次找上门来。不过可以肯定的是,无论身处怎样的逆境,我都会为人生尽力。我们来到这世上,唯一可以仰仗的机会不是国家有多强大,父母有多富裕,朋友有多亲密,而是自己所能拥有的一点一滴感受,一寸一寸光阴。

简单说,带着自己的心去创造,去爱,去热爱。

平常深居简出,我是那种忙到没有时间忧愁的人。虽然时间总不够用,再版《慈悲与玫瑰》表明我并没有抛弃过去的东西。如果有机会还希望自己做得更好一些。包括《自由在高处》的再版,我亲自做了封面,这次保持了前面的风格。依托人工智能的发展,在内容上我特别创作了一组"玫瑰战争"附在书里。这是前天晚上睡觉前突然想到的,迫于时间以及必要的节制,只能在隔日上午草草完稿。

如果后面有充足时间,我想把这个创意做完,叫《海边的西西弗斯》或者其他。从面包到玫瑰,人类斤斤计较,风雨兼程,流血牺牲,最后却只换回红玫瑰变成黑玫瑰的结局,想想这一切也是足够荒诞。

然而这恰恰是历史一遍遍重演的。对此有疑惑的人们,只要翻开茨威格的《昨日的世界》大概就能体会一二。从小到大,我们总是说人要有理想,人要为理想奋斗,直到有一天看穿世相,才知道有理想的人也会互相为敌。欲望那么多,世界就这么大。而有的人要的不是玫瑰,而是要别人栽种的玫瑰。一个人的理想对另一个人而言可能是恶梦。

这是人类的困境。谁也不会否认,今日世界再次走到了悬崖边上。

此时我更想说的是，仅有玫瑰是不够的，还要有慈悲。无论是对自己，对他人，还是我们赖以生存的世界。

感谢本书编辑 Iris，还记得七年前她曾经撑着雨伞去图书馆找我约稿。七年过去了，现在我与世界都已面目全非。唯愿这心底的慈悲与对世界的爱还在。

2024 年 9 月 15 日

虽然宇宙浩瀚无垠,可是宇宙也不拥有自身。

关于作者

熊培云，1973年生于江西永修，毕业于南开大学、巴黎大学，主修历史学、法学、传播学与文学。曾任《南风窗》驻欧洲记者，《新京报》首席评论员。东京大学、牛津大学访问学者，"理想国译丛"联合主编。

主要作品

《自由在高处》

《未来的雨都已落在未来》

《一个村庄里的中国》

《寻美记》

《我是即将来到的日子》

《西风东土》

《追故乡的人》

《这个社会会好吗》

《重新发现社会》

《思想国》

致敬所有孤军奋战的灵魂

图书在版编目（CIP）数据

慈悲与玫瑰 / 熊培云著. -- 长沙：岳麓书社，2024.10
ISBN 978-7-5538-2016-3

Ⅰ.①慈… Ⅱ.①熊… Ⅲ.①随笔—作品集—中国—当代 Ⅳ.①I267.1

中国国家版本馆 CIP 数据核字（2024）第 009963 号

CIBEI YU MEIGUI
慈悲与玫瑰

著　　者：熊培云
责任编辑：刘书乔
责任校对：舒　舍
封面设计：利　锐

岳麓书社出版
地　址：湖南省长沙市爱民路 47 号
邮编：410006

版次：2024 年 10 月第 1 版
印次：2024 年 10 月第 1 次印刷
开本：875mm×1230mm　1/32
印张：10.5
字数：240 千字
书号：ISBN 978-7-5538-2016-3
定价：78.00 元
承印：三河市天润建兴印务有限公司

如有质量问题，请致电质量监督电话：010-59096394
团购电话：010-59320018